KB113770

MAJOR LEAGUER
메이저리거

FUSION FANTASTIC STORY

강성곤 장편 소설

메이저리거 6

강성곤 장편소설

초판 1쇄 찍은 날 § 2016년 3월 3일
초판 1쇄 펴낸 날 § 2016년 3월 10일

지은이 § 강성곤
펴낸이 § 서경석

편집책임 § 김현미

펴낸곳 § 도서출판 청어람
등록번호 § 제387-1999-000006호
등록일자 § 1999. 5. 31
어람번호 § 제1-2369호

주소 § 경기도 부천시 원미구 부일로 483번길 40 서경B/D 3F (우) 14640
전화 § 032-656-4452 팩스 § 032-656-4453
http://www.chungeoram.com
E-mail § chungeorambook@daum.net

ISBN 979-11-04-90676-3 04810
ISBN 979-11-04-90490-5 (세트)

MAJOR LEAGUER

메이저리거

FUSION FANTASTIC STORY

강성곤 장편 소설

6

청어람

MAJOR LEAGUER
메이저리거

목차

제1장

대기록을 향하여 2

경기 전 훈련을 마치고 더그아웃에 옹기종기 모여 있던 선수들은 경기장을 가득 채운 팬들의 모습에 오늘 경기가 마치 전반기 최종전이라도 되는 듯한 착각에 빠질 뻔했다.

"와, 오늘 경기 만원이다, 만원. 장난 아닌데?"

고든이 신기한 것을 본 것처럼 관중석을 둘러보자 샌즈가 고든의 어깨를 툭툭 치더니 한 곳을 가리켰다.

"그냥 만원이 아니야. 저기 외야석 좀 봐라. 계단까지 빼곡하다."

샌즈가 가리키는 곳을 바라본 고든은 그 모습에 놀랍다는 듯 입을 쩍 하고 벌리고 말았다.

"햐~ 기록이 대단하긴 대단한가 보네. 지금 민우가 6경기 연속 홈런이지? 와, 진짜 저런 괴물이 어디서 튀어나온 거야?"

그 말과 함께 고든과 샌즈의 시선이 더그아웃 구석에서 쉐도우 스윙을 하고 있던 민우에게로 돌아갔다.

"어디서 갑자기 튀어나온 건 아니지. 민우는 하루 종일 야구밖에 안 하잖아. 아침 훈련, 오후 훈련, 단체 훈련. 식사하는 시간 빼고는 항상 훈련장에 있던데?"

"뭐야, 재능에 노력을 겸비했다. 뭐, 이 뜻이야?"

고든이 고개를 돌리며 던지는 물음에 샌즈가 입꼬리를 가볍게 말아 올리며 고개를 끄덕거렸다.

"큭큭. 간단하지만 정확한 표현이야. 거기에 요새는 투수 포지션에도 관심이 생긴 모양이던데. 올스타 브레이크 이후부터였나. 단체 훈련 때 가끔 배팅볼 던져 주고는 했잖아. 그런데 그 구위가 예사롭지가 않던데?"

샌즈의 말에 고든 역시 그 모습이 떠오른 듯 고개를 끄덕였다.

"듣기로는 커브 그립을 배운지 이제 일주일째라던데. 이게 가능한 일인가?"

"이봐, 고든. 그렇게 따지면 민우의 모든 기록 자체가 말이 안 되는 거야. 내가 볼 때 저 녀석은 그냥 야구를 하기 위해서 태어난 것 같아. 특히 6경기 연속 홈런 기록이라는 건 아무나 할 수 있는 게 아니니까."

민우를 바라보며 이야기하는 샌즈의 모습에 고든 역시 부럽다는 듯한 시선으로 민우를 바라봤다.

"그 재능, 조금만 떼어줬으면 좋겠네."

민우의 대기록 달성에 대한 관심을 가진 이는 고든과 샌즈뿐만이 아니었다.

더그아웃에 자리한 대부분의 선수들의 화두는 단연 민우의 대기록이 이어지는지의 여부였다.

메이저리그의 공식 기록으로 인정받을 수는 없겠지만, 같은 리그를 뛰는 선수들에게는 범접할 수 없는 대기록의 달성의 순간을 함께하는 것만으로도 충분히 대단한 경험이라고 할 수 있었다.

하지만 이런 민우의 기록 행진에 걸림돌이 될 만한 선수가 모바일의 1차전 선발투수로 등판할 예정이었다.

"문제라면 역시 저 녀석이 오늘 선발투수라는 점이겠지?"

고든이 원정 팀 더그아웃으로 시선을 돌리며 내뱉은 말에 샌즈도 자연스럽게 고개를 돌려 그 주인공을 바라보고는 무거운 표정으로 고개를 끄덕였다.

"그렇지. 서던 리그의 북부 리그에서 헌츠빌에 파이어스라는 걸출한 투수가 우완 투수를 대표하고 있었다면, 모바일에는 바로 저 녀석, 마일리라는 불세출의 투수가 좌완 투수의 대표로 급부상했다고 해도 과언이 아니니까."

"휴우, 이거 어쩌면 민우의 기록은 둘째 치고 게임에 이길 수는 있을지가 걱정인걸."

"그러게 말이야. 더 큰 문제는 우리 팀은 저 녀석을 상대해 본 적이 없다는 거지. 파이어스라는 산을 넘으니 마일리라는 강이 나타났으니. 그것도 수심을 알 수 없는 깊은 강이 말이야."

고든과 샌즈는 마일리가 오늘 경기에서 자신들을 윽박지르는 모습을 상상하고는 표정이 급격히 어두워졌다.

그리고 그 주인공인 마일리는 원정 팀 더그아웃 앞에 자리한 불펜에서 몸을 풀고 있었다.

—현재 전 세계를 통틀어서 연속 경기 홈런 기록이 어떻게 되는지 한번 설명해 주실 수 있겠습니까?

—예. 현재 메이저리그를 포함한 프로 리그가 존재하는 모든 국가의 기록을 살펴보아도 메이저리그에서의 기록이 역사가 깊고, 또 최고의 기록이라고 할 수 있습니다.

2010년 7월 현재, 연속 경기 홈런 기록은 8경기인데요. 1956년에 피츠버그 파이어리츠 소속의 데일 롱이 8경기 연속 홈런을 기록하며 그 스타트를 끊었고요. 이어서 1987년에 돈 매팅리 선수가 뉴욕 양키스 소속으로 타이기록을, 마지막으로 1993년에 켄 그리피 주니어 선수가 시애틀 매리너스 소속으로 역시 타이기록을 달성한 것이 마지막입니다. 반세기가 지나도록 깨지지 않은 엄청난 기록이라고 할 수 있지요.

—말씀하신대로 굉장히 오래도록 깨어지지 않은 기록, 즉 그 어떤 대단한 타자도 쉬이 깨뜨릴 수 없는 기록이라는 말이 되겠군요.

—그렇습니다. 사실 어떤 타자라도 항상 좋은 모습을 보여

준다는 것은 어려운 일입니다. 안타라면 어떻게든 빈 공간으로 타구를 내보내기만 하면, 혹은 운이 좋다면 이어갈 수 있지만, 홈런은 다릅니다. 구종에 따라 정확한 타이밍, 정확한 컨택 능력에 더해 체중을 완벽히 배트에 담아내는 펀치력까지. 마치 하나의 동작처럼 물 흐르듯 이루어져야 하거든요.

많은 조건 중에 하나라도 어긋나면 타구가 너무 높게, 혹은 너무 낮게, 힘이 덜 실리거나 파울 폴대를 빗겨가거나… 수많은 경우의 수가 생기기 때문에 어려운 것이 바로 연속 홈런 기록이라고 할 수 있습니다.

─그렇군요. 그런 면에서 강민우 선수의 6경기 연속 홈런 기록도 참 대단하다고 할 수 있겠습니다만, 한 가지 아쉬운 것은 강민우 선수가 뛰는 이곳은 메이저리그가 아니라는 것이 되겠습니다.

─예, 모든 기록은 메이저, 즉 1군의 기록을 대표 기록으로 인정하기 때문에 아무래도 아쉬운 감이 없지는 않습니다만, 그렇다고 하더라도 이 기록이 절대로 의미가 없는 것이 아니라는 것만은 모두가 알고 있으리라고 생각됩니다. 그 반증이 바로 외야석에 구름처럼 몰려 있는 관중들의 모습이겠고요.

─채터누가의 팬들에겐 채터누가 소속의 선수가 역사에 남을 대기록을 향해 달려가고 있다는 것에 큰 의의가 있겠군요. 하지만 과연 그 기록이 오늘 세워질지는 미지수입니다. 오늘 모바일 베이베어스의 선발투수로 예고된 선수는 그리 만만치 않은 선수인데요. 바로 좌완 오버핸드 투수, 마일리입니다. 이 선

수는…….

부웅!

경기 시작이 코앞으로 다가오자 민우는 쉐도우 스윙을 마치고는 배트를 내려놓았다.

그러고는 시선을 돌려 불펜 투구를 하고 있는 마일리를 바라봤다.

'저 녀석이 마일리. 더블A에 올라오자마자 리그를 씹어먹고 있다 이 말이지?'

민우 역시 오늘 경기를 중요하게 생각하고 있었다.

민우는 스카우팅 리포트와 함께 영상 분석실에서 끊임없이 돌려봤던 마일리의 기록들을 떠올렸다.

6월 승격 이후 5경기에 등판하며 2승 1패, 방어율은 0.88, 피안타율 0.190을 기록하고 있는 투수가 바로 마일리였다.

더블A에서 등판한 5경기에서 마일리가 기록한 실점은 단 5실점뿐이었고, 그마저도 3실점은 1패를 기록했던 한 경기에서 기록한 것이었다.

스트라이크존의 좌우를 아우르는 투구로 볼넷 허용률이 높았지만 그 단점을 낮은 피안타율로 극복하며 쉬이 실점을 내어주지 않는 특징을 가지고 있었다.

특히 5경기에서 4경기에 퀄리티 스타트 플러스(QS+, High Quality Start)를 기록하며 뛰어난 이닝 소화 능력까지 겸비하고 있는 투수가 바로 마일리였다.

특히 우타자 대비 좌타자 상대 시 피안타율은 더욱 낮아져 0.169를 기록하고 있었기에 민우로서는 꽤나 까다로운 상대라고 할 수 있었다.

이런 마일리의 호투 비결은 1루 쪽에 치우친 변칙적인 스트라이드가 있었다.

이전에 상대했던 파이어스가 타고난 신체 조건을 활용한 극단적인 오버핸드 투구를 선보였다면, 마일리는 변칙적인 투구 폼을 이용하여 옆에서 휘어져 들어오는 듯한 궤적을 보였다.

이 때문에 일반적인 투구 궤적에 익숙해져 있던 타자들은 평소와 다른 타격 포인트를 새로 설정해야 했기에 마일리의 공을 쉬이 공략하지 못하고 있었다.

"저런 녀석은 처음 보는데… 과연 내가 저 녀석의 공을 때려 낼 수 있을까?"

민우는 지금이 중요한 시험대라고 생각하고 있었다.

파이어스와 마일리 모두 더블A를 초토화시킨 투수였고 탈 마이너급 투수로 평가받고 있었다.

'메이저리그 로스터는 전부 이런 녀석들로 채워져 있을 거야. 때려낼 수 있을까가 아니라… 때려내야만 한다.'

파이어스를 넘어섰던 것처럼 마일리를 넘어서는 것이야말로 민우 스스로가 더블A를 넘어서 메이저리그에 통할 수 있을 것인지를 판단하는 중요한 지표가 되리라 생각했다.

"민우, 무슨 생각을 그렇게 심각하게 하는 거야? 마일리 녀석

때문이야?"

그리 심각한 표정이었던가.

민우는 옆에서 들려오는 스미스의 목소리에 굳은 표정을 애써 풀며 고개를 끄덕였다.

"예. 저런 독특한 투구 폼은 처음이니까요."

스미스는 이해한다는 듯 고개를 가볍게 끄덕거렸다.

'대기록을 앞에 둔 녀석이 당연히 보일 만한 모습이지. 6경기 연속 홈런도 이미 대단하지만, 이 녀석은 더 높은 곳을 보고 있는 것 같군. 내 코가 석자이긴 하지만… 조금이나마 도움을 주고 싶은데.'

잠시 고민을 하던 스미스가 무언가 떠오른 듯, 민우에게 하나의 조언을 해주기 시작했다.

"민우, 저 녀석의 변칙적인 투구 폼에 장점만 있는 건 아니야. 올곧게 날아가는 것이 아닌 만큼 큰 단점이 있거든."

스미스의 말에 민우가 귀를 쫑긋 세우며 그를 바라봤다.

"2년 전에도 저 녀석과 거의 판박이의 투구 폼을 가진 녀석이 우리 팀에 있었거든. 주키치라는 녀석이었는데, 그 녀석이 어느 날 나한테 가볍게 하소연을 하더군. 좌타자의 몸 쪽, 그리고 우타자의 바깥쪽으로 꽉 찬 스트라이크에 주심이 자꾸 볼 판정을 내린다고 말이야."

"그게 무슨 말이죠?"

민우의 의문스러운 표정에 스미스가 가볍게 미소를 지어 보였다.

"1루 쪽에 치우쳐서 비스듬하게 들어오는 투구 궤적을 보이니까, 판정에 손해를 보는 경우가 왕왕 생긴다는 말이지. 거기다 저 녀석의 투구는 좌우 스트라이크존에 걸치는 로케이션을 활용하는 피칭이 많거든. 오늘 주심의 판정을 봐야 알겠지만, 만약 주심이 판정에 인색한 모습을 보인다면 저 녀석도 결국은 너를 기준으로 몸 쪽보다는 바깥쪽 승부를 더 많이 가져가려고 하겠지. 첫 타석에서는 녀석의 투구를 눈에 익히면서 주심의 스트라이크존을 판단하고 다음 타석부터 제대로 한 번 노려봐."

스미스의 말에 민우가 이해가 된다는 듯 고개를 끄덕거렸다.

'그렇구나. 분명 좌타자를 기준으로 등 뒤에서 공이 비스듬하게 날아오니까, 주심의 판정에 따라 마일리의 선택폭이 달라지겠구나.'

민우는 스미스의 조언에 걱정스럽던 기분이 조금이나마 풀어지는 느낌이 들었다.

"고마워요, 스미스. 이렇게까지 신경 써줘서."

민우의 표정이 한결 가벼워지는 것을 본 스미스가 방긋 웃으며 고개를 저었다.

"이건 고참인 내가 당연히 해야 할 역할일 뿐이야. 그래도 고맙다면 오늘도 멋진 모습 보여줘. 그거면 충분하다."

'홈런을 날려주면 정말 좋겠지만, 굳이 이야기해서 괜한 부담을 줄 필요는 없겠지.'

스미스의 말에 민우가 고개를 끄덕거렸다.

"맡겨만 주세요."

*　　　　*　　　　*

"플레이볼!"

주심의 사인과 함께 채터누가와 모바일 간의 홈 4연전이 시작되었다.

채터누가의 선발투수로 마운드에 오른 선수는 색스턴이었다.

색스턴은 지난 전반기 최종전에서 파이어스의 상대로 등판해 6이닝 1실점의 호투를 펼쳤던 투수였다.

이후 후반기 첫 등판에서도 6이닝 2실점의 호투를 보이며 그동안 부족했던 이닝 이터의 모습을 조금씩 만들어가며 코칭스태프의 믿음을 쌓아가고 있는 상태였다.

하지만 오늘은 시작부터 그리 좋지 않은 모습을 보이고 있었다.

따악!

"베이스 온 볼스!"

"젠장."

1회 초, 경기 시작과 함께 모바일의 1번 타자에게 안타를 허용한 색스턴은 뒤이어 2번 타자에게 허무하게 볼넷을 내어주며 불안한 출발을 보이고 있었다.

그 결과, 아웃 카운트를 하나도 잡지 못한 채, 주자는 1, 2루가 되어 순식간에 득점권에 주자를 허용하며 위기를 자초하고 있었다.

색스턴은 지난 경기와는 달리 경기 초반부터 제구가 생각대로 되지 않는 상황에 계속해서 답답함을 표출하고 있었다.

그리고 심리적 영향으로 제구가 잡히기는커녕 더욱 더 크게 흔들리는 모습을 보이고 있었다.

슈우욱!

팡!

"볼!"

색스턴의 손에서 공이 떠나는 순간, 이미 볼로 빠지리라 판단한 모바일의 3번 타자, 카스토가 가볍게 뒤로 물러섰다.

그리고 그 예상대로 주심의 손이 움직이지 않자 회심의 미소를 짓고 있었다.

"후우."

또 하나의 공에서 미끄러지는 느낌과 함께 허무하게 볼로 빠져 버리자 색스턴은 두 눈을 질끈 감은 채 고개를 치켜들며 답답한 마음을 드러내고 있었다.

이전 타석부터 연속 4개의 볼.

스트라이크존에 들어가는 공이 단 하나도 없는 상황은 색스턴의 흔들림을 더욱 가속화시키고 있었다.

'시작부터 이렇게 쩔쩔매다니. 이래선 중심 타선을 제대로 상대할 수가 없다고. 정신 차리자!'

색스턴은 고개를 흔들며 답답함을 털어내려 노력하고 있었다.

그리고 그런 모습은 카스토의 입가에 짙은 미소가 피어나게 하고 있었다.

'제구를 잡기 전에 한 방 날렸으면 좋겠는데. 분명 상대 배터리도 내 타율을 생각하고 있을 거야. 스트라이크존의 안쪽으로 넣으면서 제구를 잡을 확률이 높아.'

카스토는 모바일의 타순에서 가장 타율이 낮은 2할 5푼 6리를 기록하고 있는 타자였다.

정확도는 제일 떨어지지만 한 번 걸리면 넘겨 버릴 수 있는 파워를 가지고 있었기에 모바일의 3번 타자라는 중책을 맡고 있는 상태였다.

그리고 그 결과, 올 시즌 팀 내에서 두 번째로 많은 8홈런을 날려 보내며 타선의 무게감을 더해 코칭스태프의 기대에 부응하고 있는 모습을 보이고 있었다.

색스턴이 잠시 마음을 추스르는 사이, 카스토는 배터 박스에서 한 발 물러난 채, 여차하면 넘겨 버릴 기세로 배트를 휘두르며 압박을 주고 있었다.

그 모습을 바라보는 마이어는 투수를 이끌어야 하는 포수의 역할을 떠올리며 애써 불안감을 지우려 노력해야 했다.

'후. 이런 공갈포나 쏘아대는 녀석한테 한 방을 맞는 건, 타율이 높은 녀석에게 맞는 것보다 투수에게 가해지는 심리적 타격이 크단 말이지. 하지만 제구를 잡지 않고 갈 수는 없어. 이녀석마저 내보내면 다음 타자는 슈미트. 녀석은 더 위험하다.'

마이어는 다리 사이로 손을 넣어 이리저리 움직이기 시작했다.

'제구가 흔들리는 지금, 몸 쪽 공은 위험해. 바깥쪽 낮은 코스로 패스트볼을 꽂아 넣어봐.'

사인을 확인한 색스턴이 무거운 표정으로 고개를 끄덕거렸다.

그 모습에 마이어가 힘을 불어넣는 듯, 미트를 팡팡 두들긴 뒤, 스트라이크존의 구석에 미트를 내밀며 준비를 마쳤다.

"후!"

숨을 크게 내쉰 색스턴이 1, 2루 주자를 한 번씩 훑고는 세트 포지션으로 빠르게 공을 뿌렸다.

슈우욱!

색스턴의 손을 떠난 공이 빠른 속도로 마이어의 미트를 향해 날아가기 시작했다.

'좋아!'

공을 제대로 긁는 듯한 느낌에 색스턴이 안도의 숨을 내쉬는 순간.

따아악!

'헉!'

벼락같이 휘둘러진 카스토의 배트와 공이 맞부딪치며 거친 타격음을 내뱉었다.

경기장에 있는 모두의 시선이 큼지막한 포물선을 그리며 센터 방면으로 뻗어가는 타구를 바라보고 있었다.

카스토는 손에서 느껴지는 약간의 진동에 펜스를 넘겼으리라는 판단을 내리고는 여유 있게 베이스를 돌기 시작했다.

　모두가 제자리에서 멍하니 타구를 바라보고 있을 때.

　그라운드에서 타구를 쫓아 달려가는 이는 단 한 명, 민우뿐
이었다.

　―잘 맞은 타굽니다! 센터 방면으로 향하는 큰 타구! 중견수
가 빠르게 쫓아 달려갑니다! 쭉쭉 뻗어 날아가는 타구!

　―펜스를 향해 계속 날아갑니다! 펜스를 넘어갈 듯! 넘어갈
듯!

　타다다닷!

　민우는 카스토가 배트를 내돌리는 순간, 머리 위에 떠오른
화살표와 타구의 궤적을 알려주는 라인이 모두 회색을 띠고 있
었지만 곧장 펜스를 향해 내달리기 시작했다.

　'바뀌어라! 바뀌어!'

　민우는 경기 시작 전, 바람이 어느 쪽에서, 어느 방향으로 불
고 있는 지 미리 체크를 해둔 상태였다.

　그리고 평소보다 강하게 부는 바람에 예상치 못할 상황이
일어나지 않을까 하는 마음으로 이런저런 상황에 대한 예상을
머릿속에 담아둔 상태였다.

　경쾌한 타격음이 귓가를 때릴 때, 혹시나 하는 마음으로 펜
스를 향해 빠르게 스타트를 끊었던 민우는 시야에 나타난 화
살표의 색깔이 회색에서 붉은색으로 바뀌는 것에서 자신의 생

각에 확신을 가졌다.

'색깔이 바뀌었다! 잡을 수 있어!'

민우는 펜스를 넘어가던 타구의 라인이 조금씩, 조금씩 아래로 내려오는 것을 보고는 펜스를 타고 오를 생각으로 더욱 속도를 높였다.

그리고 워닝 트랙에 도달한 민우가 발을 크게 디디며 점프를 위한 준비를 마쳤다.

그리고 펜스에 도달한 순간.

"핫!"

탁! 탁!

민우는 표범과도 같은 날렵한 몸짓으로 펜스를 두어 번 밟아 오른 뒤, 힘껏 글러브를 뻗었다.

'잡는다!'

몸이 쭉 떠오르다 탄력을 잃고 그 속도가 늦춰지며 상승을 끝내는 순간.

픽!

손끝에 느껴지는 가죽의 울림에 민우가 글러브를 빠르게 말아 쥐며 그라운드에 내려섰다.

툭! 타닥!

꽤 높은 곳에서 떨어지는 것이었기에 힘을 분산시키기 위해 앞으로 한 바퀴를 구른 민우가 곧장 내야를 향해 공을 뿌렸다.

그 모습에 타구가 잡힐 것이라고는 전혀 예상하지 못한 듯, 한 베이스씩 진루를 해가던 주자들이 다급히 귀루를 하는 모습이 보였다.

"뭐 저런 미친⋯⋯."

당연히 홈런이라고 생각하고 여유 있는 발걸음으로 1루 베이스를 지나던 카스토는 눈을 크게 치켜뜬 채 머리를 부여잡고 욕설을 내뱉는 모습이었다.

관중들은 민우의 예상치 못한 환상적인 펜스 플레이에 격한 환호를 보내고 있었다.

"우와아!"

"대바아아악!!"

"몇 미터를 타고 오른 거야?"

"믿을 수 없어!"

"메이저리거라도 저건 안 될 거야."

―오 마이 갓! 저걸 잡아냅니다! 강민우가 펜스를 타고 크게 뛰어오르더니 펜스 상단에 부딪칠 것처럼 보이던 타구를 걷어내 버렸습니다! 잘 맞은 2루타성 타구를 걷어내는 슈퍼 캐치를 만들어내네요!

―정말 큼지막한 타구였는데요. 강민우 선수, 어떻게 저걸 잡아냅니까?

―와~ 잡을 수 없을 것 같은 타구였는데도 끝까지 집중력을 잃지 않는 모습이었고, 결국 기가 막히게 잡아내는 모습이었습니다.

―하하. 그런데 카스토는 무슨 착각을 한 걸까요? 마치 홈런

인 것처럼 느릿느릿 산책하듯 주루 플레이를 하더니 타구가 잡히자 망연자실한 표정으로 멍하니 그 모습을 바라보고 있네요. AT&T 필드의 펜스 높이가 6미터가 넘는다는 것을 망각이라도 한 걸까요?

─그 점은 제가 추측해 보자면, 지금 전광판 위쪽에 걸린 깃발 보이시죠? 보시면 아시겠지만 외야에서 내야 방향으로 꽤나 강한 바람이 불고 있거든요. 아마 아슬아슬하게 넘어갈 뻔한 타구가 강한 역풍에 의해 펜스 앞에서 힘을 잃고 만 것 같습니다. 카스토의 입장에서는 조금 억울한 면이 없지 않겠네요.

─하하. 그렇군요. 아웃 카운트만 헌납한 채 진루에 실패한 모바일의 주자들이었습니다. 하지만 위기는 아직 끝나지 않았습니다. 1아웃 주자 1, 2루. 이제 타석에는 모바일의 4번 타자, 슈미트가 들어섭니다.

민우는 마운드에 서서 자신을 향해 만세를 보이고 있던 색스턴에게 손가락을 하나 들어 올려 보이고는 주먹으로 글러브를 팡팡 두드린 뒤 앞으로 뻗어 보였다.

'1아웃! 집중하자!'

마치 자신을 믿고 던지라는 듯한 그 모습에 어깨를 크게 돌리며 긴장을 털어낸 색스턴이 천천히 투수판으로 올라섰다.

한 번의 위기를 넘기며 상황은 아웃 카운트만 하나 늘어나 1사 주자 1, 2루 상황이 되었다.

하지만 모바일에게 완전히 넘어가 있던 분위기는 민우의 슈퍼 캐치로 인해 다시 균형을 맞추는 모습이었다.

마이어는 색스턴의 얼굴에 묻어 있던 불안감이 조금은 덜어진 듯 보이자 가볍게 미소를 지어 보였다.

'민우의 호수비 하나가 저 녀석의 부담을 덜어주었어. 하지만 다음 타자는 슈미트. 방심해선 안 된다.'

카스토가 전형적인 공갈포 스타일의 타자라면, 슈미트는 정확성과 펀치력을 겸비한 완성형 타자라고 할 수 있었다.

3할 2푼의 타율에 6개의 홈런을 기록하고 있는 모바일의 4번이 바로 슈미트였다.

'이 녀석에게 정면 승부는 자살행위야. 최대한 유인구 위주의 투구로 병살을 유도하는 게 최상의 시나리오다. 정석대로 가자고.'

마이어는 우선 색스턴의 영점을 확인하는 것을 최우선으로 했다.

슈욱!

팡!

"스트라이크!"

초구는 스트라이크존 바깥쪽에 아슬아슬하게 걸치는 패스트볼이었다.

주심은 기가 막히게 꽂히는 패스트볼에 손을 들어 올리며 스트라이크 콜을 외쳤다.

미트에 꽂히는 묵직한 느낌에 만족스러운 미소를 지은 마이어는 천천히 슈미트를 요리하기 시작했다.

'좋아. 다음은 눈높이로 하이 패스트볼.'

슈우욱!

팡!

"볼!"

바깥쪽 낮은 코스를 본 뒤에, 곧장 몸 쪽 높은 코스로 날아오는 빠른 공은 타자의 입장에선 실제보다 더욱 빠르게 느껴졌다.

마치 얼굴로 향하는 듯한 투구에 슈미트가 크게 움찔하며 뒤로 허리를 숙이고는 몇 걸음을 뒤로 물러나며 겨우 중심을 잡았다.

위협구라고 생각한 건지 슈미트는 매서운 눈빛으로 색스턴을 노려봤지만, 색스터는 그런 슈미트를 신경 쓰지 않는다는 듯, 로진백을 매만지며 마이어의 다음 사인을 기다렸다.

카운트는 1볼 1스트라이크.

마이어는 스트라이크존에 걸칠 듯 아슬아슬한 슬라이더를 요구했다.

단 하나도 스트라이크존에 몰리는 공은 요구하지 않았다.

'첫 타석이긴 하지만 득점권의 찬스. 분위기를 다시 가져오려면 신중하기보단 적극적으로 휘두를 확률이 높겠지. 거기다가 지금 공으로 살짝 흥분한 상태이기도 하고.'

1사 주자 1, 2루.

흥분으로 시야가 흐려졌을 테고, 더더욱 눈앞에 차려진 밥상을 해치우고 싶을 것이다.

마이어는 그런 생각과 함께 더욱 철저하게 유인구 승부를 가져가려 하고 있었다.

곧, 준비를 마친 색스턴이 세트 포지션으로 빠르게 공을 뿌렸다.

슈우욱!

색스턴의 손을 떠난 공이 마치 스트라이크존의 한가운데로 날아오는 듯 보이자 슈미트가 곧장 스트라이드를 내디디며 강하게 배트를 내돌리기 시작했다.

하지만 올곧게 뻗어올 것처럼 보이던 공이 조금씩 휘어지며 바깥쪽으로 떨어지기 시작했다.

그 모습에 슈미트가 급히 무릎을 굽히며 허리를 쭉 빼는 모습을 보였다.

완벽히 헛스윙을 유도했다고 생각하는 순간.

딱!

배트의 끝에 부딪친 타구가 라인드라이브의 궤적을 그리며 총알같이 빠른 속도로 1루 방면으로 쏘아져 날아갔다.

그 모습에 슈미트가 배트를 놓고 달려 나가려는 순간.

팍!

"아웃!"

반사적으로 점프를 한 1루수 페레즈의 글러브에 자석이 달린 것처럼 타구가 빨려 들어갔다.

최소 2루타가 나올 타구를 막아내는 완벽한 호수비가 나온 것이다.

"아웃!"

페레즈는 거기서 그치지 않고 곧장 1루 베이스를 터치하며 아웃 카운트를 하나 더 만들어냈고, 아웃 카운트는 순식간에 3개가 채워지며 모바일의 공격이 허무하게 끝이 나고 말았다.

"좋아!"

"나이스 플레이!"

페레즈의 호수비에 색스턴이 주먹을 불끈 쥐어 보였고, 더그아웃으로 향하는 야수들이 하나같이 페레즈의 수비를 칭찬하며 기세를 완전히 회복한 모습이었다.

선수들이 더그아웃으로 향하는 모습을 바라보던 수베로 감독은 시선을 돌려 외야를 바라봤다.

멀리서 미소를 띤 채 샌즈와 램보와 하이파이브를 나누며 달려오는 민우의 모습이 든든하기 그지없어 수베로 감독이 편안한 미소를 지어 보였다.

'자칫 잘못하면 1회부터 분위기가 완전히 넘어갈 뻔했는데, 저 녀석의 호수비 하나가 팀의 분위기를 완전히 바꿨어.'

수베로 감독은 1회부터 시작된 위기를 단 한 점의 실점 없이 위기를 빠져나올 수 있었던 것은 민우의 엄청난 호수비에서 시작된 나비효과라고 생각했다.

만약 민우의 호수비가 없었더라면 채터누가는 1회부터 불펜을 가동시키며 투수진의 체력을 소모시켰을 것이기에 민우의 호수비가 이뤄낸 결과가 더욱 만족스러웠다.

수베로는 천천히 고개를 돌려 마운드로 올라서고 있는 모바일의 선발, 마일리를 지그시 바라보기 시작했다.

'수비는 완벽하지만 역시 상대가 상대이다 보니 조금은 걱정이 되는군.'

수베로 감독은 공격에서도 민우가 타선을 앞뒤로 이끌어주기를 기대하고 있었지만, 그것이 원하는 대로 풀릴지는 미지수였다.

*   *   *

수베로 감독의 걱정은 1회 말이 시작되자 바로 현실로 드러나기 시작했다.

변칙적인 투구 동작에서 나오는 비스듬한 투구 궤적에 스트라이크존의 좌우를 가지고 노는 마일리에게 타자들은 속수무책으로 배트를 내밀고 있었다.

특히 투심과 포심의 투 피치를 주로 이용하다가 허를 찌르는 커브와 체인지업도 간간이 던지기에 대처하는 것이 그리 쉽지가 않았다.

채터누가의 1번부터 3번 타자는 모두 좌타자로 이루어져 있었는데, 1번 고든은 바깥쪽으로 향하다가 안쪽으로 급격히 휘어지는 투심에 루킹 삼진을, 2번 램보는 바깥으로 쭉 뻗어나가는 포심 패스트볼을 배트 끝으로 건드려 3루 땅볼로 물러나며 굴욕적인 모습을 보이고 있었다.

슈우욱!

마일리가 뿌린 공은 샌즈의 몸을 향해 날아오는 듯하다가 크게 휘어지며 스트라이크존으로 향하고 있었다.

딱!

그 모습에 샌즈가 급히 배트를 내돌렸지만 손잡이 부근에 부딪치며 튕겨 나간 타구는 낮게 바운드되며 곧장 투수의 글러브로 빨려 들어갔다.

'크윽.'

스위트 스폿에서 한참 떨어진 부위에 부딪혔기에, 배트를 쥔 손에서 느껴지는 통증이 예사롭지 않았다.

손에 울리며 감각이 둔해지는 느낌에 샌즈는 인상을 팍 찌푸리며 1루를 향해 달리기 시작했다.

"아웃!"

하지만 채 몇 걸음도 가지 못해 1루심이 아웃을 선언하는 모습을 보고는 거칠게 욕설을 내뱉었다.

"젠장!"

3번 타자인 샌즈마저 허를 찌르는 커브에 속절없이 당하며 채터누가의 공격은 순식간에 마무리되었다.

모바일의 화려한 타격과는 극명하게 대비되는 무기력한 모습에 관중석에 자리한 홈 팬들의 표정은 그리 좋지만은 않았다.

2회 말, 4번 타자인 스미스마저 3구 만에 유격수 앞 땅볼로 물러나는 모습에 홈 팬들은 답답한 듯 탄식이 섞인 목소리를 내뱉었다.

특히 후반기 6승 1패를 기록하며 매 경기마다 1회부터 득점에 성공했던 모습만을 보아왔던 채터누가의 팬들이었다.

그 때문인지 이제 막 시작한 경기임에도 4타자가 연속 범타로 물러나자 눈이 높아진 팬들은 답답함을 느끼고 있었다.

"저 녀석 공을 도대체 왜 못 쳐내는 거야?"

"그러게 말이야. 지난번에 파이어스를 상대할 때도 결국 민우가 다 해결했잖아."

"민우라면 오늘도 어떻게 해주겠지?"

"오늘도 한 방 날려줄 거야."

"민우다!"

한 관중의 외침에 대화를 나누던 관중들의 시선이 일제히 그라운드로 돌아갔다.

그들의 시선이 닿는 곳에는 대기 타석을 벗어나 타석을 향해 천천히 걸어가고 있는 민우의 듬직한 뒷모습이 보이고 있었다.

2회 말 1아웃, 주자 없는 상황.

민우는 배터 박스를 발로 다듬으며 마일리의 투구 내용을 복기하고 있었다.

'주심의 스트라이크존이 후하다. 웬만한 공은 다 스트라이크로 잡아주고 있어. 녀석도 그걸 알고 좌우를 적극적으로 이용하는 모습이고. 덕분에 스미스의 조언이 의미가 없어지고 말았어.'

민우는 자신에게 조언을 해주었던 스미스마저 가볍게 돌려

세우는 마일리의 모습에 오늘 경기가 쉽지 않겠다는 느낌을 받고 있었다.

[마일리, 25세]
ㅡ구속[R, 67(61%)/100], 제구[U, 71(33%)/100], 멘탈[U, 71(3%)/100], 회복[R, 69(71%)/100]
ㅡ종합 [R, 278/400]

마일리의 멘탈 능력치를 확인한 민우는 가볍게 고개를 저을 수밖에 없었다.

'파이어스보다 멘탈 수치가 1이 높다. 한 끗 차이인데 등급이 달라지니까 투기 발산의 성공 확률은 겨우 20퍼센트가 되어버리는구나. 어차피 주자 없는 상황이기도 하니까 후반을 위해서 아껴두는 게 낫겠지.'

이내 배터 박스에 자리를 잡은 민우가 배트로 홈 플레이트 반대편을 툭 치고는 천천히 타격 자세를 잡았다.

그런 민우의 모습을 바라보던 모바일의 포수 슈미트는 민우의 몸짓에서 긴장감을 찾아볼 수 없음에 의외라는 표정을 짓고 있었다.

'분명 6경기 연속 홈런 기록을 세웠고, 오늘도 홈런을 날리고 싶을 텐데, 그런 것에 비해 크게 부담을 느끼고 있는 것 같지가 않아. 뭔가 대응법이라도 있는 건가?'

민우는 스미스의 조언대로 첫 타석에서 마일리의 공을 눈에 익히는 데에 초점을 맞추고 있을 뿐이었다.

하지만 슈미트는 민우의 기록에 초점을 집중한 나머지 민우의 태도를 단단히 오해하고 있는 모양이었다.

'조심해서 나쁠 건 없겠지.'

슈미트는 다른 선수들과 달리 배터 박스 앞에, 그리고 홈 플레이트 쪽으로 조금 더 가까이 붙어 있는 민우의 위치를 확인하고는 몸 쪽 승부에 애로가 있을 것이라 예상했다.

'우타자였다면 위협구를 던져서 떨어뜨렸겠지만, 이런 식이면 조금 힘들지도 모르겠는걸. 뭐, 불가능한 건 아니지만. 마일리의 의견을 물어보면 되겠지.'

슈미트는 이번 타석에선 마운드 위에 서서 자신을 바라보고 있는 마일리에게 빠르게 사인을 보냈다.

'몸 쪽으로 휘어져 들어가는 커브로 허를 찔러보자고. 어때?'

슈미트가 요구하는 공은 샌즈를 잡아냈던 바로 그 몸 쪽 커브였다.

슈미트의 사인에 마일리는 문제없다는 듯 고개를 가볍게 끄덕이고는 글러브를 가슴 앞으로 들어 올렸다.

그러고는 천천히 와인드업 자세를 취하고는 1루 쪽으로 스트라이드를 내디디며 부드럽게 공을 뿌렸다.

슈우욱!

1루 쪽으로 크게 치우쳐 돌아가는 마일리의 손에서 뿌려진 공이 살짝 떠오르며 민우를 향해 날아오기 시작했다.

'이건… 커브!'

민우는 살짝 떠오르며 휘어지는 궤적에 몸 쪽 커브볼임을 직감했다.

발끝을 들썩거리며 타이밍을 맞추던 민우는 구종의 판단을 마치자 스트라이드를 강하게 내디디며 자연스럽게 체중 이동을 시작했다.

그와 동시에 허리의 회전을 시작하며 벼락같이 배트를 내돌렸다.

따아악!

너무나도 경쾌한 타격음이 경기장에 울려 퍼지자, 모든 선수와 관중이 흥분된 표정으로 일제히 뻗어가는 타구를 바라보기 시작했다.

―끌어당긴 타구는 우측으로 멀리 뻗어갑니다! 우측으로! 우측으로!! 폴대!!

하지만 민우의 표정은 그리 좋지 않았다.

'조금 빨랐어.'

마일리가 초구로 던진 커브볼은 샌즈에게 던졌던 커브보다 3마일 정도 더 느린 공이었다.

샌즈에게 던졌던 커브를 생각하며 타이밍을 맞췄던 민우였기에 타점이 생각보다 앞에서 형성되고 말았다.

강하게 당겨 친 타구는 우측 파울 라인 안쪽에서 빠른 속도로 뻗어나가고 있었다.

하지만 회전이 먹힌 타구는 파울 라인의 안쪽에서 점점 바깥쪽으로 휘어나가고 있었다.

홈 팬들은 한마음으로 그 타구가 폴대의 왼쪽으로 지나가길 바라고 있었다.

하지만 민우의 타구는 야속하게도 팬들의 바람을 외면한 채 폴대의 우측으로 지나가 버렸다.

혹시나 하는 마음으로 자신의 눈이 잘못되었길 바라면서 1루심을 바라보던 관중들은 1루심이 양팔을 들어 올리면서 파울이라는 판정을 내리자 아쉬운 탄식을 내뱉고 말았다.

"아! 아까워!"

"저게 홈런이었어야 되는데!"

"진짜 잘 맞은 타구였는데. 아쉽다, 아쉬워!"

―바깥쪽입니다. 하하. 아~ 폴대 옆으로 살짝 빗겨 나가는 파울 홈런이 나왔습니다.

―몸 쪽 깊숙이 찔러 넣은 커브볼이었는데요. 강민우 선수가 놓치지 않고 당겨 쳤지만 정말 아쉽게도 폴대를 몇 센티미터 차이로 빗나가고 말았습니다.

―보통 타자들이 파울 홈런을 기록하고 나면 삼진을 당하는 경우가 많거든요. 과연 강민우 선수가 어떤 결과를 만들어낼지 궁금하네요.

홈 팬들과 동료들이 아쉬운 얼굴로 머리를 부여잡고 있었지만, 정작 타구를 날려 보낸 당사자인 민우는 덤덤한 표정이었다.

하지만 민우 역시 자신의 타구가 폴대를 아슬아슬하게 스쳐 지나가는 모습에 속으로는 상당한 아쉬운 마음을 가지고 있었다.

'샌즈가 커브에 당하는 걸 보지 못했다면 아마 휘두르지 못했을지도 모를 공이었는데, 조금 아쉽네. 상대 배터리는 앞으로 더 신중하게 공을 던지겠지. 아마 몰리는 공은 이제 없을 거야.'

마운드 위의 마일리는 큼지막한 타구가 나왔음에도 약간의 표정 변화도 보이지 않는 모습이었다.

이후 투구는 민우의 예상대로 흘러가기 시작했다.

슈우욱!

팡!

"볼!"

안쪽에서 바깥쪽으로 빠져나가는 아슬아슬한 포심 패스트볼을 하나 보여주고는 스트라이크 판정을 받지 못하자 가볍게 입맛을 다셨다.

슈우욱!

팡!

"스트라이크!"

'어휴.'

3구는 몸 쪽 높은 코스로 스트라이크존의 구석을 찌르는 투심 패스트볼로 민우의 허를 찌르며 카운트를 가져가는 모습을 보였다.

배트를 내밀다가 뒤늦게 투심 패스트볼임을 확인하며 힘겹게 배트를 멈췄던 민우는 스트라이크 콜이 나오자 혓바닥을 내밀며 놀랍다는 표정을 짓고 있었다.

'그대로 배트를 돌렸다면 백 프로 배트가 부러졌을 거야. 그런데도 스트라이크라니. 제구가 장난이 아닌데? 후, 투심을 주력으로 사용하는 이유가 있다 이거군. 2구가 스트라이크로 잡혔다면 영락없이 삼진을 당했겠지.'

민우는 머리가 복잡해지는 것을 느끼고는 타임을 요청하곤 장갑을 매만지며 흐름을 끊었다.

'복잡하게 생각하지 말자. 지금은 머리싸움으로 들어가면 판단력만 흐려질 거야. 가볍게 가자. 가볍게.'

"후!"

배트를 다잡으며 크게 숨을 내쉰 민우가 다시금 배터 박스에 자리를 잡았다.

민우가 자리를 잡자 그 모습을 힐긋 바라본 슈미트가 빠르게 사인을 내기 시작했다.

'바깥쪽 낮은 코스로 체인지업. 빠져도 좋아. 헛스윙을 유도해 보자고.'

사인을 받은 마일리가 가볍게 고개를 끄덕이는 모습에 슈미트는 몸을 스트라이크존의 바깥쪽으로 옮겨갔다.

스윽.

그 소리에 민우의 귀가 쫑긋 세워졌다.

'정석대로라면 몸 쪽 높은 코스 다음은 바깥쪽 낮은 공이지.'

글러브를 들어 올리며 와인드업 자세를 취한 마일리가 스트라이드를 내디디며 빠르게 공을 뿌렸다.

슈우욱!

패스트볼과 같은 팔 각도를 보이며 뿌려지는 공에 민우가 스트라이드를 내딛는 순간, 공이 천천히 가라앉는 모습이 보였다.

'체인지업?'

판단과 행동은 동시에 이루어졌다.

민우는 빠르게 돌아가던 허리를 최대한 억제하며 손목으로 배트의 회전을 최대한 늦추기 시작했다.

그리고 무릎을 살짝 굽히며 팔을 길게 뻗어 바깥쪽으로 떨어지는 체인지업에 배트를 가져다 댔다.

딱!

한쪽 손이 떨어진 상태에서 억지로 건드린 타구가 가볍게 떠올라 2루수 엘모어가 서 있는 방향으로 날아가기 시작했다.

'이런.'

타구의 궤적이 직선타의 궤적을 보였지만, 민우는 배트를 내던진 채 최선을 다해 1루를 향해 내달리기 시작했다.

타다다닷!

자신의 머리 위로 날아오는 타구에 엘모어가 급히 뒷걸음질 치더니 힘껏 몸을 날리며 글러브를 낀 팔을 쭉 뻗었다.

"하얏!"

민우가 때려낸 타구는 곧 엘모어의 글러브에 닿을 듯 보였다.

툭!

곧, 글러브 끝에 공이 닿는 느낌에 엘모어가 글러브를 말아 쥐고는 바닥으로 떨어지며 중심을 잃고 넘어지는 모습이 보였다.

털썩.

하지만 아슬아슬하게 글러브의 끝에 걸렸던 타구는 속도가 느려진 채 외야로 굴러가고 있었다.

뒤늦게 글러브가 빈 것을 확인한 엘모어가 급히 뒤쪽으로 굴러가던 타구를 쫓아가 집어 드는 모습이 보였지만, 이미 민우는 여유 있게 1루 베이스를 지나가고 있었다.

"젠장!"

자신의 실수로 출루를 허용했다고 생각한 듯, 엘모어가 양손으로 머리를 툭 치며 자책하는 모습을 보였다.

배트의 스위트 스폿에 맞지 않았기에 힘이 실리지 못한 타구였지만, 그것이 오히려 득이 되어 내야수의 키를 살짝 넘기는 안타가 만들어진 것이다.

'저 녀석의 키가 조금만 컸다면 분명 잡혔겠지. 천운이라고 해야 하나. 후후.'

모바일의 2루수를 맡고 있는 엘모어의 키는 야구 선수치고는 작은 177㎝에 불과했다.

짧은 신장 덕에 타구가 정말 아슬아슬하게 글러브 끝에 스치며 흐트러졌고, 그 타구를 다시 잡는 동안 지체된 시간은 민우가 1루까지 도달하는데 충분한 여유를 주었다.

만약 키가 조금만 컸더라면 직선타로 잡힐 수도 있었던 타구였기에 1루를 밟고 선 민우의 입가에 자연스럽게 옅은 미소가 피어오르고 있었다.

—이야~ 정말 기가 막힌 배트 컨트롤이네요. 강민우 선수의 타구가 2루수의 글러브를 살짝 맞고 내야를 빠져나가며 행운의 안타가 만들어졌습니다.

—예, 말씀하신대로 정말 기술적인 타격이라고 볼 수 있겠네요. 보통 경험이 부족한 어린 선수들을 보면, 딱 스윙을 시작하면 한 번에 휙 하고 돌아가면서 스윙을 끝내거든요? 그런 스윙은 만약 빠른 공을 대비하고 있는데 느린 공이 들어왔다, 그러면 대처하기가 굉장히 힘들어요. 이미 배트가 돌아가 버리니까요.

그런데 강민우 선수 같은 경우는 빠른 공에 맞춰서 배트를 돌리다가도 브레이킹 볼인 것을 확인하더니, 틈을 준다고 해야할까요. 한 번 더 끊어서 떨어지는 공에 대처를 하는 모습을 보였거든요. 나이가 어린 선수임에도 허리와 손목을 이용하는 능력이 뛰어납니다. 이런 정교한 배트 컨트롤이 곧 강민우 선수가 기록을 써 내려가는 원동력이라고 보면 되겠죠.

완벽한 공이라고 생각했던 타구를 걸어낸 것도 모자라, 2루수의 키를 아슬아슬하게 넘기는 안타가 만들어지자 마일리는 의외라는 표정으로 민우를 바라봤다.

하지만 그뿐이었다.

단타 하나에 개의치 않는다는 듯, 곧 민우에게서 시선을 돌린 마일리는 타석에 들어서는 페레즈에게 집중하는 듯한 모습을 보였다.

그 모습에 민우가 역시나 하는 표정을 지으며 마일리를 바라봤다.

'역시 멘탈 수치가 괜히 높은 게 아니라 이건가.'

능력치 수치로 모든 것을 단언할 수 있는 것은 아니었지만, 어느 정도 구분을 하는 것은 가능했기에 민우가 내린 판단이었다.

'기왕 이렇게 된 거, 도루라도 시도해 보고 싶지만… 저 녀석의 특이한 투구 폼이 문제야.'

민우는 현재 리드 폭을 9피트(2.7m) 정도 벌려놓은 상태였다.

하지만 쉬이 리드 폭을 더 벌리지 못하고 있었는데, 이는 마일리의 변칙적인 투구 폼 때문이었다.

슈욱!

민우를 전혀 신경 쓰지 않는 것처럼 보이던 마일리가 순간적으로 1루를 향해 견제구를 뿌렸다.

"이크."

촤아악!

툭!

다행히 무게 중심을 2루 쪽으로 두지 않고 있던 민우였기에 곧장 1루를 향해 몸을 날렸고, 1루 베이스가 손끝에 닿는 것과 동시에 등 뒤로 1루수의 글러브가 스치는 것이 느껴졌다.

'어휴, 깜짝 놀랐네. 대비를 하고 있는데도 이 정도라니. 변칙적인 스트라이드의 효과가 이렇게 클 줄은 몰랐네.'

하마터면 견제사를 당해 더그아웃으로 되돌아갈 뻔했다는 생각이 들자 등 뒤로 식은땀이 흘러내리는 듯한 착각을 받았다.

잠시 뒤, 1루수가 투수에게 공을 던지는 것을 확인한 민우가 자리에서 일어나 베이스를 밟은 채 가슴팍을 물들인 흙을 탁탁 털어냈다.

그 후 다시 리드 폭을 벌린 민우는 조금 전의 견제 동작을 다시 되새기기 시작했다.

일반적인 투수들은 키킹 이후 홈 플레이트 쪽으로 스트라이드를 내딛는 반면, 마일리의 경우는 키킹 이후 1루 측 더그아웃 방향으로 스트라이드를 내딛던 뒤 투구에 들어가는 변칙적인 투구 폼을 가지고 있었다.

그렇기 때문에 좌투수라는 이점에 독특한 스트라이드가 더해지면서 주자가 투구 동작인지, 견제 동작인지 빠르게 구분해 내는 것이 쉽지 않았다.

리그에서 내로라하는 발 빠른 주자들도 마일리를 상대로 쉬이 도루를 시도하지 못하는 이유가 바로 이 때문이었다.

민우 역시 1루에서 마일리의 투구 동작을 보고 몸을 움찔거릴 정도로 그 구분이 쉽지 않다고 느끼고 있었고, 방금 전엔 견제사를 당할 뻔한 것이었다.

'공만 잘 던지는 게 아니라 이 말이지. 투구 동작이랑 견제 동작이 거의 차이가 없어. 미세한 차이를 구분하려면 좀 더 집중해야 한다.'

이후 마일리가 페레즈를 상대로 3개의 공을 더 던졌지만 민우는 쉬이 도루를 시도할 수 없었다.

볼카운트는 노 볼 2스트라이크.

타자에게 압도적으로 불리한 카운트였다.

페레즈는 순식간에 2스트라이크를 내어주고는 떨어지는 공을 겨우 커트해 내며 타석을 지키고 있는 상황이었다.

'휴, 무슨 놈의 공이 귀신처럼 들어오냔 말이야. 보고 있으면 스트라이크고 휘두르면 떨어지고. 미치겠네.'

페레즈는 구석구석을 찌르는 마일리의 공에 속수무책으로 당하는 자신이 꽤나 답답한 눈치였다.

1루에 서 있던 민우는 우타석에 들어서 있던 페레즈의 답답한 얼굴을 잠시 바라보고는 다시금 리드 폭을 벌리기 시작했다.

그리고 포수인 슈미트는 그런 민우의 움직임을 틈틈이 체크하고 있었다.

'저 녀석 분명 도루 실패가 하나도 없었지. 그건 매번 완벽한

타이밍에 뛰었다는 증거야.'

슈미트는 민우가 만약 도루를 시도한다면 그의 첫 도루 실패를 자신의 손으로 만들어낼 자신이 있었다.

하지만 그는 항상 철두철미한 것을 좋아하는 성격이었다.

'마일리의 독특한 투구 폼 때문에 완벽한 타이밍에 뛰기는 힘들겠지만. 조심해서 나쁠 건 없으니까.'

슈미트가 가볍게 견제 사인을 내자, 마일리는 곧 세트 포지션 자세를 취하더니 기습적으로 1루를 향해 견제구를 뿌렸다.

슈우욱!

좌우로 몸을 흔들고 있던 와중에 기습적으로 날아오는 견제구에 민우가 가까스로 1루를 향해 몸을 날렸다.

촤아악!

툭!

아슬아슬한 타이밍이었지만 1루심이 양팔을 벌리며 세이프임을 알리자 1루수인 바이른이 아쉬운 표정을 지으며 고개를 갸웃거렸다.

두 번째 슬라이딩으로 더욱 진하게 물든 앞섶을 털며 민우가 고개를 내저었다.

'저 자식, 내가 중심을 2루 쪽으로 옮기는 순간에 정확히 견제구를 던졌어. 하마터면 진짜 죽을 뻔했네.'

잠시 베이스를 밟고 있던 민우는 등골이 서늘해지는 느낌에 잠시 도루를 포기할까하는 생각을 했지만 이내 고개를 저으며 눈을 빛냈다.

'나약해지지 말자. 여긴 마이너리그다. 메이저리그에 올라가려면 벌써부터 기세에 눌릴 순 없지. 내 능력이라면 분명 뛸 수 있어.'

그때, 더그아웃에서 사인을 받은 3루 코치가 페레즈를 향해 사인을 보내기 시작했고, 그 사인은 민우에게도 자연스럽게 전달이 됐다.

사인을 확인하고는 가볍게 고개를 끄덕인 민우가 곧 천천히 리드 폭을 넓혀갔다.

상대 더그아웃에서 작전을 내는 듯하자 슈미트는 페레즈의 자세와 민우의 리드 폭을 번갈아 확인했다.

그러고는 민우의 리드 폭이 이전과 같은 모습인 것을 확인하고는 머리를 굴리기 시작했다.

'1사 1루에 보내기 번트인가? 아니, 그럴 확률은 낮다. 그럼 런 앤 히트인가? 다음 타자는 페드로자. 분명 페레즈보다 타율이 높았지. 2회부터 도박을 걸겠다는 건가.'

잠시 고민하던 슈미트는 하나의 결론에 이르렀다.

'아무리 빠르게 스타트를 한다고 해도 마일리의 투구 폼에서는 한계가 있어. 볼카운트가 유리하니까, 한 번 높은 볼로 아예 빼보자고.'

슈미트는 다리 사이로 손을 넣고는 빠르게 움직이며 사인을 보내기 시작했다.

그 사인을 받은 마일리는 이의 없다는 듯 가볍게 고개를 끄덕이고는 1루에서 움찔거리고 있는 민우를 바라봤다.

곧, 마일리가 세트 포지션으로 빠르게 공을 뿌리는 순간.

슈우욱!

타다다닷!

민우가 잽싸게 스타트를 끊으며 2루를 향해 내달리기 시작했다.

'역시 작전이 맞았어. 거기에 스타트가 조금 늦었다. 충분히 잡을 수 있어!'

민우가 뛰는 모습을 발견한 슈미트는 스타트가 늦은 민우를 충분히 잡을 수 있으리라는 판단을 내렸다.

슈미트는 곧장 몸을 비스듬히 일으킨 뒤, 2루를 향해 공을 뿌리기 위한 최적의 자세를 잡으며, 미트에 공이 꽂히기만을 기다렸다.

타석에 서 있던 페레즈는 슈미트의 공이 스트라이크존을 크게 벗어나는 높은 코스로 날아오자 잠시 당황했다.

하지만 순순히 미트에 꽂히는 것을 허락할 생각이 없었다.

'잡게 놔둘까보냐!'

런 앤 히트 작전은 본디 주자를 살려서 진루를 시키는 것이 최우선 목표였고, 운이 좋다면 타자도 살아나가 1, 3루를 만들기 위한 작전이었다.

페레즈는 민우가 아웃을 당하는 상황이 발생하지 않게 하기 위해 어떻게든 건드린다는 느낌으로 배트를 쭉 내밀었다.

딱!

공을 때려내는 순간, 배트를 타고 느껴지는 진동이 생각보다

약한 것에 페레즈는 1루를 향해 냅다 달리기 시작했다.

페레즈가 밀어 친 타구는 완만한 포물선을 그리며 중견수와 좌익수 사이의 빈 공간을 향해 날아가기 시작했다.

—노 볼 2스트라이크. 주자 뛰었고요! 타자는 타격! 타구는 높이 떠서 우중간! 우중간! 우중간을 완전히 꿰뚫었습니다!
—강민우는 2루를 지나 3루에서!!

워닝 트랙 부근에서 빠르게 타구를 집어 올린 중견수가 곧장 내야를 향해 강하게 공을 뿌렸다.

마일리의 투구 폼의 영향으로 스타트가 조금 늦었지만 민우의 빠른 발은 늦은 스타트를 만회하기에 부족함이 없었다.

쌔에엑!

귓가를 날카롭게 스쳐 가는 바람 소리를 뒤로 한 채 빠르게 내달리던 민우는 3루 코치가 팔을 풍차처럼 돌리는 모습에 지체 없이 홈으로 내달리기 시작했다.

—멈추지 않습니다! 3루를 돌아서 홈으로! 홈으로! 홈에서!!

중계 플레이를 위해 외야 쪽으로 올라가 있던 2루수는 공을 받자마자 곧장 홈을 향해 강하게 뿌렸다.

슈우욱!

동시에 홈에 거의 도달했던 민우가 포수를 피해 몸을 비스듬히 날리며 홈 플레이트를 쓸며 미끄러졌다.

좌아아악!

팡!

거의 동시에 공을 포구한 포수가 몸을 비틀듯이 날리며 민우를 잡으려 애썼지만, 미트는 허공만을 휘저을 뿐이었다.

─들어~ 옵니다! 페레즈 선수의 1타점 적시타가 터졌습니다! 빠르게 중계 플레이가 이루어졌지만 강민우 선수의 빠른 발을 막을 순 없었습니다! 그 사이 타자주자는 2루에 여유 있게 들어갔습니다! 스코어 1 대 0. 채터누가가 한 점을 먼저 앞서나갑니다. 채터누가 벤치의 기가 막힌 런 앤 히트 작전! 완전히 성공했네요!

─마일리 선수가 바깥쪽 높은 곳으로 빠져나가는 투심을 던졌거든요. 아마 작전을 예상하고 공을 하나 빼려고 했던 것으로 보이는데요. 보통이라면 건드리지 않을 법한 코스로 들어오는 공이었는데, 런 앤 히트 작전이 나온 상태이다 보니 페레즈 선수가 어떻게든 주자를 살리려고 배트를 내밀었던 것이 이렇게 전화위복이 되면서 좋은 타구를 만들어냈습니다.

─예. 맞습니다. 코스가 정말 기가 막혔거든요. 우중간의 빈 공간을 완전히 꿰뚫으면서 채터누가는 기분 좋은 선취득점을 거둬들이게 되었습니다.

강민우 선수의 행운의 안타가 결국은 득점까지 이어지면서 오늘 경기에서 기가 막히게 운이 따라주는 채터누가입니다.

페레즈의 타구가 우중간으로 뻗어가며 안타가 되는 모습을 바라보던 채터누가의 홈 팬들은 곧 시선을 돌려 민우가 홈으로 쇄도하는 모습을 조마조마하게 바라보고 있었다.

그러고는 홈에 거의 다다르자 옆으로 미끄러지며 손으로 홈 플레이트를 터치하는 민우의 절묘한 슬라이딩에 냅다 환호성을 내질렀다.

"나이스!!"

"나이스 페레즈!!"

"페레즈. 저 녀석, 다시 봐야겠는데!"

"페레즈도 페레즈지만, 이건 민우가 만들어낸 거야! 2루에 도착했다 싶더니 3루고, 3루다 싶더니 홈으로 들어왔잖아. 마지막 슬라이딩도 예술이었고! 다른 주자였다면 3루에서 멈췄을 거야!"

"타격이면 타격, 수비면 수비, 주루면 주루. 도대체 못하는 게 뭐야?"

"진짜 누가 우승 전도사 아니랄까 봐. 파이어스도 무너뜨리더니 마일리도 별거 아니라 이거지!"

"푸하핫!"

"만약 오늘 경기에서도 홈런을 때리면 민우는 그냥 민우가 아니다! 갓(God)민우다!"

"오오! 갓민우!"

"갓민우!"

관중들은 어느새 '갓민우'라는 새로운 별명을 만들어 외치기 시작했고, 그 목소리는 채터누가의 더그아웃까지 흘러들어 가고 있었다.

　멍하니 관중들의 외침을 듣고 있던 고든이 민우의 곁에 조심스레 앉더니 민우를 뚫어져라 바라보기 시작했다.

　"민우, 너 진짜 신이지? 야구가 하고 싶어서 지상으로 내려온 거지?"

　고든의 말에 피식 웃어 보이던 민우는 평소의 고든에게서 볼 수 없는 진지한 표정에 괜히 뜨끔한 기분이 들었다.

　'뭐지? 혹시 내 비밀을 알아낸 건가? 설마… 이 녀석도 능력이 생긴 건가?'

　하지만 그 속내를 숨긴 채, 황당하다는 듯한 표정을 지으며 고든을 바라봤다.

　"고든, 그게 무슨 뜬금없는 소리야?"

　민우는 설마 하는 마음으로 조심스레 고든의 입이 열리기만을 기다렸다.

　그 모습에 고든이 푹 하고 한숨을 쉬는듯하더니 돌연 어깨에 손을 감고는 예의 능청스러운 표정을 지으며 말을 이어갔다.

　"야구의 신이 아니면 이렇게 말도 안 되는 기록을 낼 수가 없잖아. 맞아, 넌 인간이 아니야. 신이었던 거야."

　고든은 자신의 생각이 맞다는 듯, 연신 고개를 끄덕거리고 있었다.

그 모습에 민우가 진심으로 황당한 표정을 지으며 그를 바라봤다.

'뭐야. 그냥 헛소리였어? 나 참, 괜히 쫄았잖아.'

속으로 가볍게 한숨을 내쉬던 민우는 한편으론 혹시나 자신과 같은 능력을 가진 이가 이 세상에 또 있지 않을까 하는 의문이 들었다.

'만약 그런 사람이 있었다면, 진즉에 내 앞에 나타나지 않았을까?'

민우는 이내 말도 안 되는 의문이라고 생각하며 곧 의문을 머리에서 완전히 지워 버렸다.

*   *   *

타다닥!

타닥타닥!

이른 아침임에도 사무실 이곳저곳에선 키보드를 두드리는 소리가 끊임없이 들려오며 바쁜 하루가 시작되었음을 알리고 있었다.

그리고 그들 사이로 하얀 블라우스에 딱 달라붙는 스키니진을 매치시켜 깔끔한 인상을 주는 여성이 미간에 주름을 잡은 채 모니터를 노려보고 있었다.

타다닥!

그 손은 빠르게 키보드를 두드리고 있었는데, 아담한 입술에서 중얼거리는 말들은 화면에 쓰이는 내용과는 전혀 딴판이었다.

"내가 기사도 좋게 써주고, 미국까지 찾아갔는데 연락 좀 주면 어디가 덧나나. 죽어도 먼저 연락은 안 주네."

탁!

"저장. 전송. 확인."

뾰로통한 얼굴을 한 채 키보드를 두드리던 아름은 곧 작성을 완료한 듯, 문서를 저장하고는 곧장 누군가에게 메일을 전송까지 마치고 나서야 숨을 크게 내쉬었다.

"휴우, 하나 끝났네."

끼익—

앞으로 숙였던 몸을 일으켜 의자의 등받이에 몸을 기대며 기지개를 피자 의자가 거친 비명 소리를 내질렀다.

"LC가 이렇게 잘나갈 줄은 몰랐는데. 정말 강태성이 이번 시즌에 LC를 한국시리즈 우승으로 이끌고 미국으로 날아갈 수 있을까? 그리고… 강민우를 만날까?"

아름은 민우가 방출을 당해 미국으로 날아가게 된 계기가 누구 때문인지 어렴풋이 추측하고 있었지만, 확실하지 않은 내용은 기사로 내보낼 수 없었기에 입을 꾹 다물고 있는 상태였다.

'강민우 선수는 정말 그 사실을 모르고 있는 걸까?'

아름은 미국으로 날아갔을 때 진행했던 인터뷰의 내용을 아직도 또렷이 기억하고 있었다.

'방출당한 이유를 전혀 모른다고 했었지.'

아름은 그런 생각을 하며 무심결에 즐겨찾기에 추가해 두었던 마이너리그의 홈페이지로 들어갔다.

그리고는 메인 페이지에 떠있는 민우의 기사를 발견하고는 두 눈을 크게 뜨며 자리에서 벌떡 일어나고 말았다.

덜컥!

"어? 뭐야? 6경기 연속 홈런?"

아름이 놀란 토끼눈을 한 채, 자리에서 벌떡 일어나자 순간 몇몇 시선이 아름에게로 집중됐다.

드르륵!

바로 옆자리에 앉아 있던 동료 기자가 의자를 뒤로 밀며 칸막이 옆으로 고개를 내밀었다.

"뭐야? 무슨 일 있어?"

그 모습에 자신의 실수를 깨달은 아름이 조용히 의자를 끌어다 앉으며 대답했다.

"후후, 다솜아, 내가 기사 썼던 강민우라고 혹시 기억해?"

"물론이지. 탈C의 신화를 쓰고 있는 그 선수를 모르는 사람이 있을까? 아, LC프런트는 애써 모른 척하려나? 큭큭."

다솜이라 불린 동료 기자의 능청스러운 말장난에 피식 웃어 보인 아름이 의미심장한 표정으로 하나의 물음을 던졌다.

"그 탈C 신화를 쓴 선수가 지금 어떤 기록을 새로 쓰고 있는 줄 알아?"

"웅? 뭔데? 어떤 기록인데?"

아름의 물음에 다솜이 호기심 어린 표정으로 빨리 이야기하라는 눈치를 보내자 아름이 천천히 모니터를 가리켰다.

"직접 확인해 봐."

드르륵!

의자를 끌고와 모니터를 들여다본 다솜은 곧 아름이 처음 지었던 표정과 같은 표정으로 놀라움을 표했다.

"6경기 연속 홈런?"

그 모습에 아름이 만족스럽다는 듯한 미소를 지으며 고개를 끄덕거렸다.

"그래, 6경기 연속 홈런. 우리나라에서도 1999년에 이승엽 선수랑 스미스 선수, 그리고 2003년에 이하준 선수까지 단 3명만이 달성한 기록이라고."

"대박. 마이너리그 기록이긴 해도… 이거 완전 특종감인데? 야구팬들 관심 하나는 제대로 끌겠어."

다솜은 대어를 낚은 이를 보는 것처럼 아름을 향해 부러운 시선을 보냈다.

아름은 그 시선을 기껍게 받으면서도 가볍게 고개를 저었다.

"아직은 아니야. 타이기록으로는 부족해. 관심을 제대로 끌려면 7경기 연속 홈런을 만들어야겠지. 보니까 지금 경기가 진행되고 있더라고. 오늘 경기에서도 홈런을 날리면 그게 진짜 대박인거야. 후훗. 그래서 난 지금부터 부장님한테 공식으로 허락받고, 강민우 선수의 경기를 지켜보러 가야겠단 말이지."

그 말과 함께 아름이 자리에서 일어나 빠르게 발걸음을 옮겨갔다.

다솜은 부러운 듯 아름의 뒷모습을 멍하니 바라보다가 모니터로 시선을 돌려 현재 진행되고 있는 경기의 문자 중계를 확인했다.

경기는 4회가 진행되고 있었고, 강민우의 성적은 2타수 1안타, 홈런은 아직 없는 상태였다.

곧 마우스에서 손을 뗀 다솜이 신기하다는 표정으로 모니터에 떠오른 민우의 사진을 뚫어져라 바라봤다.

"한국의 강태성에 미국엔 강민우라······. 강 씨 집안에 무슨 마력이라도 있는 건가? 부럽네, 부러워."

잠시 한탄의 말을 내뱉던 다솜은 가볍게 한숨을 내쉬고는 자신의 자리로 되돌아갔다.

*　　　　　*　　　　　*

5회 초.

벌써 모바일의 타순은 2번을 돌아 3번째 타석에 접어들고 있었다.

색스턴은 매 이닝 출루를 허용했지만 꾸역꾸역 틀어막으며 점수를 내어주지 않으며 계속해서 아슬아슬한 모습을 보여주고 있었다.

그리고 5회 초, 이닝이 시작되자마자 모바일의 2번 카우길에게 볼넷을, 3번 카스토에게 안타를 맞으며 다시금 불안한 조짐을 보이기 시작했다.

노아웃에 주자를 연속으로 내보내자 홈 팬들은 아슬아슬한 리드가 혹여나 깨어지지 않을까 조마조마한 마음으로 그라운드를 바라보고 있었다.

"설마, 한 방 맞는 건 아니겠지?"

"재수 없는 소리 하지 마. 색스턴이 지난 두 경기에서 완전 달라진 모습을 보여줬잖아. 이번에도 잘 막을 거야."

"색스턴 화이팅!"

"화이팅!"

귓가를 울리는 팬들의 응원 소리에 색스턴은 흔들리던 마음을 다잡으려 노력했다.

"후."

색스턴은 턱을 타고 흐르는 땀방울을 어깻죽지로 거칠게 문질러 닦아내고는 1루와 2루를 흘겨봤다.

'안타 하나면 실점인가.'

색스턴의 투구 수는 벌써 80개에 육박해 있었고, 구속도 초반보다 1~2마일이 떨어진 상태였다.

더그아웃에서는 투수 코치가 분주히 움직이는 모습으로 보아 이번 이닝이 색스턴의 마지막 이닝이 될 것 같았다.

얼마 전까지만 해도 반쪽짜리 선발투수였던 자신의 모습을 떠올린 색스턴이 가볍게 고개를 털었다.

'5이닝도 못 채울 순 없어. 기필코 막는다.'

마음속으로 다짐을 내뱉은 색스턴은 포수의 사인이 나오자 곧장 세트 포지션으로 빠르게 공을 뿌렸다.

슈우욱!

색스턴의 손을 떠난 공은 빠른 속도로 홈 플레이트를 향해 날아가기 시작했다.

그리고 포수가 내민 미트로 곧장 빨려 들어갈 듯 보였다.

그 앞에 나타난 배트만 아니었다면 말이다.

따악!

'헉!'

슈미트는 마치 그 공을 노리고 있었다는 것처럼 초구부터 벼락같이 배트를 내돌렸다.

우중간 방면으로 타구를 날려 보낸 슈미트는 곧장 배트를 내던지고는 빠르게 1루를 향해 달리기 시작했다.

그리고 그런 슈미트의 얼굴에는 설마 하는 표정이 떠올라 있었다.

펜스를 넘어갈 만한 타구는 아니었지만 우중간을 가를 듯한 라인드라이브 타구였기에 여유 있게 2루까지 갈 수 있을 거라 생각했다.

하지만 타구를 쫓아 달려가는 민우의 기세가 몹시 매서웠다.

타다다닷!

민우는 이 타구를 놓친다면 순식간에 2점을 내주며 기세가 완전히 넘어갈 것이라는 것을 잘 알고 있었기에 절대로 놓쳐서는 안 된다고 판단하고 있었다.

'대도!'

지잉—

경기 중, 단 한 번밖에 사용할 수 없는 '대도' 스킬이었지만, 지금은 대도 스킬이 없이는 잡을 수 없는 타구였기에 고민 없이 스킬을 사용한 민우였다.

몸이 가벼워지는 느낌과 함께 민우가 다리 근육을 더욱 조이며 더 빠르게 내달리기 시작했다.

타다다닷!

—강하게 때려낸 타구! 우중간을 가를 듯! 가를 듯! 공을 잡기 위해 강민우가 달려갑니다!

그럼에도 붉은색으로 빛나는 화살표와 그리 옅어지지 않는 라인의 색깔에 민우가 이를 악물었다.

'잡는다!'

낙구 지점은 우중간 펜스 바로 앞, 워닝 트랙에 찍혀 있었고 몸을 날리지 않으면 잡을 수 없을 듯한 궤적을 보이고 있었다.

낙구 지점 근처에 도달한 민우는 한 치의 고민 없이 곧장 몸을 날리며 글러브를 뻗었다.

"핫!"

공중에 뜬 채로 낙구 지점을 나타내는 반구 안으로 들어선 민우가 타구의 궤적을 나타내는 라인에 글러브를 뻗었다.

팡!

쿵!

'윽.'

포구와 동시에 등 뒤에서 느껴지는 강한 충격에 민우가 인상을 팍 찌푸렸다.

애써 통증을 참아낸 민우는 주자를 떠올리고는 곧장 중심을 잡고는 중계 플레이를 위해 올라온 2루수에게 빠르게 공을 뿌렸다.

─점핑 캐치! 잡아냅니다! 와~ 강민우 선수의 멋진 펜스 플레이! 오늘 경기의 명장면으로 꼽아도 될 정도로 기가 막힌 수비를 보여주며 대량 실점을 막아냅니다!

─와아, 잡는 것이 거의 불가능해 보이는 타구였는데 정말 스타트를 빨리 끊었어요. 전력 질주로 끝까지 타구를 쫓아가서는 펜스에 곧장 몸을 날려 잡아냈거든요. 상당히 격하게 부딪쳤는데, 부상이 우려가 되는군요.

─인상을 찌푸리고 있지만 다행히 몸에 문제는 없다는 신호를 보냅니다.

"우와아아!"

"다친 건 아니겠지?"

"괜찮다고 하는 것 같은데? 다행이다!"

"갓민우! 갓민우!"

"민우! 다른 녀석들은 다쳐도 너만큼은 다치면 안 된다고!"

민우의 환상적인 캐치에 주먹을 불끈 쥐어 보이던 수베로는 한 관중의 외침에 씁쓸한 미소를 지어 보였다.

'민우의 부상은 곧 전력이 반 토막이 난다는 뜻이긴 하지만, 그런 말은 마음속으로만 하면 좋을 텐데.'

혹여나 다른 선수들이 동요하지 않을까 잠시 주변을 둘러본 수베로는 선수들이 온통 민우의 환상적인 플레이에 환호성을 내지르고 있는 것을 보고는 기우였음을 깨달았다.

하지만 잠시 뒤, 또 한 번의 타격음이 관중들의 환호성을 깨부수어 버렸다.

따아악!

정갈한 타격음과 함께 높이 떠오르는 타구를 바라보는 팬들의 얼굴엔 절망스런 기운마저 느껴지고 있었다.

'위기를 넘겼다고 방심하면 안 되는 거야. 후후.'

벼락같이 배트를 내돌린 5번 바이른이 입꼬리를 말아 올린 채 천천히 타석을 벗어나 다이아몬드를 돌기 시작했다.

민우 역시 우익수 방면으로 빠르게 쏘아져 날아가는 타구를 바라보며 인상을 찌푸릴 수밖에 없었다.

'하아, 저걸 막으려면 슈퍼맨이 돼야겠지.'

텅!

우측 외야 관중석에 가득 들어차 있던 홈 팬들은 기다리던 민우의 홈런볼 대신 바이른의 홈런 타구가 날아오자 냅다 공을 잡아서는 그라운드 안으로 던져 버리는 모습을 보였다.

하지만 그런다고 홈런이 홈런이 아니게 되는 일은 없었고,

바이른이 홈 플레이트를 밟으며 점수는 1 대 3. 모바일이 두 점을 앞서 나가기 시작했다.

민우의 엄청난 호수비로 2점을 틀어막았더니 홈런으로 응수하는 바이른이었다.

위기를 넘겼다고 생각했지만 결국 시한폭탄은 터지고 말았다.

허탈한 표정을 짓고 있던 색스턴은 곧장 강판되고 말았다.

뒤이어 올라온 우완 스미트가 남은 아웃 카운트 2개를 잡아내며 이닝을 마무리 지었지만 이미 넘어간 분위기를 되돌릴 수는 없었다.

6회, 7회……

5회 초 터진 스리런 홈런 이후 양측은 이렇다 할 소득 없이 빠르게 공수를 주고받으며 빠르게 9회를 향해 달려갔다.

민우는 7회 말, 선두 타자로 다시 한 번 타석에 들어섰지만, 총알 같은 타구를 투수가 잡아채며 투수 직선타로 허무하게 물러나고 말았다.

"아아, 잘 맞은 타구였는데."

"운이 나빴어. 오늘의 마일리는 운까지 따라주고 있어."

모든 관중들은 민우의 기록 행진이 여기서 끝나는 것이 아닌가 하는 마음을 가졌지만, 한편으론 실낱같은 희망을 가지고 끝까지 자리를 뜨지 않은 채 관중석을 지키고 있었다.

그리고 9회 초 2아웃, 채터누가는 다시 한 번 연속 안타를 허용하며 주자 1, 2루의 실점 위기를 맞이했다.

하지만 4번 타자 슈미트가 때려낸 타구를 민우가 기가 막힌 슬라이딩 캐치로 잡아내며 아웃 카운트를 채웠고, 실점 위기를 벗어날 수 있었다.

그리고 9회 말, 스코어는 여전히 1 대 3에서 변동이 없는 상태에서 채터누가의 마지막 공격 기회가 돌아왔다.

8회까지 1실점만을 허용하며 모바일의 마운드를 든든히 지키던 마일리가 내려가고 모바일의 마무리 투수, 스텐지가 마운드에 올라섰다.

슈우욱!

팡!

슈우욱!

빡!

"어휴, 무력시위라도 하는 건가?"

선두 타자로 나서야 하는 램보가 치가 떨린다는 듯, 몸을 부르르 떨며 스텐지의 투구를 유심히 지켜봤다.

연습 투구임에도 미트에 공이 꽂히는 소리가 예사롭지 않았다.

이윽고 스텐지가 연습 투구를 마치자, 램보가 '다녀올게'라는 입모양을 보이며 타석으로 다가갔다.

더그아웃에 앉아 있던 민우는 그런 램보에게서 시선을 돌려 스텐지를 바라봤다.

'얼마 전까지 100마일(161㎞)을 뿌린 적이 있다고 했었지.'

스텐지는 데뷔 때부터 제구력을 다잡기보다는 빠른 구속으로 타자를 윽박지르는 스타일의 투수였다.

이런 특징이 말해주 듯, 올 시즌 30이닝을 던지며 볼넷을 11개나 내주는 불안한 모습을 보였지만, 피안타율은 1할 4푼에 불과할 정도로 극과 극의 모습을 보이고 있었다.

해가 지날수록 구속이 꾸준히 줄어드는 문제를 보이고 있었지만 현재도 98마일(158㎞)에 가까운 패스트볼 구속을 보이며 그 위력을 떨치고 있었다.

스텐지가 던지는 구종은 포심 패스트볼과 슬라이더 단 두 종류뿐이었지만 슬라이더가 패스트볼과 비슷한 궤적으로 날아와 막판에 꺾이는, 커터와 비슷한 무브먼트를 보이며 타자들의 배트를 손쉽게 이끌어내곤 했다.

그럼에도 열에 여덟은 패스트볼을 던지며 자신의 패스트볼에 무한한 자신감을 보이고 있었다.

그리고 오늘도 자신의 패스트볼의 위력을 만천하에 뽐내고 있었다.

팡!

"스트라이크!"

팡!

"스트라이크!"

팡!

"스트라이크 아웃!"

단 3개의 패스트볼로 아웃 카운트를 따낸 스텐지가 가볍게 주먹을 쥐어 보였다.

공을 건드려 보지도 못한 채 허무하게 삼구삼진을 당한 램보가 잠시 타석에 서서 고개를 절레절레 저은 뒤, 천천히 더그아웃으로 돌아왔다.

쿵!

"아오! 분명 스트라이크존 안으로 들어오는데 건드리질 못하겠네."

손도 못 써보고 삼진을 당한 것이 억울한 듯, 램보는 헬멧을 거칠게 내려놓고는 답답한 기분을 그대로 드러냈다.

민우는 그런 램보에게서 시선을 돌려 타석에 들어서는 샌즈를 바라봤다.

'투구 패턴이 단조롭기 때문에 타이밍만 맞출 수 있다면 얼마든지 때려낼 수 있을 거야. 문제는 역시 샌즈와 스미스의 배트 스피드인가.'

민우는 샌즈와 스미스 중 한 명이라도 출루에 성공해야 마지막 타석에 들어설 수 있는 상태였다.

'하나만 쳐줬으면 좋겠는데.'

따악!

생각과 동시에 민우의 바람이 이루어진 듯, 그라운드에서 깨끗한 타격음이 들려왔다.

"좋아!"

"안타다!"

3번 타자인 샌즈가 스텐지의 한복판으로 날아오는 패스트볼을 가벼운 스윙으로 건드리며 유격수와 2루수 사이를 꿰뚫는 안타를 때려낸 것이다.

샌즈의 출루에 홈 팬들이 환호성과 함께 박수를 치며 꺼져 가던 희망의 불씨를 살려낸 샌즈를 칭찬했다.

9회말 1아웃, 주자는 1루.

타석에는 스미스가 들어서고 있었다.

'가보자.'

민우가 자신의 배트를 뽑아들고 더그아웃을 빠져나가는 모습에 선수들이 한마음으로 민우를 바라보기 시작했다.

'한 방만 날려주라.'

'오늘도 우리 팀을 구해 달라고.'

하지만 그 누구도 민우에게 부담을 지우지 않기 위해 그런 생각을 입 밖으로 꺼내지는 않고 있었다.

단 한 명만 빼고.

"여어! 갓민우! 홈런으로 부탁한다고!"

고든의 장난스러운 외침에 더그아웃에 있던 모두가 고든을 향해 경악에 찬 시선을 보냈다.

그 외침에 멈칫한 민우가 피식 웃더니 고개를 끄덕여 보였다.

"주문 접수했다."

덤덤한 민우의 반응에 고든이 '오오' 하는 표정으로 고개를 끄덕거렸다.

그 모습에 고든에게 한소리씩 내뱉으려 준비하고 있던 동료들이 벙찐 표정으로 고든을, 그리고 민우의 뒷모습을 번갈아 바라봤다.

'저번 예고 홈런 때문인가… 믿음직스러운데?'

'왠지 저 녀석이라면 진짜로 한 방 날려줄 것 같단 말이지……'

'저러고 한 방 날리면 진짜 대박이겠네.'

슈우욱!

팡!

"볼!"

몸 쪽으로 향하는 빠른 공에 스미스가 급히 몸을 뒤로 빼며 가까스로 공을 피하고는 마운드 위의 스텐지를 가볍게 노려봤다.

스텐지는 자신의 공이 마음에 들지 않는지 고개를 갸웃거리는 모습을 보이고 있었다.

갑작스런 제구 난조.

2스트라이크를 잡아놓은 뒤, 연속해서 3개의 공이 크게 빠지며 풀카운트가 만들어졌다.

제구를 다시 잡기 위해 한가운데를 노릴 것인가.

헛스윙을 유도하기 위해 하이 패스트볼을 뿌릴 것인가.

낮은 코스에 꽉 찬 패스트볼을 뿌릴 것인가.

스미스는 머리를 굴리면서도 스텐지의 흔들리는 제구를 노리기 위해 곧장 타석에 들어섰다.

'다음 타석은 민우의 차례다. 아무리 뛰어난 투수라도 민우를 상대하기 전이라면 1아웃 1, 2루보다는 2아웃 1루를 원하겠지.'

강한 타자를 피하고 싶은 것은 어떤 투수라도 비슷할 것이었다.

'노려보자.'

배트를 다잡은 스미스가 매서운 눈빛으로 스텐지를 노려보기 시작했다.

스텐지의 얼굴에 드러난 표정에는 변화가 없어 보였다.

글러브를 가슴팍으로 끌어 올리고 공을 쥔 손을 꿈틀거리던 스텐지가 잠시 1루에 견제의 눈빛을 보내고는 곧장 공을 뿌렸다.

슈우욱!

'이번에도 패스트볼!'

스미스가 공의 궤적을 예측하고 빠르게 배트를 내돌렸다.

그런데 올곧게 날아오던 궤적이 살짝 틀어지며 바깥쪽으로 흘러나가기 시작했다.

'슬라이더… 였어!'

스미스는 뒤늦게 허리를 쭉 빼며 바깥쪽으로 빠져나가는 공을 걷어내려 노력했다.

딱!

배트의 끝에 맞고 바운드 된 타구가 3루수의 정면을 향해 날아가기 시작했다.

병살타가 될 상황이 만들어지자 스미스의 인상이 확 찌푸려졌다.

'젠장!'

팍!

타다닷!

배트를 바닥에 내동댕이친 스미스가 1루를 향해 전력으로 내달리기 시작했다.

그리고 스미스의 타구가 3루수의 앞에서 바운드되는 순간.

툭!

"어?"

바운드된 타구가 카스토가 내민 글러브의 아랫부분에 맞은 뒤, 외야 쪽으로 느릿느릿 굴러가기 시작했다.

─3루수! 빠뜨렸어요! 평범한 타구였습니다만, 3루수 카스토가 공을 빠뜨리면서 출루를 시키고 말았어요.

─실책으로 기록이 됩니다. 사실 배트 끝에 걸리면서 강습 타구가 아니었거든요. 글러브 밑으로 빠진 것으로 보아 바운드가 카스토의 예측과 달리 낮게 된 것으로 보이네요.

─그사이 주자는 2루와 1루. 1아웃에 1, 2루입니다. 그리고 타석에는 채터누가의 신성, 강민우 선수가 들어섭니다.

마치 민우의 앞에 밥상을 차려주듯 주자가 쌓이는 모습에 홈 팬들이 미친 듯이 열광하기 시작했다.

오늘 4타수 2안타에 볼넷 하나를 얻어내며 대활약을 했던 카스토였지만, 단 하나의 실수로 역적에서 웃음거리로 전락하고 말았다.

"푸하핫! 카스토! 고맙다!"

"가는 게 있으면 오는 것도 있어야지! 세상 사는 법을 아는구나!"

"아까 욕해서 미안하다!"

부들부들.

계속해서 모욕적인 말들이 쏟아져 나오자 카스토의 미간에 주름이 깊게 파였다.

민우는 스미스가 타구를 날려 보낼 때까지만 하더라도 이대로 경기가 끝나리라 생각했었다.

그런데 카스토가 속된 말로 알을 까면서 자신에게 밥상을 차려주는 모습에 피가 끓는 기분을 느끼고 있었다.

2루타 하나면 동점, 홈런이면 바로 끝내기가 될 수 있는 상황이었다.

부담이 될 수도 있는 상황임에도 민우는 묘하게 흥분되는 감각을 느끼고 있었다.

"갓민우! 갓민우!"

"오오오오!"

경기장을 뒤흔드는 관중들의 환호성, 그 환호성에는 민우를 향한 신뢰감이 가득 담겨 있었다.

잠시 그 환호를 음미하던 민우가 천천히 배트를 눈앞으로 들고는 뚫어져라 바라보더니 이내 고개를 끄덕거렸다.

'스텐지. 패스트볼 위주의 투수라면 나한테는 최적의 상대지. 거기다가 지금은 제구도 흔들리는 것 같고 단타는 없어. 존 안쪽으로 들어오면 무조건 풀스윙이다!'

곧 민우가 배터 박스에 들어서 자리를 잡자, 포수 마스크를 쓰고 있던 슈미트가 그 얼굴을 힐긋 바라봤다.

그리고 민우의 얼굴에서 이전에 보이지 않던 강한 자신감이 묻어나는 것을 발견하고는 포수의 직감이 위험 신호를 감지했다.

'위험해, 위험해. 이건 정말 위험하다고.'

슈미트는 곧장 스텐지에게 볼넷을 줘도 좋으니 스트라이크 존에 걸치는 투구를 할 것을 요구했다.

'무슨 소릴 하는 거야? 1사 1, 2루에서 볼넷이라니! 날 믿지 못하겠다는 거야?'

스텐지는 그런 슈미트의 모습이 나약하게만 보였고, 영 마음에 들지 않았다.

아무리 뛰어난 타자라도 자신의 위력적인 구위라면 얼마든지 범타로 돌려세울 수 있으리라고 자신하고 있었기 때문이다.

굳은 표정으로 자신의 사인을 거부하는 스텐지의 모습에 슈미트가 미간을 찌푸리며 몇 번의 사인을 더 보냈지만, 스텐지는 계속해서 자신의 의견을 고수했다.

그 모습에 마운드에 오르려 몸을 움찔하던 슈미트가 돌연 한숨을 내쉬며 다시금 자리에 꿇어앉았다.

'저 똥고집이! 아니다, 아니야. 내가 저놈을 믿어야지. 누굴 믿겠어. 그래, 어디 한 번 맘대로 던져 봐라. 가운데로만 던지지 말라고.'

슈미트가 가볍게 고개를 끄덕이자 만족스런 미소를 지어 보인 스텐지가 포수에게 하나의 사인을 보내고는 대답도 듣지 않고 투수판을 밟으며 글러브를 앞으로 끌어 올렸다.

그리고 일방적인 통보를 받은 슈미트의 눈이 크게 떠졌다.

'한가운데? 이 미친놈아!'

슈미트가 그를 말리기 위해 타임을 외칠 새도 없이 스텐지는 곧장 세트 포지션으로 강하게 공을 뿌렸다.

'때릴 수 있으면 때려봐!'

스텐지가 이를 악문 채 전력으로 뿌려낸 공이 날카로운 소음을 흩뿌리며 홈 플레이트를 향해 매섭게 날아오기 시작했다.

쑤아아악!

너무나도 유혹적인 모양으로 날아오는 공에 민우의 눈이 매섭게 빛났다.

'존 안쪽!'

동시에 민우가 스트라이드를 강하게 내디디며 허리를 매섭게 회전시켰다.

뒤이어 체중을 실은 배트가 벼락같이 돌아 나오며 스텐지의 공을 강하게 퍼 올렸다.

따아아악!

정갈한 타격음이 경기장을 타고 퍼져 나가자 민우에게 집중되어 있던 시선이 일제히 끝을 모르고 뻗어나가는 타구로 돌아갔다.

"크윽."

그와 동시에 민우의 입에서 옅은 신음 소리가 새어 나왔다.

*   *   *

"꺄아아아!!"

직원 휴게실에서 조마조마한 마음으로 인터넷 중계방송을 보고 있던 아름의 눈이 동그랗게 커지더니 곧장 비명을 내지르며 자리에서 벌떡 일어나 펄쩍거리기 시작했다.

우당탕.

"갑자기 무슨 소리야?"

"뭐야? 무슨 일이야?"

날카로운 비명 소리에 휴게실의 문을 벌컥 열고 들어온 직원들은 환한 웃음을 보이며 만세를 부르고 있는 아름의 모습에 황당한 표정을 지어 보였다.

"뭐야, 저거 왜 저러냐?"

"음… 글쎄요. 요새 정신 줄을 조금 놓긴 했는데, 드디어 돌아버린 걸까요?"

직원들이 고개를 갸웃거리며 걱정스러운 눈빛으로 아름을 쳐다보고 있을 때, 그 틈으로 누군가가 비집고 들어왔다.

"잠시만요~"

그러고는 곧장 총총걸음으로 아름의 곁으로 다가간 다솜의 눈도 크게 떠지며 아름과 손을 맞잡고 만세를 부르기 시작했다.

"쟤도 미쳤냐?"

"노트북으로 뭘 보고 있었나 본데요?"

한 직원의 말에 휴게실 가운데에 놓인 테이블로 다가간 직원들이 고개를 갸웃거렸다.

"뭐야, 이건? 야구? 메이저리그는 아닌 것 같고, 마이너리그인가?"

"그런가 본데요? 어… 해설자가 뭐… 99마일? 'walk—off home run'이라는 거 보니까 99마일짜리 공을 때려서 끝내기 홈런을 터뜨렸나 보네요. 어? 그러고 보니 저 선수, 강? 그럼 얘가 강민우?"

노트북을 들여다보던 한 직원의 말에 아름과 다솜이 기다렸다는 듯 동시에 그 직원을 바라봤다.

"맞아요. 강민우! 지금 그건 끝내기 홈런이자 7경기 연속 홈런이고요!"

"뭐어? 7경기 연속 홈런?"

직원이 두 눈을 동그랗게 뜨고 되묻자 다솜이 그 대답을 대신해 주었다.

"네! 7경기 연속 홈런! 역사에 남을 타자가 탄생하는 순간이라고요!"

"이럴 때가 아니야. 누구보다 빠르게, 남들과는 다른 기사를 쓸 기회는 흔하지 않다고!"

아름은 1초라도 늦지 않겠다는 듯, 잽싸게 휴게실을 빠져나가 버렸고, 다솜 역시 흥분한 표정으로 그 뒤를 따라 나갔다.

휴게실에 남겨진 직원들은 그런 아름과 다솜의 뒷모습을 멍하니 바라보다가 시선을 돌려 끝내기 세레머니를 보여주고 있는 노트북의 중계 화면을 바라봤다.

"7경기 연속 홈런이라니… 한바탕 난리가 나겠는데?"

*   *   *

배트를 쥔 손에서는 반동이 거의 느껴지지 않으며 홈런임을 직감했지만, 동시에 허리에서 느껴지는 통증이 예사롭지 않았다.

'으, 미치겠네. 갑자기 왜 이러지?'

귓가를 울리는 팬들의 환호성과 홈 플레이트에서 자신을 기다리고 있는 선수들의 모습에도 쉬이 미소가 지어지질 않았다.

민우의 상태를 제일 먼저 알아챈 것은 스미스였다.

"쟤 표정이 왜 저래? 야야, 이상하다. 달려들지 마."

스미스의 제지에 선수들이 '뭐야?'하는 표정을 잠시 지었지만, 뒤늦게 민우의 표정을 확인하고는 걱정스러운 얼굴들로 바뀌어갔다.

"민우? 무슨 일이야? 다친 거야?"

"뭐야? 어떻게 된 거야?"

식은땀을 흘리며 천천히 홈 플레이트를 밟은 민우가 어색하게 웃어 보이며 입을 열었다.

"허리를 살짝 삐끗한 것 같아."

그 말을 끝으로 민우는 곧장 스미스의 부축을 받은 채, 빠르게 경기장을 빠져나갔다.

승리의 기쁨을 느낄 새도 없이 코칭스태프와 선수들은 걱정스러운 마음으로 병원으로 향한 민우의 검사 결과가 나오기만을 기다렸다.

제2장
첫 DL

채터누가와 모바일 간의 경기가 끝나자마자 채터누가 지역지를 시작으로 유명 스포츠 신문, 마이너리그 홈페이지까지 온통 민우의 기록 달성 소식으로 도배가 되었다.

〈7G 연속 홈런을 끝내기 스러런 홈런으로 장식하며 '킹 캉' 강민우, 자신의 존재 가치를 다시 한 번 입증하다.〉
〈끝없는 질주, 7경기 연속 홈런 기록을 달성한 강(KANG).〉
〈7G 연속 홈런 대기록 달성, 강의 돌풍은 어디까지인가.〉

그리고 전반기 우승 이후 두·번째로 메이저리그 홈페이지의 '오늘의 마이너리그 명장면' 코너에 민우의 끝내기 홈런이 선정

되어 그 동영상이 올라왔다.

평소라면 마이너리그의 홈런이라며 그냥 지나쳤을 야구팬들도 여러 매체를 통해 7경기 연속 홈런 기록이 달성되었다는 소식을 접하고는 일부러 동영상을 보기 위해 메이저리그 홈페이지를 찾아올 정도로 높은 관심을 보였다.

이제 미국에서 야구에 관심이 있는 사람이라면 강(KANG)이라는 이름을 모르는 이를 찾기가 힘들어질 정도였다.

그리고 거의 동시간, 한국에서도 이아름 기자에 의해 하나의 기사가 작성되었고, 곧 대형 포털의 스포츠 뉴스 메인 화면을 장식했다.

〈LA다저스의 초특급 유망주, '킹 캉' 강민우, 마이너리그서 7경기 연속 홈런포를 쏘아 올리며 역사의 한 페이지를 장식하다.〉

테네시 주 채터누가, 미국.

메이저리거를 꿈꾸며 마이너리그 무대에서 5할 타율을 유지하며 경이로운 활약을 이어가고 있는 외야 유망주, 강민우가 바로 오늘, 역사에 남을 홈런을 만들어냈다.

22일, 채터누가의 홈구장인 AT&T 필드에서 열린 모바일 베이베어스(Mobile BayBears)와의 홈경기에서 끝내기 스리런 포를 쏘아 올리며 7경기 연속 홈런이라는 대기록을 만들어냈다.

국내에서는 이승엽, 스미스, 그리고 이하준까지 단 3명만이 기록한 6경기 연속 홈런이 최고 기록이고, 미국에서는 켄 그리피 주니어 외 2명이 기록한 8경기 연속 홈런이 최고 기록이다.

강민우의 홈런은 9회말 1아웃 상황에서 기적처럼 만들어졌다. 첫 타석에서 1루타, 두 번째 타석 중견수 플라이, 세 번째 타석에서 투수 직선타로 물러나며 기록 행진이 중단되는 듯 보였다.

그러나 9회 말 1아웃, 3번과 4번 타자가 연속 안타를 때려내며 다시 한 번 타석에 들어설 기회가 돌아왔다.

모바일의 마무리 투수, 스텐지의 99마일(159km)짜리 패스트볼이 스트라이크존의 한복판으로 들어오자 벼락같이 배트를 내돌렸고, 맞는 순간 홈런임을 직감할 정도로 큰 타구가 나왔다.

예측 비거리 450피트짜리 장외 홈런.

조마조마한 마음으로 타구를 바라보던 홈 팬들은 구장 밖으로 타구가 사라지는 순간, 일제히 환호성을 내지르며 승리와 대기록의 달성에 기뻐하는 모습을 보였다.

강민우는 다음 경기에서도 홈런을 때려낸다면 메이저리그 기록과 타이기록을 달성하게 된다.

비록 마이너리그에서 달성한 기록이지만 값진 기록이라는 것에는 변함이 없다.

대기록과 타이를 이루기까지 단 한 개만을 남겨놓은 지금, 강민우의 거침없는 행보가 어디까지 이어질지 그 귀추가 주목된다.

ㅡ대한민국 No.1 스포츠 뉴스 MonsterSportsNews
이아름 기자.

7경기 연속 홈런.

이 한 문장은 모든 야구팬의 이목을 끌기에 부족함이 없었다.

메이저리그를 꿈꾸며 미국으로 진출한 선수들은 많았지만, 그들 대부분이 이렇다 할 성적을 내지 못한 채 수면 아래로 가라앉으며 대중의 관심 밖으로 멀어졌다.

그런데 혜성처럼 나타난 강민우라는 생소한 이름이 어느덧 마이너리그에서 전설을 써 내려가고 있다는 소식은 한국의 메이저리그 팬들을 열광시키기에 충분했다.

특히 5할이 넘는 타율을 기록했다는 기사에 이어, 7경기 연속 홈런이라는 특종이 터지자 마이너리거라며 가볍게 치부하던 이들까지 혹시나 하는 마음을 가지게 만들었다.

─오오! 추진수 이후로 한국인 메이저리그 외야수가 탄생하나요.

ㄴ그냥 외야수가 아님. 5툴 플레이어임.

ㄴ이 기세면 홈런왕도 노려볼 듯.

ㄴ더블A가 애들 놀이터면 메이저리그는 어른들 중에서도 엘리트만 있는 곳임. 설레발 ㄴㄴ

─다저스의 선견지명에 무릎을 탁 치고 갑니다.

ㄴ선견지명은 무슨. 어쩌다 걸린 거지. 다저스 외야 농사 중에 유일한 성공작인데ㅋ

ㄴ얘, 저번에 타율 5할이라고 했던 애잖아. 클라스가 다른 거지.

─현지 기사 보니까 그쪽 반응도 장난 아닌 듯. 별명이 무려 갓(God)민우임ㅋ

ㄴ오~ 입에 착 감기는데?

ㄴ재가 신이면 메이저리그는 뭐 신들의 전쟁이냐? 메이저리그에서도 저래야 고개 끄덕여 줄 듯.

─한국인인 게 자랑스럽다.

ㄴ같은 남자인 게 자랑스럽다.

ㄴ같은 강 씨인 게 자랑스럽다.

ㄴ같은 인간인 게 자랑스럽다.

─(성지예약) 강민우 2010년 40인 로스터 합류로 메이저리그 데뷔한다. 손모가지 검(이전 기사 링크 1, 2).

ㄴ이젠 얘가 믿음직스럽다.

ㄴ다음 주 로또 번호 좀.

ㄴ성지순례 왔습니다.

이 외에도 수많은 댓글이 달리며 강민우의 활약에 대한 다양한 의견들을 피력하고 있었다.

하지만 그 관심의 대상이 되고 있는 민우는 테네시 시내의 대학 병원에서 MRI 촬영을 마치고 검사 결과를 기다리고 있었다.

*   *   *

병원 대기실에 앉아 있던 민우의 옆으로는 민우를 부축했던 스미스, 그리고 구단 직원인 우드가 함께 자리를 지키고 있었다.

우드는 민우가 홈런을 쏘아 올릴 때만 하더라도 경기장 한쪽에서 미친 듯이 소리를 지르며 타구를 바라보고 있었다.

그리고 담장 밖으로 향하는 타구의 궤적에 민우의 홈런볼을 주우러 경기장 밖으로 달려갈지, 끝내기 세레머니를 지켜볼지 고민하고 있었다.

그런데 민우가 뛰는 폼이 어정쩡한 것을 발견하고는 급히 구급차를 호출하여 더그아웃을 빠져나오는 민우를 데리고 병원으로 옮겨온 것이었다.

'펜스에 강하게 부딪힌 게… 아마 5회였지.'

인상적인 장면이었다.

마이너리그의 어린 선수라면 펜스에 부딪힌다는 두려움에 소극적인 플레이를 하는 모습을 종종 보이는데. 민우는 실점을 막기 위해서인지 한 치의 망설임도 없이 펜스를 향해 몸을 날리는 모습을 보였다.

그 모습에 격하게 박수를 치며 환호성을 내질렀던 우드였기에 그 모습을 똑똑히 기억하고 있었고, 혹시나 그 충격 때문에 민우의 허리에 문제가 생긴 것은 아닌지 걱정이 되고 있었다.

항상 성실한 모습에 애정이 가는 선수가 불의의 부상을 당한 것은 너무나도 가슴이 아픈 일이었다.

특히 그 선수가 팀의 핵심 선수인 것은 더더욱 뼈아픈 일이기도 했다.

'부디 큰 부상이 아니어야 하는데⋯⋯.'

고개를 돌려 민우를 바라보니 심하게 찡그린 얼굴에서 그 고통이 느껴지자 도대체 검사 결과가 언제 나오는 것인지, 어떤 조치를 취해줄 것인지 조급한 마음이 피어나기 시작했다.

잠시간의 시간이 흐른 뒤, 답답한 마음에 자리에서 일어나려는 순간.

철컥.

진료실의 문이 열리며 간호사가 민우의 이름을 불렀다.

"강민우 씨, 진료실로 들어오세요."

*　　　*　　　*

창밖으로 어둠이 깔린 시내의 거리가 빠르게 스쳐 지나가고 있었다.

민우는 이전보다 한결 편안해진 표정으로 창밖을 바라보고 있었다.

"다행이다. 크게 다치거나 한 게 아니어서."

옆자리에 앉아 있던 스미스의 말에 민우가 굳은 표정으로 고개를 끄덕였다.

사실 5회 수비 이후, 경기 내내 등과 허리 부근에서 미약한 통증이 지속적으로 느껴지고 있었다.

하지만 민우는 그저 펜스에 부딪친 충격 때문에 잔통이 남아 있는 것이라고 생각하고 말았던 것이다.

그런데 9회 말, 마치 때려달라는 듯이 한가운데로 들어오는 공에 전력으로 풀스윙을 하는 순간, 허리에서 갑작스레 근육이 땅기는 느낌과 함께 격통이 몰려오며 곧장 온몸으로 통증이 퍼져 나갔다.

그 순간 민우는 머릿속이 새하얘지며, 어릴 적 부상을 당해 야구를 그만둬야 했던 순간이 떠올랐다.

조마조마한 마음으로 의사의 입이 열리기만을 기다리던 민우는 비교적 가벼운 염좌라는 의사의 말에 겨우 한숨을 내쉴 수 있었다.

"예, 정말 다행이에요. 큰 문제라도 생긴 게 아닐까 걱정했는데, 가볍게 염좌 증상을 보이는 거라고 하니까……."

민우의 안도한 표정에 피식 웃어 보인 스미스가 가볍게 고개를 끄덕였다.

"그래, 그래도 당분간은 꾸준히 물리치료를 받으면서 안정을 가질 필요가 있다고 하니 열심히 치료받고. 허리 통증은 재발할 위험이 아주 높으니까, 확실하게 나을 때까지는 절대로 무리해서 경기나 훈련에 임할 생각은 하지도 마라. 올해만 야구할 건 아니잖아."

민우의 뇌리에 얼마 전, 파이퍼의 부상에 마이어를 잘 다독여 주었던 스미스의 모습이 떠올랐다.

'스미스도 이런저런 부상을 많이 당해보고 나름의 조언을 해주는 것이겠지.'

스미스의 조언에는 그 스스로의 경험이 묻어 있는 듯했다.

민우는 굳은 표정으로 고개를 끄덕이고는 애써 웃으며 가볍게 농담을 던졌다.

"명심할게요. 그나저나 큰일이네요. 제가 없으면 누가 스미스의 뒤를 제대로 받쳐 줄 수 있을지, 센터라인은 누가 지켜줄지 참… 걱정이 크네요. 하하하."

애써 분위기를 환기시키려는 민우의 모습에 스미스가 황당하다는 듯 피식 웃으며 가볍게 응수했다.

"어쭈구리. 이 건방진 녀석 좀 봐라? 야, 너 없을 때도 우리 잘나가던 팀이야, 인마. 쓸데없는 걱정은 필요 없으니까 네 몸 간수나 잘해라."

콱!

"윽."

스미스가 민우의 목에 가볍게 팔을 감아 당기자 민우가 돌연 신음을 내뱉었다.

그 모습에 그동안 앞좌석에 조용히 앉아 있던 우드가 미간에 주름을 잡으며 스미스를 가볍게 쏘아봤다.

"스미스, 자네 덕분에 민우의 부상이 더 심해지겠군."

그 모습에 스미스가 '아차' 하는 표정을 짓더니, 이내 어색하게 웃어 보이고는 어깨에 감았던 손을 살며시 풀었다.

민우는 그 모습에 조용히 스미스의 어깨를 두드려 주었고, 스미스도 민우를 바라보며 피식 웃어 보였다.

＊　　　　＊　　　　＊

숙소로 돌아온 민우는 우르르 몰려와 자신의 상태를 묻는 동료들을 스미스에게 맡기고는 방으로 돌아와 곧장 침대에 몸을 뉘였다.

찌릿.

침대에 몸을 누이는 가벼운 움직임에도 찌릿거리는 느낌에 민우의 인상이 절로 찌푸려졌다.

"으으. 그냥 그 약을 써버리고 싶다."

민우는 지금껏 쓸 일이 없었기에 관심을 끊고 있었던 하나의 아이템을 떠올렸다.

'분명… 만병통치약이라는 아이템이 있었지.'

만병통치약.

그 이름만 들어서는 어떤 병이든 치료해 줄 것 같은 아이템이었다.

하지만 실상은 그렇지가 않았다.

'제약이 있었는데… 정확히 뭐였더라… 어차피 훈련도 못하는 거 확인이나 해볼까.'

잠시 멍하니 천장을 바라보던 민우가 천천히 포인트 상점을 열어 '아이템 상점'으로 들어갔다.

'만병통치약… 만병통치약… 여기 있구나.'

메뉴판을 확인하듯 시야를 옮기던 민우가 원하는 것을 발견한 듯 눈알을 굴리는 것을 멈췄다.

민우가 만병통치약에 정신을 집중하자 자연스럽게 눈앞에 만병통치약의 설명이 떠올랐다.

9. 만병통치약―5,000p
―왠지 한약이 가득 들어 있을 것 같은 갈색 빛깔의 환약.
―엄청나게 쓴맛과 독한 향을 가져 먹는 것부터가 고역이다.
―경기를 통해 얻은 모든 부상을 치료한다.
―1년에 단 한 번만 효과를 볼 수 있다.
―부작용: 3일간 고열에 시달려 정신을 차리기 힘들다.
―1주일 간 모든 능력치가 50% 하락한다.

5,000포인트라는 싸지 않은 가격.

하지만 그만큼 확실한 효과를 보장하는 아이템이었다.

어렴풋이 기억하고 있던 만병통치약의 설명을 다시금 확인한 민우는 혹시나가 역시나인 것을 깨달으며 가볍게 한숨을 내쉬었다.

'경기를 통해 얻은 부상이라면 효과는 확실하지만, 1년에 단한 번 사용할 수 있다는 건… 함부로 사용해서는 안 된다는 말이지.'

만약 과거에 이런 능력이 있었다면 어릴 적 부상에 이 약을 사용해 치료를 했을 거라는 생각이 들었지만 이내 고개를 저었다.

'과거는 과거일 뿐. 지금이라도 이런 능력이 생긴 것에 감사

해야겠지. 일단 지금은 사용하지 말자. 언제 어떤 일이 생길지 모르니까 아껴두는 게 좋아.'

선수로 생활하는 동안 불의의 부상은 말 그대로 예상치 못하게 찾아오는 법이었다.

팀에 민폐를 끼치는 것이라고 생각하면 안타까웠지만, 민우 자신의 미래를 위해서라도 만병통치약은 남겨두는 것이 좋았다.

대신 민우는 재활에 충실히 임하여 최대한 빨리 다시 팀에 합류하리라는 다짐을 했다.

'만병통치약은 사용할 수 없지만 재활에 최선을 다해서 하루라도 빨리 팀에 합류해야 한다. 로빈슨은 아직 복귀하려면 상당히 기간이 걸릴 것 같으니까······.'

민우는 팀에 합류한 이후, 여태껏 로빈슨의 얼굴을 한 번도 보지 못한 상태였다.

로빈슨은 햄스트링 부상이 두 번이나 재발하더니, 결국 LA에 위치한 다저스의 지정 병원, 조브 클리닉으로 향해 재활에 열중이라는 소식만이 들려왔다.

'헤레라가 잘 버텨줄 수 있을까?'

백업 요원인 헤레라의 좁은 수비 범위와 부족한 타격 능력은 민우의 빈자리를 채우기엔 상당히 부족함이 있었다.

민우의 복귀가 늦어진다면 팀으로서는 꽤나 타격이 큰 상태라고 할 수 있었다.

잠시 고민을 하던 민우는 어쩌면 스스로의 경우처럼 다른 선수가 더블A 무대를 밟을지도 모른다는 생각이 들었다.

'어쩌면… 식스티 식서스에서 한 명이 더 콜 업될지도 모르겠군. 실베리오? 부스? 다들 잘 지내고 있으려나.'

잠시 옛 동료들의 얼굴을 떠올린 민우가 가볍게 미소를 지으며 그들과 그라운드를 누비는 모습을 잠시 상상하며 눈을 감았다.

지이잉―

'응?'

천천히 잠에 빠져들고 있을 때 책상위에 올려두었던, 그 존재를 잊어버릴 뻔했던 휴대폰이 자신의 존재감을 알리듯 부르르 떨고 있었다.

"크으으."

침대에서 일어나며 다시 한 번 고통에 눈살을 찌푸린 민우가 겨우 휴대폰을 챙겨서는 다시 침대로 돌아왔다.

―한나 퍼거슨: 7경기 연속 홈런 기록 달성한 것 축하드려요. 그리고 부상에 대해서는 병원 기록을 확인하고 조치를 다 취해두었습니다. 조만간에 저희 회사 소속 재활 트레이너가 찾아갈 겁니다.

큰 부상이었다면 당장 LA로 가 회사 트레이닝 센터에서 재활을 했겠지만, 단순 염좌라고 하니 트레이너의 지시에만 잘 따라주시면 완벽하게 몸을 회복할 수 있을 거예요. 그럼, 문제가 생기면 언제든지 연락주세요.

'하하. 연락한다는 걸 깜빡하고 있었는데, 엄청 빠르네.'

병원에 다녀온 지 겨우 한 시간 정도가 지났을 뿐이었는데, 퍼거슨은 벌써 민우의 부상 여부와 진료 기록을 파악하고, 그에 대한 재활 프로그램까지 준비를 마친 듯 보였다.

민우는 감탄에 찬 눈빛으로 메시지를 바라보며 퍼거슨의 얼굴을 떠올렸다.

'에이전트가 있다는 게 이렇게 좋은 거였구나. 그것도 특급 에이전트가.'

가볍게 미소를 지어 보인 민우가 휴대폰을 덮었다.

*　　　　*　　　　*

다음 날, 민우의 이름이 15일짜리 부상자 명단(DL)에 올라가며 채터누가의 선발 라인업에서 제외되었다.

민우의 8경기 연속 홈런 기록을 기대하던 수많은 팬은 민우의 DL 등재 소식에 걱정스런 마음을 감추지 못했다.

"마지막에 홈런 치면서 다친 건가?"

"그럼 연속 경기 홈런도 끝인 건가?"

"아직 끝난 건 아니지만… 아무래도 부상이라면 그 감각을 유지하기가 힘들겠지."

"큰일이네. 그럼 당장 채터누가의 중견수는 누가 맡는 거지? 설마 또 헤레라야?"

"아무래도 그렇지 않을까. 중견수에서 뛸 수 있는 백업 선수는 헤레라밖에 없잖아. 진짜 큰일이네."

"그래도 15일짜리면 근육통 수준인가 보네. 민우가 돌아올 때까지 헤레라가 잘 버텨줬으면 좋겠는데."

팬들의 걱정을 뒤로한 채, 민우의 재활은 순조롭게 진행되어 갔다.

처음 일주일간은 가벼운 스트레칭 이외에 물리치료와 주사 처방이 병행되었다.

곧 허리에서 느껴지던 진통이 상당히 줄어들어, 움직이는 것에 큰 지장이 없을 정도가 되었다.

하지만 민우의 얼굴에는 답답한 표정이 가득 담겨 있었다.

'어후, 답답해. 몸이 근질거려 죽겠네.'

항상 매일 아침 운동으로 시작해 저녁 운동으로 하루를 마무리했던 민우로서는 몸을 움직이지 않는 시간이 너무나도 길게 느껴지며 영 적응이 되지 않았다.

거기다 채터누가의 경기 결과가 하루하루 들려올 때마다 민우의 마음을 더욱 답답하게 했다.

8일간의 결과는 이러했다.

7월 23일 홈 2차전, 채터누가 4:3 모바일. 승.

7월 24일 홈 3차전, 채터누가 2:6 모바일. 패.

7월 25일 홈 4차전, 채터누가 1:7 모바일. 패.

7월 28일 원정 1차전, 버밍엄 5:3 채터누가. 패.

7월 29일 원정 2차전, 버밍엄 4:0 채터누가. 패.
7월 30일 원정 3차전, 버밍엄 2:3 채터누가. 승.

민우가 스미스에게 장난스럽게 내뱉은 말은 현실이 되어가고 있었다.

민우의 시즌 타율과 출루율이 5할을 넘었고, 팀 득점의 반 이상을 책임졌다고 해도 과언이 아니었다.

뿐만 아니라 민우가 5번 타자의 자리를 지킴으로써 3, 4번 타자를 상대하는 상대 투수에게 자연스레 압박감을 심어주는 효과도 있었다.

수비에서는 빠른 발과 판단력을 바탕으로 한 넓은 수비 범위로 센터 라인을 든든하게 지켜주었고, 팀의 실점 위기 때마다 호수비를 보여주며 평균 실점을 낮춘 주역이었다.

리그 탑 클래스의 타자이자, 센터라인의 수호자라는 수식어를 붙여도 아무도 이의를 제기하지 않을 것이었다.

이런 민우가 DL등재로 라인업에서 빠짐과 동시에 그 부재를 여실히 드러내듯 채터누가의 성적은 하락세로 접어들었다.

중심 타선의 파괴력은 급격히 약해졌고, 투수들의 방어율은 치솟았다.

모바일과의 2차전의 아슬아슬한 승리 뒤, 3차전부터 시작된 불의의 4연패. 그리고 방금 전에 들어온 오랜만의 승리 소식.

이 기간 기록은 2승 4패로 채터누가는 후반기 초반의 기세를 완전히 잃어버린 모습을 보이고 있었다.

마치 이빨 빠진 호랑이를 상대하듯, 만나는 팀마다 채터누가를 상대로 선전하는 모습을 보이고 있었다.

"미치겠네."

자신의 부상과 함께 패배가 한 경기, 한 경기 누적되는 모습을 보자, 민우는 마치 자신의 부상으로 인해 채터누가가 그 기세를 잃어버린 것은 아닌가 하는 자책감을 느끼고 있었다.

특히 더더욱 뼈아픈 소식은 민우를 대신해 임시 중견수를 맡은 헤레라가 이 기간 동안 무려 4개의 실책을 보였다는 점이었다.

물 방망이에 돌 글러브.

지난 경기를 지켜본 채터누가 팬들이 붙인 별명이었다.

'한 시즌 동안 보일 실책을 겨우 6경기에서 다 보이다니… 이건 보통 문제가 아니야. 후.'

민우가 답답한 마음에 결국 배트를 꺼내 들고 숙소를 나서자, 어떻게 알았는지 우드가 귀신처럼 나타나 민우의 앞을 막아서고는 그 배트를 빼앗아 버렸다.

그 모습에 민우가 답답한 표정으로 우드를 바라봤다.

"우드, 돌려주세요."

"민우, 스미스의 말을 잊었나? 아니면 영영 야구를 하기 싫은 건가?"

우드는 단호한 눈빛과 표정을 지은 채, 민우를 지그시 바라봤다.

민우는 우드의 얼굴에서 느껴지는 진중한 기운에 곧 스미스의 조언을 떠올리고는 가볍게 한숨을 내쉬며 냉정을 되찾아갔다.

그 모습에 우드가 천천히 배트를 내밀며 말을 이어갔다.

"지금 당장의 결과를 위해 미래를 포기하고 싶다면 훈련장으로 가도 좋다. 하지만 질려서 그만두고 싶을 때까지 야구를 하고 싶다면 나는 당장 숙소로 되돌아가 안정을 취하는 것을 추천한다."

"죄송합니다."

천천히 배트를 받아 든 민우가 고개를 꾸벅 숙이며 몸을 돌리자, 우드가 조용한 목소리로 말을 남겼다.

"너무 조급해하지 마라. 채터누가는 그렇게 약한 팀이 아니다. 다만, 네가 가세하면 다시금 리그를 압도하는 모습을 되찾을 수 있겠지. 완벽히 몸이 회복된 뒤에, 그 뒤에 마음껏 배트를 휘둘러라. 동료들도 그걸 바라고 있을 것이다."

우드의 말에는 채터누가에 대한 자부심, 민우를 향한 믿음 등의 감정이 복잡하게 섞여 있는 듯했다.

＊　　　　＊　　　　＊

아만다에게 연락이 온 것은 채터누가가 모바일과의 4차전에서 패배를 당한 날이었다.

민우의 재활을 담당하게 되었다며 가볍게 자신을 소개한 아만다는 다음날 아침 9시에 만나기로 약속을 잡았다.

'휴, 답답하네. 시간이 이렇게 느리게 갔던가.'

민우가 자신의 방을 빠져나온 것은 아침 8시 30분이었다.

아만다와의 약속 시간보다 30분이나 이른 시각.

그런데 숙소의 입구에 놓인 의자에는 이미 한 여성이 먼저 자리를 차지하고 있었다.

'응? 누구지?'

아만다와의 약속 시간까지는 아직 30분이 남은 시간이었기에 민우는 설마 그녀가 아만다일 거라고는 생각하지 못하고 있었다.

젊은 여성은 민우의 시선을 느낀 듯, 들여다보고 있던 파일에서 눈을 떼며 고개를 들었다.

그리고 민우의 얼굴을 확인하고는 기다렸다는 듯 몸을 일으켜 민우에게로 성큼성큼 다가왔다.

'응? 뭐지?'

그 모습에 민우가 잠시 자신의 주변을 살폈지만, 민우 이외에는 사람 그림자조차 보이지 않았다.

그리고 여성은 민우에게 용건이 있는 듯, 민우의 앞에 우뚝 서더니 불쑥 말을 걸어왔다.

"강민우 선수되시죠?"

"네, 맞습니다만……."

민우는 아침 댓바람부터 눈앞에 나타난 여성의 몸을 위 아래로 훑어보았다.

갈색빛이 도는 머리를 단발로 짧게 친 여성은 쫙 달라붙는 트레이닝 복을 입고 있었는데 운동을 하루 이틀 한 것이 아닌 듯, 온몸 구석구석에 늘어진 살이 하나도 없이 탄탄히 다져진 몸매를 소유하고 있었다.

여성의 몸을 살피던 민우는 그 목에 걸린 출입증에 적힌 여성의 이름에 눈이 동그래졌다.

"아만다?"

민우의 놀란 표정을 본 여성이 살짝 웃어 보이며 자신의 정체를 밝히며 손을 내밀었다.

"네, 반갑습니다. 어제 연락드렸던 재활 트레이너, 아만다예요. 설마, 벌써 잊으신 건가요?"

"아, 그럴 리가요, 반갑습니다. 강민우라고 합니다."

민우가 곧장 손을 내밀어 아만다가 내민 손을 맞잡았다.

"그런데 아직 약속 시간까지는 아직 30분이나 남았는데, 너무 일찍 오셔서 놀랐습니다."

민우가 손을 놓으며 건네는 말에 아만다가 가볍게 미소를 지어보였다.

"후훗. 완벽한 재활을 위해선 준비해야 하는 게 많거든요. 그리고 에이전트 퍼거슨이 단단히 부탁을 하기도 했고요."

"그렇군요. 그럼 아직 시간이 남긴 했지만, 바로 시작해도 될까요?"

민우의 말에는 조급한 마음이 그대로 드러나 있었다.

그 모습에 이해한다는 듯, 고개를 가볍게 끄덕인 아만다가 곧장 민우를 이끌고 경기장으로 향하며 빠르게 재활 일정을 설명해 주었다.

"워밍업 이후, 가볍게 스트레칭, 그리고 재활 요가, 허리 강화 운동, 마무리 운동, 그리고 휴식 순으로 진행할 거예요. 일정은 회복 단계에 따라서 계속해서 변동시킬 거예요. 하지만 당장은 무리한 운동은 금지니까 배트를 잡을 생각은 절대! 추호도 하지 마세요."

인사를 하고 소개를 할 때까지만 하더라도 화사한 미소를 보이던 트레이너는 경기장에 다다르자 민우를 향해 진중한 표정으로 해도 되는 것, 하지 말아야 할 것들을 세세하게 알려주기 시작했다.

민우는 초반의 편안한 느낌과는 전혀 다른 아만다의 강인한 어투에 어색하게 미소를 지어 보였다.

"아하하. 네, 명심하겠습니다."

"자, 그럼 시작하죠!"

민우의 완벽한 재활을 위한 고통의 시간이 시작되었다.

본격적인 재활 운동의 시작에 기분 좋게 임하던 민우는 하루하루가 지나며 조금씩 답답함을 느끼기 시작했다.

'어휴, 미치겠네.'

운동의 강도가 세서 고통스러운 것이 아니었다.

차라리 운동 강도가 고되었다면 그 변화가 온몸으로 느껴지며 만족감을 주었을 테지만, 마치 애들 장난처럼 가벼운 수준으로 이루어지는 운동을 계속해서 반복하는 것은 정신적으로 꽤나 고역이었다.

민우는 그 시간이 너무나도 느리게 가는 것처럼 느껴졌다.

'이제 겨우 삼십 분이 지난 건가?'

너무도 지루한 동작의 반복에 휴식시간마다 시계를 확인하는 습관이 생기려고 하고 있었다.

'이게 정말 효과가 있는 건가? 이래가지고 언제 회복을 하고, 그라운드에 나갈 수 있는 거지?'

하루하루 들려오는 채터누가의 경기 결과는 민우를 심리적으로 더욱 압박하고 있었다.

하루라도 빨리 재활을 끝내고 그라운드로 나가 동료들의 짐을 덜어주고 싶은 마음이 가득했고, 이런 조급한 마음은 재활운동을 더더욱 힘들게 느끼게 만들고 있었다.

그리고 여기서 아만다의 뛰어난 지도력이 발휘되기 시작했다.

마치 민우의 속마음을 알고 있다는 듯, 아만다는 민우를 어르기도 하고, 또 윽박지르기도 하면서 그 의욕을 고취시키기 위해 노력하고 있었다.

"아주 잘하고 있어요!"

"이 동작을 이렇게 잘하는 선수는 오랜만이네요!"

"하나 더! 마지막 하나 더! 좋아요! 마지막!"

"경기에 뛰고 싶죠? 메이저리그로 올라가고 싶죠? 집중하세요!"

"헤레라가 오늘 호수비를 보여줬다던데, 중견수 자리를 빼앗기고 싶은 건가요? 할 수 있다는 걸 보여주세요!"

민우가 지친 모습을 보일 때마다 귀신같이 자극을 불어넣는 아만다의 목소리가 들려왔다.

그 목소리에 점점 이끌리다 보니 어느새 재활 운동이 끝날 시간이 빠르게 다가왔다.

아만다의 재활 프로그램이 끝나자 어느덧 온몸에서 느껴지는 개운함에 민우가 묘한 표정을 지어 보였다.

'솔직히 믿음이 안 갔는데, 이거 꽤 효과가 있네? 반성해야겠는걸. 이건 재활 프로그램이 끝나도 꾸준히 하는 게 좋겠어.'

민우가 신기하다는 표정으로 자신의 몸을 이리저리 비트는 모습에 아만다가 가볍게 미소를 지어 보였다.

그렇게 본격적인 재활 운동에 돌입하고, 12일이라는 시간이 빠르게 지나갔다.

그동안 민우의 몸은 거의 완벽하게 원래의 모습으로 회복이 된 상태였다.

민우는 불편함이 느껴지기는커녕, 오히려 이전보다 더욱 부드럽고 탄탄해진 자신의 몸 상태에 감탄하는 한편, 조급해하던 자신의 모습을 반성하고 있었다.

'우드와 아만다가 아니었다면… 아마 부상이 도져서 시즌을 완전히 말아먹었겠지. 다시 한 번 감사해야겠어.'

하지만 이 기간, 채터누가는 전반기 우승 팀에 걸맞지 않은 무기력한 모습을 보여주고 있었다.

7월 31일 원정 4차전, 버밍엄 5:1 채터누가. 패.

8월 1일 원정 5차전, 버밍엄 4:7 채터누가. 승.

8월 2일 원정 1차전, 웨스트 테네시 4:6 채터누가. 승.

8월 3일 원정 2차전, 웨스트 테네시 12:5 채터누가. 패.

8월 4일 원정 3차전, 웨스트 테네시 3:2 채터누가. 패.

8월 5일 원정 4차전, 웨스트 테네시 8:3 채터누가. 패.

8월 6일 원정 5차전, 웨스트 테네시 2:3 채터누가. 승.

모바일과의 홈경기 이후 10경기 연속 원정 경기의 피로감에 민우의 부재가 겹치며 나타난 참담한 결과였다.

*   *   *

숙소에 홀로 남아 있던 민우는 마지막 원정 경기에서의 승리 소식을 접하고는 그나마 다행이라는 듯 안도의 한숨을 내쉬었다.

'다행히 오늘은 승리구나. 결장 이후로 5승 8패……. 순위는 한 경기 차이로 아슬아슬하게 1위야.'

오늘 경기(8월 6일)의 승리로 채터누가는 후반기 총 전적 12승 9패를 기록한 상태였다.

다행인 점은 채터누가가 민우의 결장 이전까지 7승 1패를 기록하며 압도적인 승수를 쌓아냈던 것이었다.

그 압도적인 차이로 인해 채터누가가 부진한 성적을 보였음에도 아직까지 1위 자리를 빼앗기지 않고 있었다.

거기에 더해 오늘이 민우의 DL등재 마지막 날이라는 것이 채터누가의 팬들을 오랜만에 웃음 짓게 만들고 있었다.

민우는 다음 날부터 경기에 참여할 생각을 하니 몸이 근질거렸지만, 한편으로는 부상에 대한 대비를 철저히 할 생각이기도 했다.

'앞으로 임할 수비 훈련도 훈련이지만, 내게 주어진 능력도 철저하게 이용해야겠지. 오늘은 포인트 상점의 갱신일이기도 하니까. 이번엔 부디 뭐가 좀 나와줬으면 좋겠는데…….'

지난 3번의 갱신 때, 아무런 소득 없이 상점을 닫아야만 했던 민우였기에 이번 갱신에서는 무언가 쓸 만한 아이템이나 스킬, 혹은 특성을 얻을 수 있었으면 하는 작은 바람을 가지고 있었다.

잠시 숨을 고르던 민우가 이내 강한 의지를 가지고 포인트 상점을 열었다.

'포인트 상점!'

띠링!

─현재 보유 포인트: 7,950.

─포인트 상점을 이용하시겠습니까?

─포인트 상점을 이용하시려면 '상점'을, 포인트 상점을 닫으시려면 '닫기'를 외치십시오.

거의 한 달이 되도록 '분위기 메이커' 이외에는 포인트 상점에서 아무것도 구입하지 않았기에 그동안 축적한 포인트의 양이 꽤 되었다.

'문제는… 역시 쓸 만한 녀석이 있느냐 인데.'

상점에서 제대로 한탕 했던 것은 더블A로 진출하기 직전이 마지막이나 마찬가지였다.

축적한 포인트의 양이 많다는 것은, 그만큼 포인트 상점에서 구입할 만한 상품이 없었다는 뜻이기도 했다.

이번 부상 경험을 통해서 민우는 그동안 치중했던 공격 쪽보다는 수비 쪽으로 보강을 하고 싶었다.

'그동안 너무 공격에만 치중한 게 이번 부상으로 이어진 게 아닐까? 수비 특성이라고는 레이더 하나뿐이니까, 수비 방향과 낙구 위치를 알려주는 거까진 좋지만, 무언가 더 안정적인 게 있었으면 좋겠는데.'

민우가 장착한 '레이더' 특성은 굉장히 유용했다.

보통 일반적인 야수들은 타자의 타격 자세, 구종, 타격음을 듣고 수비 방향을 정하기 때문에 100% 완벽하게 방향을 잡고 스타트를 끊기란 그리 쉽지 않다고 할 수 있다.

하지만 민우는 '레이더' 특성 덕분에 타자가 타격을 하는 순간 그 방향을 완벽하게 알 수 있었고, 덕분에 타구 판단 능력은 메이저리그 클래스에 못지않다고 할 수 있었다.

하지만 타구 방향을 알려주고, 낙구 위치를 알려주는 것은 좋았지만 타구를 향해 달려가고, 어디쯤에서 몸을 날려야 하며, 어디로 던져야 하는지를 판단하는 것은 오로지 민우 스스로의 몫이었다.

그리고 그것에 영향을 주는 것은 주력, 송구, 수비 능력치가 유일했다.

지금까지는 민우의 꾸준한 훈련에 더해 능력치의 도움만으로도 매번 멋진 수비를 보여줄 수 있었다.

'레이더 특성에 달린 슬라이딩 수비 성공 확률이 어느 정도 도움이 된 거겠지.'

하지만 이번 부상 경험으로 민우는 수비 능력의 중요성을 다시 한 번 깨닫고 있었다.

'대도 스킬이 있지만, 대도 스킬은 단 한 번만 사용할 수 있고, 주력 능력치가 일시적으로 올라가는 것뿐이니까. 속도가 빠르면 빠를수록 펜스에 부딪힐 때의 충격은 더 클 거야.'

대도 스킬을 수비에 이용할 수 있었지만, 주력이 빨라지는 것 이외에는 수비에 특별히 영향을 주는 스킬은 아니라고 할 수 있었다.

특히 펜스 플레이는 슬라이딩 캐치와 달리 가속도가 붙었을 때, 그 충격이 고스란히 되돌아오기 때문에 더욱 부상 위험이 크다고 할 수 있었다.

이런 부상을 방지하기 위해 메이저리그의 펜스는 푹신한 쿠션으로 된 곳이 많았지만 모든 펜스가 그런 구조로 이루어진 것은 아니었다.

특히 마이너리그 구장은 메이저리그 구장만큼 좋은 시설이 아니었기에 부상 위험은 더욱 높았다.

'이번 같은 일이 또 일어나지 말라는 법은 없으니까. 미리 대비하면 득이 되면 되었지 나쁠 건 절대로 없다.'

이런저런 상황을 생각해 보던 민우가 천천히 고개를 끄덕였다.

'일단, 뭐가 새로 생겼는지 확인해 보면 답이 나오겠지. 아무리 머리를 쥐어 싸매도 내가 원하는 게 없으면 말짱 도루묵이니까. 상점!'

띠링!
—포인트 상점을 이용 중입니다.
—일주일마다 상품의 종류, 가격이 변동됩니다.
—구매하실 상품의 이름과 가격, 사용 조건을 확인하세요.
—포인트 상점에서 구매한 상품의 구매 철회는 불가능합니다.

민우는 곧장 특성 강화 상점을 살피기 시작했다.
'이건 송구… 이건 공격… 이것도 공격.'

빠르게 특성들을 살피다 보니 상점의 갱신 때마다 습관적으로 확인하던 투구 분석관이 눈에 들어왔다.

7. 투구 분석관: 투수의 구종을 예측할 수 있다.—13,000p

'투구 분석관'의 가격을 확인한 민우가 허탈한 미소를 보였다.

'이것들이 누굴 약 올리나……'

민우가 부상을 당하며 DL에 등재된 첫날, 갱신된 상점을 보던 민우는 깜짝 놀랄 수밖에 없었다.

'투구 분석관'의 가격이 1만 포인트 이하로 떨어진 것은 처음이었기 때문이다.

'정확히 8,000포인트였지. 두 번째 갱신 때는 9,000포인트였고. 그런데 지금은 13,000포인트라니. 하, 그림의 떡이라 이 말인가. 이런 게 있지만 나한텐 주지 않겠다 이거냐고.'

수비에 도움이 될 만한 특성을 찾던 민우는 어느새 '투구 분석관' 특성에 꽂혀 미간을 찌푸리고 있었다.

하지만 길게 고민할 필요가 없었다. 또한 그럴 생각도 없었다.

'지난번이랑 별반 다를 게 없어. 더더욱 지금 중요한건 공격이 아니라 수비, 부상 방지다.'

이번 부상으로 과거의 악몽 같았던 기억이 떠올랐던 민우였기에 최우선 순위를 부상 방지에 두고 있었다.

민우는 빠르게 판단을 내리고는 '투구 분석관' 특성을 시야에서 치워 버리며 깔끔하게 관심을 끊어버렸다.

그리고 다시금 특성을 하나하나 살피며 현 상황에 어울릴 만한 특성이 있는지 빠르게 훑어 내려갔다.

그리고 한 특성에 이르러 멈칫거렸다.

12. 펜스 브레이커: 펜스 플레이 시, 수비 능력을 상승시키고 부상 확률을 낮춘다.―2,400p

'펜스 브레이커?'

민우는 뇌리에 '펜스 브레이커'의 의미를 떠올려 보았다.

'펜스를… 부수나?'

워닝 트랙까지 날아오는 공을 쫓아가 점프를 한 뒤, 펜스에 몸을 날리는 순간.

쾅!

자신의 몸 대신 펜스가 크게 울리며 휘어지는 모습.

그 모습을 보고 입이 쩍 벌어지는 관중들의 모습을 상상하던 민우가 피식 웃음을 터뜨렸다.

'말도 안 되는 상황이긴 하지만… 뭔가 믿음직스러운 이름인데?'

펜스 플레이의 영향으로 결국 부상을 당하며 장기간을 쉬었던 민우였다.

그래서인지 '펜스 브레이커'라는 특성의 이름부터가 민우에게 강렬한 인상을 주고 있었다.

'이건 절대로 펜스 플레이를 위해 만들어진 듯한 느낌이야. 이건 이름만 봐선 반드시 사야 해.'

특성의 이름도 굉장히 매력적이었고, 수비 능력을 상승시키고 부상 확률을 낮춘다는 설명도 다른 특성에 비해 그 의미가 뚜렷했다.

이 두 가지 요소만으로도 구매 가치는 충분히 있었다.

민우는 만족스러운 미소를 띤 채 가볍게 고개를 끄덕거렸다.

'좋아. 일단 이 특성은 킵해두고 다른 특성이 있나 확인해보자.'

민우는 아직 상점에서 확인하지 못한 것들이 많았기에 하나의 특성만 가지고 고민할 필요는 없다고 생각했다.

'흐음.'

하지만 얼마 못 가 민우의 미간에 다시 주름이 잡혀갔다.

특성 상점에서는 '펜스 브레이커' 이외에 수비에 도움이 될 법한 특별한 특성은 보이지 않았다.

'지난번 구매 이후로 벌써 세 번째 갱신인데, 딱히 특별한 특성이 없는 건 아쉽네.'

잠시 고민하던 민우는 곧 미련을 버리고 곧장 스킬 상점으로 전환했다.

그리고 얼마 뒤, 민우의 얼굴에 실망한 기색이 차올랐다.

'단 하나도 쓸 만한 스킬이 없다니……'

실낱같은 희망을 가지고 확인한 스킬 상점에서도 특별히 건질 만한 스킬이 없었다.

마지막으로 남은 건 아이템 상점뿐이었다.

'일단 지금까지 봐서는 구입할 만한 건 '펜스 브레이커' 하나뿐인데, 아이템 상점에 수비에 도움이 될 만한 게 있을까?'

그런 민우의 뇌리에 이전에 보았던 아이템, 금팔찌가 떠올랐다.

'그거… 가격만 싸면 도움이 크게 될 텐데. 능력치 올려주는
건 확실하니까.'

민우는 금팔찌의 가격이 얼마일지 궁금함을 가진 채 아이템
상점을 살피기 시작했다.

그리고 곧, 입가에 황당한 미소를 지은 채, 고개를 절레절레
저었다.

'혹시나는 역시나군.'

12. 금팔찌—9,900p

—24K 순금을 고도의 기술로 제련하여 장식을 넣어 만든 팔
찌.

—아주 특이한 기운을 내뿜어 착용하면 온몸이 상쾌해진다.

—모든 능력치 +5, 체력 +40.

9,900포인트나 10,000포인트나 별 차이는 없다고 봐도 무방
했다.

'그래도 아쉬운 건 어쩔 수 없구나.'

혹시나 하는 마음에 확인을 해본 것이었지만 아쉬운 마음이
드는 건, 금팔찌의 효과가 다른 아이템에 비해 월등히 높기 때
문이기도 했다.

하지만 민우는 그런 아쉬움을 달래주는 아이템을 발견하고
서는 두 눈이 크게 떠졌다.

'응? 점핑 스파이크?'

12. 점핑 스파이크―500p

―캥거루 가죽을 특수 가공 처리하여 만든 스파이크.

―나노 분자 구조로 이루어져 탄력적인 움직임이 가능해진다.

―매우 가볍고 부드러워 착용감이 아주 좋다.

―주력 +3, 수비 +3. 점프력이 10% 상승한다.

'오오!'

민우는 '게르마늄 목걸이'와 '윤기가 흐르는 자작나무 배트' 이후, 오랜만에 유용한 아이템이 나온 것에 만세를 부를 뻔했다.

민우가 원하던 펜스 플레이에 유용한 기능이 붙은 것은 아니었지만, 수비 능력치가 3이나 올라가고, 점프력이 상승한다는 것이 마음에 들었다.

'점프력이라… 내가 생각하는 그 점프력이겠지?'

민우는 얼마 전 경기에서 펜스 위로 넘어가 버렸던 타구를 떠올리고는 피식 웃어 보였다.

'아무리 점프력이 좋아진다고 해도 그걸 잡는 건 무리겠지만… 어쩌면 펜스에 도달하기 이전에 점핑 캐치로 타구를 잡아낼 수도 있을 테니까… 좋아. 킵!'

빠르게 결정을 내린 민우는, 이 외에 더 이상 쓸 만한 아이템이 보이지 않자, 깔끔하게 미련을 버렸다.

'두 개 구입하고 남는 포인트가… 딱 5,050포인트구나. 다행이다.'

상품을 구입하고 남는 포인트가 5,050포인트인 것에 민우가 가볍게 웃음을 보였다.

'만병통치약은 갱신이 되어도 항상 5,000포인트니까… 잘 됐네. 딱히 살 것도 없고, 혹시 모를 부상이 있을 수도 있으니까 예비용으로 남겨두는 게 좋겠어.'

야구를 다시 시작한 이후로 처음으로 당한 부상이었다.

15일짜리 DL 등재와 함께 스스로도 힘들었고, 팀으로서도 민우의 부재로 인한 타격이 컸다.

만약 큰 부상을 당했을 때, 포인트가 부족해서 만병통치약을 사용하지 못한다면 손도 못 써보고 쭉 쉬어야 할지도 몰랐다.

'다시는 그런 일이 생기지 않도록 해야지. 나를 위해서도, 팀을 위해서도.'

그리고는 곧장 점찍어두었던 특성과 아이템을 구입했다.

―'펜스 브레이커'를 구매하였습니다.

―2,400포인트가 소모됩니다.

―현재 보유 포인트: 5,550.

―'점핑 스파이크'를 구매하였습니다.

―500포인트가 소모됩니다.

—현재 보유 포인트: 5,050.

아이템을 구입하자, 곧장 민우의 눈앞에 간만에 보는 일렁거림이 생겨났다.

그리고 그 안에서 점핑 스파이크 보이는 스파이크의 뒷부분이 쑥 하고 튀어나왔다.

민우가 스파이크의 뒷부분을 잡아 빼내자 스파이크가 쑥 하고 딸려 나왔고, 일렁거리던 구멍은 마치 그 자리에 원래 없었던 것처럼 순식간에 사라져 버렸다.

민우의 손에 들린 스파이크는 새하얀 색상에 아무런 무늬도 새겨져 있지 않은 모양을 보이고 있었다.

'흠… 배트는 나뭇결이 그대로 살아 있어서 좋았는데, 이건 너무 밋밋한데? 다른 모양으로 바꿀 수는 없는 건가?'

민우가 그런 생각을 떠올리며 스파이크를 신는 순간, 민우의 발에 착 감기는 느낌과 함께 시야에 하나의 알림창이 떠올랐다.

[아이템의 디자인은 자유롭게 설정할 수 있습니다.]
[원하는 디자인을 떠올리면 해당 디자인으로 고정할 수 있습니다.]

눈앞에 떠오른 알림창을 빠르게 읽어 내린 민우의 두 눈이 튀어나올 듯 크게 떠졌다.

'엥? 내가 원하는 대로 설정할 수 있다는 말인가? 그럼…….'

잠시 고민하던 민우는 결정을 내린 듯, 지금껏 신었던 N모사의 스파이크의 모양을 떠올렸다.

그러자, 민우가 신고 있던 스파이크가 꿀렁거리더니 몇 초만에 민우가 머릿속에 떠올렸던 디자인의 모습과 똑같은 모양으로 변해 있었다.

그 모습에 너무 놀란 나머지 민우가 입을 쩍 벌린 채 잠시 굳어 있었다.

'헐, 대박.'

모양이 바뀐다고 해서 능력에 영향을 주는 것은 아니었지만, 이렇게 되면 새로운 아이템을 얻었을 때 혹시나 겪을 수 있는 불상사를 피할 수 있었다.

'신발이 된다면… 배트도 가능하겠지?'

민우는 나중에 상점에서 새로운 배트를 구매하게 된다면 한 번 테스트를 해보리라 생각하고는 천천히 포인트 상점을 닫았다.

'닫기.'

―포인트 상점 이용을 마칩니다.

시야를 어지럽게 하던 포인트 상점 메뉴가 일제히 사라지고 기본적인 메뉴들만이 남아 시야가 깨끗해졌다.

"후우. 내일부터 다시 시작이구나."

15일간의 지루한 재활은 이제 끝이 났다.

민우의 몸 상태를 확인하면서 혹시나 발생할 불상사를 막기 위해 아만다가 일정 기간을 더 함께하기로 했지만, 이제 다시 경기에 나설 수 있게 되었다.

오래간만의 경기 출장에 제 실력을 발휘할 수 있을지는 미지수였다.

하지만 민우는 경기에 다시 뛸 수 있다는 자체만으로 행복한 기분을 느끼고 있었다.

그리고 9월 로스터 확장까지 한 달이 채 남지 않았다.

꿈만 같던 메이저리그 승격이 정말 코앞으로 다가왔다.

'후반기에도 팀을 1위로 이끌고, 유종의 미를 거둔다. 그리고… 메이저리그로 간다!'

민우가 다짐에 찬 표정으로 주먹을 불끈 쥐었다.

*   *   *

다음 날.

햇볕이 강하게 내리쬐는 텅 빈 그라운드의 가장자리, 적당히 그늘이 져서 선선한 공간에 요가 매트 두 장이 깔려 있었다.

그리고 한쪽에는 아만다가, 한쪽에는 민우가 나란히 매트에 엎드린 채, 왼쪽 팔은 앞으로 들어 올리고, 오른쪽 팔은 뒤로 뻗어 왼쪽 다리의 발등을 잡아 활처럼 휘어진 자세를 취하고 있었다.

"하나! 둘! 셋! 넷! 다섯! 내리고~"

"후우~"

"자! 쉬고~ 바꿔서 다시!"

민우는 아침 일찍부터 아만다와의 만남 이후, 하루 일과에 추가된 요가 동작을 수행하고 있었다.

"하나! 둘! 셋! 넷! 다섯! 좋아요!"

하나의 동작을 마무리하고 잠시 앉아 몸을 이완시키던 아만다가 민우를 바라보며 방긋 웃어 보였다.

"자세가 더 좋아졌는데요?"

"앞으로도 더 좋아질 겁니다! 하하!"

아만다의 칭찬에 민우기 기분 좋게 웃어 보이며 화기애애한 모습을 보이고 있었다.

그렇게 아만다와 민우가 심신의 안정을 취하고 있던 와중, 멀리서부터 왁자지껄한 소리가 들려오기 시작했다.

그 소리에 아만다와 민우가 동시에 소리가 난 방향으로 시선을 보냈다.

"선수들이 나오나 보네요."

아만다가 가볍게 건네는 말에 민우가 고개를 끄덕였다.

"예, 원정 10연전을 뛰고 와서 오늘은 조금 늦게 나올 줄 알았는데, 다들 부지런하네요."

"호호. 다들 강민우 선수를 보고 싶어서 일찍 나온 게 아닐까요?"

아만다가 능청스러운 표정을 지으며 농담을 던지자 민우가 가볍게 고개를 끄덕거렸다.

"아마 그렇겠죠? 제가 없어서 팀이 많이 힘들다고 들었거든요. 아마 우르르 달려와서 절 끌어안지 않을까 싶네요."

민우가 뻔뻔한 얼굴로 자신의 농담에 응수하자 아만다가 황당하다는 듯한 표정을 짓고는 이내 고개를 절레절레 흔들었다.

그사이 더그아웃을 빠져나오는 익숙한 얼굴들이 보였고, 가장 먼저 민우를 발견한 고든이 주변 동료들에게 민우의 존재를 알리는 모습이 보였다.

"이제 곧 와서 절을 하겠네요. 갓민우가 돌아왔다고."

민우가 턱을 치켜들며 내뱉는 말에 아만다가 정색을 하며 말했다.

"1절만 하세요."

그 모습에 민우가 어색하게 웃는 사이, 고든을 필두로 동료들이 우르르 몰려왔다.

그 모습에 민우가 요가 매트에 앉은 채, 한 손을 들어 인사를 건넸다.

"다들 오랜만이다."

그 모습에 고든이 무리에서 빠져나와 빠르게 다가오며 환하게 웃으며 손을 들어 보였다.

그 모습에 민우가 환하게 웃으며 그 손을 맞잡으려는 순간.

휙.

'응?'

민우의 곁을 빠르게 지나간 고든이 달려간 곳은 아만다의 곁이었다.

"오오오! 미녀 트레이너! 레이디, 저도 여기가 많이 아픕니다. 저에게도 가르침을 주세요."

아만다의 곁에 무릎을 꿇고 앉은 고든이 가슴을 부여잡으며 인상을 찌푸리는 모습이 보였다.

그 모습에 아만다가 '픕' 하고 웃더니, 이내 능글맞은 표정으로 민우를 지그시 바라봤다.

"강민우 선수. 아까 뭐라고 했죠?"

"아, 아닙니다."

민우는 아만다의 눈빛을 외면한 채, 자신을 배신한 고든을 무섭게 노려봤다.

그사이, 뒤늦게 민우의 곁에 다다른 선수들이 민우를 향해 격한 반가움을 표했다.

"민우! 드디어 다 나은 거야?"

"와~ 얘 부상으로 쉬더니, 얼굴빛이 완전히 살아났네?"

"살 오른 것 좀 봐라. 고기반찬 좀 많이 드셨어요?"

각자의 방식으로 한 마디씩을 건네는 모습에 민우가 가볍게 웃어 보였다.

그런데 뒤늦게 나타난 샌즈의 표정이 황당하다는 듯 변해갔다.

"와~ 민우 이 녀석! 여자한테 관심 없는 척하더니, 다 가식이었냐!"

샌즈의 배신자를 보는 듯한 표정에 민우가 영문을 모르겠다는 듯 샌즈를 바라봤다.

"그게 무슨 말이야?"

"무슨 말이긴? 그럼 이렇게 아름다운 트레이너와 단 둘이서 있으면서 아무 일도 없었다고? 그 얘길 믿으라는 건 아니겠지?"

그런 샌즈의 모습에 아만다와 민우가 잠시 눈을 마주쳤다.

민우가 미안한 표정으로 아만다를 바라보자 아만다가 무슨 생각이라도 난 것처럼 음흉한 미소를 지어 보였다.

그 모습에 샌즈가 '역시나!'라는 표정으로 민우를 향해 무언가 말을 하려던 찰나.

아만다가 모두를 훑어보며 가볍게 입을 열었다.

"그럼, 무슨 일이 있었는지 다 같이 확인해 볼까요?"

그리고 지옥의 요가 타임이 시작되었다.

"끄아아아악!"

한쪽에서 들려오는 소리에 선수들의 표정이 보기 좋게 일그러져 갔다.

"자, 더 깊게! 깊게!"

선수들이 바라보는 곳에는 아만다가 요상한 자세를 취하고 있던 샌즈의 등을 꾹꾹 누르고 있는 모습이 보였다.

"잘못했어요!! 악! 다시는 안 그러겠습니다! 아악!"

그리고 아만다가 가볍게 등을 누를 때마다 샌즈의 입에서 격한 비명 소리가 규칙적으로 새어 나왔다.

잠시 그 모습을 바라보던 선수들은 민우의 곁으로 다가와 그 등을 가볍게 토닥여 주었다.

"고생이 많았겠구나."

"오해해서 미안하다."

선수들의 건네는 장난스러운 사과에 민우가 가볍게 피식 웃어 보였다.

'그래도 다들 밝은 걸 보니 다행이야.'

민우는 고된 원정길에 팀 성적이 하락세에 접어들었음에도 팀 분위기가 그리 나쁘지 않은 듯 느껴지자 한결 마음이 놓이는 기분이었다.

그사이, 샌즈의 허리를 펴주며 가볍게 두드려 준 아만다가 환한 미소를 지어 보였다.

"자, 어때요? 시원하죠?"

"예? 예! 충분히 시원합니다!"

그 모습에 어색하게 웃어 보인 샌즈가 거듭 고개를 끄덕이고는 아만다의 곁에서 빠르게 멀어지는 모습이 보였다.

"푸하핫."

"야! 샌즈! 어디가!"

그 모습에 와자지껄한 모습으로 웃어 보이던 선수들은 아만다가 환한 표정으로 건네는 물음에 곧 굳은 얼굴로 그라운드 여기저기로 흩어져 갔다.

"자, 다음으로 하실 분?"

　　　　*　　　　　　*　　　　　　*

"그래, 몸은 이제 괜찮은 건가?"

걱정 반, 기대 반의 표정을 얼굴에 담고 있던 수베로 감독이 민우를 향해 무거운 목소리로 물음을 던졌다.

그 모습에 민우가 죄송한 마음으로 고개를 끄덕거렸다.

'감독님이 마음고생이 많으셨나 보구나.'

민우는 수베로 감독의 얼굴이 마지막으로 봤을 때보다 조금은 수척해진 것을 느끼고 있었다.

민우의 부상으로 공수 양면으로 팀에 큰 구멍이 생겼고, 이후 내리막길을 달렸다는 것을 잘 알고 있었다.

그렇기에 채터누가의 수장이라고 할 수 있는 수베로 감독이 겪었을 마음고생이 어느 정도였을지 쉬이 짐작할 수 있었다.

그래서인지 민우는 자신감 넘치는 표정을 지으며 자신의 몸 상태가 완벽하다는 것을 강하게 어필했다.

"예. 이미 이틀 전에 병원에서 경기에 다시 뛰어도 무방하다는 소견을 받았습니다. 지금 당장 경기에 투입되더라도 문제가 없을 정도입니다."

민우의 대답에 수베로의 표정이 조금 밝아졌다.

하지만 한편으론 민우를 곧장 경기에 투입시킬지, 경기 후반에 대타로 투입시킬지를 고민하고 있었다.

'아직 연속 경기 홈런 기록은 끊기지 않았으니까. 민우 개인의 기록을 생각한다면 선발 출장을 시키는 것이 맞겠지. 하지

만 오늘 경기에서 그 기록이 끊어진다면, 어떤 식으로든 문제 삼는 이들이 있을 수 있다. 애매하구나.'

"오늘 선발 출장을 시켜주셨으면 합니다."

수베로 감독은 무어라 말을 하지도 않았는데 먼저 의견을 피력하는 민우의 모습에 가볍게 놀란 표정을 지었다.

"선발 출장을?"

"예. 몸도 완벽히 나았고, 팀에 합류한 이후로 가장 상쾌한 느낌입니다. 이런데도 경기에 나가지 못하고 휴식을 취한다면 동료들을 볼 낯이 없을 겁니다."

수베로 감독은 그런 민우의 모습을 걱정스러운 눈빛으로 바라봤지만 한편으론 고마움을 느꼈다.

'마치 내 속을 들여다본 듯하구나.'

잠시 턱을 괴고 고민을 하던 수베로 감독이 고개를 가볍게 끄덕였다.

"정 그렇다면, 경기 전 훈련에서 몸 상태를 확인하고 코칭스태프와 상의를 한 다음 결정하도록 하지. 문제가 없다면 바로 선발 라인업에 올려주겠다. 이의가 있다면 얘기하도록."

수베로 감독의 대답에 민우가 문제없다는 듯 가볍게 고개를 끄덕였다.

"알겠습니다."

따아악!

배팅케이지 바깥에서 민우가 날려 보낸 타구를 바라보던 동료들은 펜스를 훌쩍 넘어가 시야에서 사라지는 타구에 휘파람을 불어댔다.

"휘유~ 타격 실력은 죽지 않았구나!"

"부상도 그를 막을 수 없었습니다."

"드디어 타선에 숨통이 좀 트이겠는데?"

"갓민우의 귀환이다!"

민우는 마지막 공을 외야로 날려 보낸 뒤, 엄지손가락을 들어 보이며 동료들의 응원에 화답하는 모습을 보이고 있었다.

그 모습을 바라보던 타격 코치 프랭클린도 만족스러운 얼굴로 고개를 끄덕였다.

'경기에 뛰지 못한 지 거의 2주인데, 타격감은 죽지 않았다. 타고났다는 말이겠지? 하지만… 문제는 수비. 펜스 플레이에 대한 트라우마가 생기지 않았을까 걱정이 되는군.'

프랭클린의 걱정은 괜한 것이 아니었다.

민우뿐만이 아니라 다양한 부상 경험을 겪은 선수들은 이후 복귀를 하더라도 한동안은 부상을 당했던 상황을 의식에서 지우기 힘들어 하는 것이 보통이었다.

미약한 경우는 가볍게 신경이 쓰이는 것에서 그치지만, 심각할 경우에는 같은 상황에서 과감한 플레이를 하지 못하는 트라우마에 결국 포지션을 변경하는 경우도 보아왔던 프랭클린이었다.

'사람이라면 비슷한 상황에 부상을 당하는 것을 두려워하는 것이 당연하니까. 저 녀석은 그걸 극복해 낼 수 있을까?'

말로는 괜찮다고 하지만, 실제로 그 상황이 재현되었을 때 어떤 모습을 보일지는 그 상황이 다시 만들어져야만 알 수 있었다.

　'펜스 쪽으로 펑고를 날려보면 알 수 있겠지.'

　곧, 프랭클린의 지도 아래 타격 훈련이 끝이 났고, 선수들이 하나둘 자신의 포지션에 자리를 잡고 펑고를 받아낼 준비를 마쳤다.

　"2루!"
　딱!
　"3루!"
　딱!

　초반은 감을 잡는 것을 돕기 위해 쉬운 타구들을 날려 보냈고, 민우는 여러 번의 펑고를 무리 없이 잡아내는 모습을 보였다.

　'진짜는 지금부터야. 펜스에 가까이 날아가는 타구를 잡아낼 수 있어야 한다. 해내지 못한다면 당분간은 경기에 뛸 수 없어.'

　프랭클린은 기대 반, 걱정 반의 마음을 가진 채, 힘찬 목소리를 내질렀다.

　"중견수!"
　따악!

강하게 때린 평고는 라인드라이브의 궤적을 그리며 우중간으로 뻗어나가기 시작했다.

민우는 '레이더' 특성의 도움으로 타구의 궤적과 낙구 지점을 확인할 수 있었기에 프랭클린의 평고의 낙구 지점이 워닝트랙의 한가운데라는 것을 알 수 있었다.

타다닷!

평고가 날아옴과 동시에 스타트를 끊은 민우가 낙구 지점이 표시된 위치를 향해 빠르게 내달리기 시작했다.

점핑 스파이크의 효과로 발걸음이 너무나도 가볍게 느껴졌다.

방향을 알려주는 화살표와 타구의 궤적을 알려주는 라인은 노란빛을 띠고 있었다.

아주 쉽지도, 아주 어렵지도 않은 무난한 타구라는 의미였다.

얼마든지 잡을 수 있는 타구라고 생각하며 빠르게 펜스를 향해 달려가던 순간.

민우는 자기도 모르게 부상을 당할 때의 기억이 머릿속을 스치자 몸이 가볍게 굳어지는 것이 느껴졌다.

그리고 펜스가 가까워질수록 심장 박동이 거세지고 몸이 긴장되는 게 느껴지자 몹시 당황스러움을 느끼고 있었다.

'뭐, 뭐야? 뭐지?'

그러자 노란 빛을 띠던 화살표와 궤적의 색상이 조금씩 진하게 변해갔다.

타구를 잡을 확률이 낮아진다는 신호.

그 모습에 민우가 이를 악문 채, 재차 발을 더욱 빠르게 놀렸다.

그리고 펜스가 가까워진 순간.

민우가 힘차게 뻗은 글러브가 아슬아슬하게 라인에 걸칠 듯 보였다.

두근! 두근!

심장 박동이 얼굴까지 올라오는 것처럼 느껴지며 시야가 흐려지는 순간.

팡!

'잡았… 다!'

글러브를 타고 느껴지는 둔탁한 느낌과 동시에 민우가 글러브를 강하게 말아 쥐었다.

그리고 급히 발에 제동을 걸며 펜스에 부딪히는 충격을 최대한 줄이기 위해 노력했다.

평소였다면 적당히 속도를 죽인 채, 펜스에 몸을 날리며 충격을 분산시켰을 민우였다.

하지만 바로 조금 전부터 느껴지는 막연한 두려움과 공포에 무리해서 제동을 하느라 다리 근육을 강하게 조였고, 그 충격이 고스란히 다리를 타고 올라와 온몸으로 전달되며 무리를 주었다.

근육이 땅기는 느낌에 민우의 인상이 절로 찌푸려졌다.

"크윽."

가까스로 속도를 줄인 민우가 펜스를 손으로 짚으며 멈춰 서서는 가쁜 숨을 몰아쉬기 시작했다.

"허억, 허억."

외야 수비에 임하면서 수없이 반복했던 펜스 플레이였지만, 부상이라는 아찔한 경험 이후 머리와 몸이 따로 노는 느낌이었다.

민우의 몸은 본능적으로 펜스에 몸을 날리는 것을 두려워하고 있었다.

민우가 펜스 앞에서 급제동을 걸며 두려운 기색을 보였다는 사실을 모르는 동료들은 민우가 여전히 날렵하게 스타트를 끊어 호수비를 보였다고 생각하며 환호성을 내지르고 있었다.

"역시! 민우 수비는 일품이야!"

"센터 라인의 수호자가 돌아왔다!"

"민우 덕분에 이제 한숨 돌리겠는걸?"

동료들의 목소리에 민우가 곧장 내야를 향해 송구를 날리고는 억지 미소를 지어 보였다.

하지만 평고를 날려 보내고는 민우의 움직임을 예의 주시하고 있던 프랭클린의 얼굴은 무겁게 굳어져 있었다.

'분명… 펜스 앞에서 주춤거렸어. 그리고 펜스에 부딪히지 않기 위해 무리해서 속도를 줄였고.'

민우가 보인 행동은 펜스에 대해 두려움을 가졌던 수많은 선수가 보였던 행동과 차이가 없었다.

프랭클린의 얼굴에 걱정스러움이 묻어나기 시작했다.

'그렇다고 해도 타구에 대한 반응 속도나 낙구 지점에 대한 예측은 그 어느 선수보다도 우수하다는 것은 변함이 없다.'

프랭클린은 현재 임시로 중견수를 맡고 있는 헤레라를 떠올렸다.

헤레라는 평균 이상의 수비력을 가졌다면 충분히 잡을 법한 타구도 좁은 수비 범위로 인해 종종 실책성 플레이를 저질렀다.

그 결과, 몇몇 경기에서는 주지 않아도 될 점수를 내어주는 모습을 보였다.

특히 슬라이딩 캐치에서는 계속해서 불안한 모습을 보이고 있었는데, 계속되는 실책에 대한 두려움에 조금이라도 어려워 보이는 타구는 원바운드로 잡아내며 안전만을 추구하는 모습도 여러 번 보여주고 있었다.

1, 2점 차이로 내어준 경기를 생각하다면 헤레라의 이런 모습은 단 한 점을 내어준 것이라고 하더라도 상당히 치명적이라고 할 수 있었다.

'그런 모습을 생각한다면, 지금 당장이라도 헤레라를 다시 백업 플레이어로 돌리고 민우를 중견수로 출장시키는 게 맞겠지.'

헤레라에 비한다면 지금 당장 민우의 수비에서 문제가 되는 것은 단 하나, 펜스로 향하는 타구였다.

혹시나 하는 마음으로 이후에도 몇 개의 평고를 더 날려 보내며 민우의 상태를 살피던 프랭클린이 무겁게 고개를 끄덕였다.

'역시… 펜스 가까이로 날아가는 타구를 제외한 펑고에는 이전과 같이 완벽한 모습을 보이고 있어. 펜스로 향하지만 않는다면 전혀 문제가 될 것이 없다는 말이지만……'

프랭클린은 자신의 생각이 말이 되지 않는다는 것을 알고 있었다.

외야수에게 펜스는 떼려야 뗄 수 없는 관계였다.

한 경기에서 펜스 앞에서 잡히는 타구는 셀 수도 없이 많이 나온다.

펜스로 향하는 평범한 타구를 두려워하고, 잡아내지 못한다는 것은 외야수를 포기해야 한다는 말과 같았다.

프랭클린이 가볍게 고개를 저었다.

이제 민우의 복귀 이후 첫 훈련일 뿐이었다.

극단적인 생각을 하기에는 너무나도 일렀다.

하지만 처음부터 어떤 마음가짐을 갖느냐는 중요했다.

'내가 직접 해결해 줄 수는 없지만… 길을 열어줄 필요가 있어.'

프랭클린은 두려움이 심화되어 트라우마로 발달하기 전에 민우의 마음을 추슬러 주어야 한다고 생각했다.

프랭클린은 부디 최악의 상황으로 이어지지 않기를 바랐다.

"다들 수고했다!"

프랭클린이 펑고 훈련의 종료를 알리자, 선수들이 가볍게 숨을 내쉬며 허리를 피고, 자리에 앉거나 누우며 각자의 방식으로 휴식을 취했다.

하지만 민우는 제자리에 우뚝 선 채로 멍하니 펜스를 바라
보고 있었다.

'내가 펜스를… 두려워하고 있다는 말인가?'

민우는 스스로의 소극적인 모습이 믿기지가 않았다.

지금껏 외야 수비에 임하면서 한 번도 펜스를 두려워해 본
적이 없었기에 더더욱 당황스러웠다.

하지만 민우의 몸은 다시금 찾아온 부상에 상당히 예민하게
반응하고 있었다.

민우의 머리는 그런 몸의 반응을 이해하지 못하고 있었다.

'젠장. 겨우 2주를 쉴 정도로 작은 부상이었는데… 내가 이
렇게 나약하다는 말인가?'

불신, 불안, 분노…….

여러 가지 감정이 뒤섞이며 민우를 혼란스럽게 만들고 있었
다.

머릿속에서는 계속해서 평소 자신이 보이던 수비들이 연속
해서 지나쳤고, 마지막에는 펜스에 몸을 날리길 주저하는 자신
의 모습이 보였다.

메이저리그가 저 앞에 있는데, 겨우 펜스에 몸을 날리는 것
이 두려워 머뭇거리는 스스로의 모습이 너무나도 한심하고 화
가 났다.

콰악.

그 감정을 누르기 위해 쥐어진 민우의 주먹이 하얗게 질려갔
다.

툭.

그때 그런 민우의 어깨를 누군가가 두드렸다.

천천히 고개를 돌린 민우의 시야에 잡힌 인물은 프랭클린이었다.

"코치님?"

예상치 못한 인물이 자신의 곁에 서 있는 모습에 민우가 놀란 표정을 지어 보였다.

'언제 외야까지 오신 거지?'

분명 조금 전까지만 하더라도 홈 플레이트에 서 있던 프랭클린이었다.

주변을 둘러보니 짧은 휴식시간이 끝났다는 듯, 선수들이 어느새 자리를 털고 일어나 다음 훈련을 위해 하나둘 더그아웃 방향으로 발걸음을 옮기고 있었다.

프랭클린은 그런 민우를 인자한 눈빛으로 바라보고 있었다.

"무슨 생각을 그리 하기에 내가 온 줄도 몰랐나?"

프랭클린의 물음에 민우가 아무것도 아니라는 듯, 애써 웃어 보였다.

"잠시 다른 생각을 하고 있었습니다."

"펜스가 무서운 거로군."

두근.

프랭클린의 정곡을 찌르는 말에 민우는 심장이 덜컥 내려앉는 느낌을 받으며 얼굴을 굳혔다.

민우가 차마 거짓을 말하지 못하고 우물쭈물하자 프랭클린이 가볍게 미소를 지으며 민우의 어깨를 두드렸다.

"얼굴이 그렇다고 말해주는군. 다 이해한다. 두렵고 무섭겠지."

마치 민우의 심정을 이해한다는 듯한 프랭클린의 이야기에 두근거리던 민우의 심장 박동이 조금은 진정되어 갔다.

프랭클린의 눈빛을 마주하자 민우는 자신도 모르게 고백하듯 마음속 이야기를 꺼내기 시작했다.

"사실… 괜찮은 줄 알았습니다. 그런데 펜스로 향하는 타구를 잡으려고 하는 순간, 몸이 말을 듣지 않더라고요. 심장은 두근거리고 펜스의 바로 앞에 도달했을 때는 심장이 얼굴로 올라온 줄 알았습니다."

"심장이 얼굴로 올라왔다라… 후후. 아주 정확한 표현이야. 무슨 기분인지 나도 아주 잘 알고 있지."

민우의 설명에 프랭클린은 마치 과거를 회상하는 듯한 표정을 지으며 미소를 보이고 있었다.

민우는 프랭클린이 단순히 자신을 이해하는 척하는 것이 아니라는 것을 느끼곤 조용히 그 모습을 바라봤다.

"네 몸은 이미 완벽하게 나았다고 했지?"

프랭클린의 물음에 민우가 무겁게 고개를 끄덕였다.

"예, 분명 몸은 완벽히 나았습니다."

"내가 보기에도 너의 움직임은 이전과 같다. 아니, 오히려 이전보다 더욱 날래졌다고 해야겠지. 그런데도 넌 펜스에 몸을 날리는 것을 주저하고 있다. 그 이유는 단 하나, 다시 부상을 당하지는 않을까하는 두려움, 즉 마음의 병 때문이다."

프랭클린이 천천히 내뱉는 말에 민우의 가슴이 가볍게 욱신 거렸다.

이미 알고 있는 사실이라도, 스스로 추측하는 것과 누군가 가 지적을 해주는 것에는 많은 차이가 있었다.

"그 누구보다도 적극적으로 몸을 날리던 네가 지금처럼 두려 운 모습을 보이는 것이 스스로도 이해가 되질 않겠지. 하지만 어떤 대단한 선수라도 부상을 당하면 그 상황에 대한 두려움 이 생기게 된다. 지극히 당연한 이야기지. 이것이 심하면 트라 우마가 되어 나타나게 되는 것이고."

트라우마라는 이야기에 민우의 눈이 파르르 흔들렸다.

어릴 적 겪었던 끔찍한 부상, 그로 인한 트라우마로 민우가 겪었던 기나긴 고통.

몸은 훨씬 이전에 다 나았지만, 마음의 병은 십여 년이 넘는 시간을 거치며 민우를 괴롭혔다.

그러던 민우가 우연한 계기로 꿈이자 희망이었던 야구를 다 시 시작하게 되면서 마치 악몽을 꾸던 일이 착각이었던 것처럼 더 이상 나타나지 않았다.

하지만 마음속 깊은 곳에 남아 있던 부상에 대한 두려움은 이번 부상으로 다시금 눈을 뜨려 하고 있었다.

"다시 펜스에 몸을 날렸다가 부상을 당하면 어쩌지? 다시 부 상을 당하면 메이저리그가 멀어지는 건 아닐까? 이런 생각이 들겠지."

자신의 한마디, 한마디에 민우의 표정이 시시각각 변해가는 모습을 잠시 바라보던 프랭클린은 자신의 경험을 토대로 민우에게 도움이 될 만한 말을 건네고 있었다.

"부상도 실력이라는 말을 들어본 적이 있을 것이다. 만약 네가 펜스에 몸을 더 잘 날렸더라면 부상을 당하지 않았을 것이다."

프랭클린의 이야기에 민우가 부상을 당했던 바로 그 펜스 플레이를 할 때의 자신의 모습을 떠올려 보았다.

'공을 잡는 데는 성공했지만, 펜스에 부딪힐 준비가 되지 않았었어. 공을 잡는 것에만 집중했지, 펜스에 부딪힐 준비를 하지 않았기 때문에 다친 걸까? 아니면 점수를 내주면 안 된다는 생각에 무리해서 몸을 날렸기 때문인가?'

프랭클린은 민우가 생각할 시간을 가질 수 있도록 잠시 숨을 고르고는 천천히 말을 덧붙였다.

"절대로 허슬 플레이가 나쁘다는 게 아니다. 소극적인 플레이를 하라는 것도 아니다. 하지만 1점을 막기 위한 플레이로 부상을 당한다면 팀으로서는 10경기를 내어준 것보다 더 나쁘다. 그러기 위해선 공을 잡으면서도 부상을 당하지 않는 방법을 추구해야겠지."

프랭클린의 이야기에 민우의 머릿속이 점점 복잡해져 갔다.

'적극적으로 행동하면서 부상을 당하지 말라? 이게 가능한 것인가?'

"그럼… 도대체 제가 어떻게 해야 한다는 말이죠?"

민우는 프랭클린을 향해 답답하다는 듯한 목소리로 질문을 던졌다.

그 모습에 프랭클린이 인자한 표정으로 고개를 저었다.

"너무 조급하게 생각하지 마라. 지금 당장 너에게 엄청난 발전을 바라는 것이 아니다. 너에게 당장 필요한 것은 펜스를 두려워하는 것을 극복하는 것뿐이다. 부상에 대한 두려움을 없애지 못한다면 더 이상 발전할 수 없다. 네가 부상에 대한 두려움 때문에 펑고 훈련 때 보였던 모습을 생각해 봐라."

프랭클린의 이야기에 민우는 조금 전, 펑고 훈련 때를 떠올렸다.

펜스에 부딪히는 것에 대한 두려움에 온몸이 긴장하며 근육이 경직되었고, 무리해서 속도를 줄이는 바람에 다리 근육까지 뻐근한 상태였다.

이런 모습을 시즌 내내 계속해서 보인다면, 펜스에 닿지도 않은 채로 또다시 몸이 망가질 것이라는 것은 쉬이 추측이 가능했다.

'부상 이전이었다면… 분명 무리가 가지 않는 선에서 적당히 속도를 줄인 채로 펜스에 몸을 날렸겠지.'

민우는 과거의 자신의 수비 모습들을 하나하나 되새기고는 가볍게 고개를 끄덕거렸다.

민우의 얼굴에 이해했다는 표정이 드러나자 프랭클린이 곧장 말을 이어갔다.

"부상에 대한 두려움은 몸을 긴장하게 만들고 그런 긴장은 오히려 더 큰 부상을 불러오게 된다. 반대로 과감한 플레이는 몸의 긴장을 줄여 다칠 위험을 줄여준다. 그 점은 네 몸이 더 잘 알고 있을 것이다."

하나같이 맞는 말이었기에 민우는 고개를 끄덕일 수밖에 없었다.

"그저 평소와 마찬가지로 최선을 다해서 임해라. 모든 플레이에 적극적으로, 과감하게 임해라. 네 몸이 펜스에 부딪힌다고 쉬이 망가지는 몸이 아니라는 것은 네 스스로가 가장 잘 알고 있을 것이다. 피하지 말고 마주해라. 평소에 똑같이 하던 플레이인데도 멀쩡하게 일어섰던 너의 모습을 떠올리고, 항상 멋진 펜스 플레이를 해냈던 너의 모습을 떠올리며 해낼 수 있다는 긍정적인 마인드를 가져라. 처음이 어려울 뿐이다. 펜스에 대한 두려움을 없애는 것만으로도, 너는 분명 한 단계 더 발전한 선수가 되어 있을 것이다. 그리고… 나는 네가 그것을 해낼 수 있으리라고 믿는다."

프랭클린이 해줄 수 있는 것이라곤 두려움에 잡아먹힌 민우의 마음을 추슬러 주고, 민우가 어떻게 행동해야 할지 지침을 건네주고, 용기를 낼 수 있도록 믿음을 보여주는 것뿐이었다.

'외야수는 언제라도 펜스 가까이에서 수비를 해야 하는 상황을 맞이해야 한다. 그리고 그런 상황에서 겪는 트라우마는 그 누구도 해결해 줄 수가 없어. 스스로 만든 벽은 그 스스로가 깨부수어야 한다. 그리고 그걸 해내느냐 못 해내느냐가 곧 메이저리거가 되느냐, 될 수 없느냐를 가리는 것이기도 하다.'

프랭클린의 경험에서 우러나온 조언, 그의 두 눈에서 느껴지는 민우를 향한 믿음은 민우에게 큰 힘이 되고 있었다.

불안하게 두근거리던 민우의 심장은 어느새 서서히 안정을 되찾아가고 있었다.

'그래. 지레 겁먹을 필요는 없어. 어릴 적 부상에 비하면 지금의 부상은 아무것도 아니다. 지금까지 잘해왔잖아. 해보자! 할 수 있다고! 그리고… 펜스 브레이커라는 새로운 특성을 얻었으니까… 이전보다 환경은 더 좋아진 거잖아!'

평고 훈련에서 느낀 두려움에 잠시 잊고 있었다.

안정을 되찾자 잊어버리고 있던 하나의 사실이 떠올랐다.

자신에게는 다른 선수들과는 달리 특수한 능력이 있다는 것.

'분명 수비 능력을 상승시키고 부상 확률을 낮춘다고 했어.'

펜스 브레이커의 효과를 떠올린 민우의 표정이 빠르게 밝아지기 시작했다.

조금 전까지만 하더라도 불안하던 민우의 표정이 밝아지는 모습에 프랭클린이 고개를 살짝 갸웃거렸다.

'음? 갑자기 표정이 밝아졌어? 무언가 심경의 변화가 생긴 건가?'

하지만 표정이 밝아졌다는 것은 절대로 나쁜 의미가 아니었다.

"코치님의 말씀, 명심하겠습니다. 믿음에 꼭 보답할 수 있도록, 최선을 다해 경기에 임하겠습니다."

민우의 다짐에 찬 표정과 목소리에 프랭클린도 입가에 가볍게 미소를 지어 보였다.

"그래. 좋은 마음가짐이다. 그런 마음가짐이라면 경기에 나서는 것도 문제가 없겠군. 오늘 경기에서 선발로 나설 수 있도록 내가 감독님께 말씀을 드리지."

"예, 감사합니다."

프랭클린은 민우의 인사에 가볍게 손을 흔들고는 천천히 더그아웃을 향해 걸어가기 시작했다.

민우는 잠시 주변을 둘러보고는 그 외에 아무도 남아 있지 않다는 것을 확인한 뒤, 천천히 외야를 둘러싸고 있는 펜스를 향해 다가갔다.

몇 걸음을 걷지 않아 펜스에 도착하자 다시금 가슴이 두근거리는 것이 느껴졌다.

하지만 민우는 걸음을 멈추지 않은 채 펜스에 아주 가까이 다가갔다.

그리고 손을 들어 펜스에 올리고는, 가볍게 눌러보았다.

부드럽지는 않지만, 아주 딱딱하지도 않은 쿠션감이 느껴졌다.

그 익숙한 느낌에 민우가 굳은 표정으로 고개를 끄덕였다.

'그래, 이 느낌. 펜스는 언제나 변함없이 이 자리를 지키고 있을 뿐이다. 변한 건… 바로 나 자신이야.'

민우가 천천히 손을 내리고는 더그아웃 방향으로 몸을 돌렸다.

돌아선 민우의 얼굴은 어느새 결의에 찬 표정으로 변해 있었다.

'내가 이겨내야 할 것은 펜스가 아니라 바로 나를 좀먹고 있는 두려움이다. 오늘 경기에서… 꼭 이겨내야 해. 난 메이저리그로 갈 남자다. 절대로 여기서 주저앉지 않는다!'

민우는 자기암시를 하듯 굳은 다짐을 여러 번 되뇌이고는 천천히 발걸음을 옮기기 시작했다.

제3장

복귀전

　해가 뉘엿뉘엿 넘어갈 시간이 되자 AT&T 필드에 관중들이 하나둘 들어차기 시작해, 어느덧 빈자리를 찾아보기 힘든 모습이었다.

　그리고 관중석을 메운 사람들의 얼굴에는 누구라고 할 것 없이 활기로 가득 차 있었다.

　최근에 하락세를 타고 있는 채터누가의 상황을 생각한다면 대부분이 원정 팀인 캐롤라이나 머드캣츠의 팬들이 아닐까 싶을 정도였다.

　하지만 100석 남짓한 외야석을 선점하는데 성공한 이들의 대화를 통해 그들이 왜 그런 환한 표정을 짓고, 기대에 찬 눈빛들을 띠고 있는지를 알 수 있었다.

"민우의 연속 경기 홈런 기록은 아직 끊기지 않은 거지?"

"오늘 민우가 8경기 연속 홈런을 달성할 수 있을까?"

"글쎄. 2주나 쉬었으니까 아무래도 타격감이 많이 떨어지지 않았을까 싶은데."

외야석에 앉은 모든 관중의 관심사는 민우가 7경기 연속 홈런에 이어 8경기 연속 홈런 기록을 달성하느냐에 초점이 맞춰져 있었고, 만약 홈런볼이 날아온다면 자신의 손으로 잡겠다는 듯, 한 손에 글러브를 낀 채 만지작거리는 이들도 드문드문 보이고 있었다.

하지만 그들 사이에는 민우를 보는 것 자체만으로도 기뻐하는 이도 있었다.

"오늘부터 다시 민우를 볼 수 있다니! 아~ 생각만 해도 너무 행복해!"

금발의 여성이 환한 미소를 지으며 말하자 그 옆에 나란히 앉아 있던 또래의 조금 더 연한 금발의 여성이 가볍게 웃으며 그런 그녀를 귀엽다는 듯이 바라봤다.

"품. 헬레나! 그렇게도 민우가 좋니? 참… 너 좋다고 계속 연락하는 샌즈도 불쌍하네."

헬레나는 샌즈라는 이름을 듣는 순간 화가 난다는 듯, 미간에 주름을 잡더니 고개를 푹 숙인 채 한숨을 내뱉었다.

"휴우. 로지! 난 샌즈를 채터누가의 팬으로서 좋아하는 거지 남자로서는 관심이 없다고. 그리고 걘 약속을 어겼어. 분명 민우에게 내 쪽지를 전해준다고 하더니 내 번호로 계속 연락을 하잖아. 내가 원하는 건 느끼한 샌즈가 아니라 시크한 민우라고! 민우!"

그 모습이 우스운지 로지는 크게 웃어 보이며 헬레나의 머리를 쓰다듬었다.

"으이구~ 네가 사랑에 아주 눈이 멀었구나. 뭐, 나야 네 덕분에 이 귀한 외야석에 편하게 들어왔으니 상관없지만 말이야. 어머? 헬레나. 저기, 저쪽 좀 봐봐. 샌즈가 벌써 널 발견하고 이쪽으로 오고 있어! 손도 흔드는데?"

로지의 말에 숙였던 고개를 살짝 들어 전방을 살펴보았다.

그리고 로지의 말대로 샌즈가 자신들이 앉아 있는 좌석을 향해 큰 동작으로 손을 흔들어대는 것이 보였다.

그 모습에 헬레나는 살짝 들었던 고개를 다시 푹 수그리며 조금 전보다 더욱 크게 한숨을 내뱉었다.

"에휴. 왜 우리 구장에는 우측 외야석만 있는 거야? 센터 외야석도 있으면 저 웬수 같은 놈이 아니라 나의 사랑, 민우를 볼 수 있을 거 아니냐고."

"푸훗. 왜? 샌즈 대신 민우가 우익수였으면 좋겠다고도 얘기하지 그러니."

헬레나의 한탄 섞인 목소리에 로지가 또 한 번 큰 웃음을 터뜨리며 헬레나의 볼을 꼬집었다.

그러자 헬레나가 한 손으로 볼을 부여잡은 채, 고개를 획 들더니 발끈한 표정으로 로지를 노려봤다.

"아얏! 로지! 갑자기 왜 꼬집는 거야! 아~ 아파!"

"으흥흥. 헬레나. 그래도 우리 홈구장에 외야석이 있는 걸 다행으로 알라고. 만약 다른 구장이었으면 헬레나는 민우가 경기를 뛰는 모습을 볼 건지, 아니면 경기장 바깥에서 펜스를 넘어올지 아닐지도 모르는 민우의 8경기 연속 홈런볼을 멍하니 기다릴지. 둘 중 하나를 선택해야만 했을 걸?"

로지가 웃음기 섞인 목소리로 내뱉은 말에 헬레나는 반박할수 없음을 깨닫고는 입술을 앙다문 채, 고개를 돌렸다.

'흥. 틀린 말은 아닌데 왜 이렇게 얄미운 거지?'

그리고 그렇게 고개를 돌린 헬레나와 샌즈의 눈이 허공에서 마주치고 말았다.

헬레나와 눈이 마주친 샌즈가 환한 표정으로 손을 흔들자, 헬레나도 어쩔 수 없다는 듯 어색한 미소를 지으며 손을 흔들어주었다.

그 모습에 샌즈의 미소가 더욱 환해졌지만, 헬레나는 자연스럽게 시선을 돌려 민우가 서 있는 방향을 바라봤다.

민우의 넓은 등판을 바라보자 헬레나는 심장 박동이 조금씩 빨라지는 듯 느껴졌다.

'민우 씨. 부디 이쪽으로 홈런을 날려주세요. 그럼 그 홈런볼을 민우 씨에게 전달하면서 단 둘이 만날 기회가 생기겠죠?'

헬레나는 간절한 바람을 담아 민우의 등판을 뚫어져라 쳐다보고 있었다.

하지만 그 사실을 모르는 민우는 등이 간질거리는 느낌에 팔을 등 뒤로 넘겨 가볍게 긁고는 다시금 전의를 다지고 있었다.

'후. 펜스가 등 뒤에 있어서 긴장이 되는 건가?'

민우는 몸에 남아 있는 긴장을 털어내겠다는 듯 제자리에서 가볍게 뜀박질을 하며 다리를 풀고, 글러브를 들어 올려 가볍게 주무르는 등, 몸 이곳저곳을 움직여 보고는 천천히 고개를 끄덕거렸다.

'긴장해선 안 돼. 잊자. 평소처럼만, 평소처럼만 하면 된다. 두려워하지 말자.'

민우가 글러브를 주먹으로 팡 때리자, 그것이 신호라도 되는 것처럼 곧 경기가 시작되었다.

─채터누가 룩아웃츠가 10경기 연속 원정 경기라는 긴 일정을 끝내고 다시 홈으로 돌아와 4위에 랭크된 캐롤라이나 머드캣츠를 상대합니다.

─오늘 라인업에는 보름이 넘도록 보이지 않았던, 채터누가의 팬들이 너무나도 그리워하던 이름이 들어 있죠?

─네, 맞습니다. 그 선수가 누구인지는 말씀드리지 않아도 다들 아실 거라 생각되는데요. 바로 2주 전, 7경기 연속 홈런 기록을 달성한 강민우 선수입니다. 그리고 바로 그 경기에서 불의의 부상을 당하며 DL에 올라갔었습니다만, 다행히 가벼운 수준의 염좌라고 발표가 나면서 채터누가의 팬들은 한숨을 돌릴 수 있었습니다.

─그리고 채터누가의 팬들을 또 한 번 기쁘게 하는 것은 아직 연속 홈런 기록이 끝나지 않아 오늘 경기에서 홈런을 때린

다면 8경기 연속 홈런으로 그 기록이 늘어난다는 것이겠죠?

—그렇습니다. 여기서 한 가지 짚고 넘어갈 것이, 사실 많은 분이 연속 경기 홈런 기록에 대해 혼동하는 부분이 많은데요. 규정을 잠시 살펴보면 '선수 개인의 연속 경기 안타는 팀의 경기 수에 의하지 않고, 선수가 출전한 경기에 따라 결정한다'라는 부분이 있거든요. 이런 규정이 있기 때문에 강민우 선수의 연속 경기 홈런 기록도 아직까지 유효하다고 할 수 있겠습니다.

—그렇군요. 채터누가의 팬들로서는 참 다행이라고 할 수 있겠네요. 과연 켄 그리피 주니어를 끝으로 명맥이 끊긴 8경기 연속 홈런의 역사를 이곳, 마이너리그에서 달성할 수 있을지 정말 기대가 됩니다.

—문제가 되는 것이라면, 역시 2주간의 결장으로 인해 떨어졌을 강민우 선수의 타격감이 과연 어느 정도까지 올라왔느냐가 될 것입니다. 채터누가의 수베로 감독은 강민우 선수를 이전과 마찬가지로 5번 타순에 배치하며 그를 향한 신뢰를 보이고 있는데요. 과연 그 기대에 강민우 선수가 보답할 수 있을지, 대기록이 작성될 수 있을지. 지금부터 함께 지켜봐 주시기 바랍니다.

"플레이볼!"

주심의 걸걸한 외침과 함께 민우의 복귀전이 시작되었다.

*　　　　*　　　　*

오늘 채터누가의 선발투수로 나선 선수는 덥수룩하게 수염을 기른 좌완 오버핸드 투수, 리치였다.

마운드 바닥의 흙을 발로 꾹꾹 밟으며 투구 준비를 마친 리치가 투수에게 글러브로 손짓을 하며 투구 사인을 보냈다.

슈우욱!

팡!

리치가 뿌리는 패스트볼의 구속은 93마일(149㎞) 수준으로 평이한 구속을 보이고 있었다.

리치는 85마일대의 체인지업과 77마일대의 커브를 이용해 타자의 타이밍을 빼앗아 맞춰 잡는 유형의 투구 패턴을 보였다.

리치는 2009시즌, 시즌 중반까지 메이저리그에서 원 포인트 릴리프로 활약하며 메이저리그 무대를 경험하기도 한 투수였다.

하지만 2010시즌은 다시 트리플A에서 불펜 투수로 시즌을 시작하더니 6점대의 높은 방어율을 기록하며 부진했고, 6월이 되면서 더블A로 강등된 투수였다.

그리고 채터누가에 합류함과 동시에 선발투수로 경기에 나서며 그 가능성을 보이고 있었다.

하지만 리치의 시즌 방어율은 5.13으로 0.260에 불과한 피안타율에 비해 그리 좋은 편이 아니었다.

데뷔하고 잠시 선발로 뛰었던 경험 이외에는 선발투수로 뛴 경험이 없었고, 다시 선발로 전환한 지 이제 갓 두 달이 되어가는 상황이었기에 두세 번의 경기 중 한 경기에서는 무너지는 패턴을 반복하며 방어율이 높아진 것이었다.

잘 던질 때와 못 던질 때의 모습이 극과 극을 보이는 선수가 바로 리치였다.

하지만 오늘은 시작부터 좋은 모습을 보이고 있었다.

딱!

"아웃!"

팡!

"스트라이크 아웃!"

"큭!"

"젠장!"

머드캣츠의 테이블 세터인 1번 핍스와 2번 크리스는 나란히 0.230의 저조한 타율을 보이고 있었는데, 그 성적을 증명이라도 하듯 리치의 유인구에 속수무책으로 배트를 휘두르며 돌아서고 말았다.

공 7개로 가볍게 두 타자를 돌려세우는 모습에 채터누가의 팬들이 가볍게 박수를 치며 소리를 질렀다.

"좋아!"

"나이스 피치!"

가볍게 두 타자를 돌려세운 리치였지만 그 얼굴에는 살짝 긴장한 기색이 엿보였다.

그의 시선이 닿는 곳에는 타석으로 걸음을 옮기고 있는 머드캣츠의 3번 타자, 데이브가 있었다.

데이브는 올스타 브레이크 이후, 연일 맹타를 휘두르고 있었다.

시즌 타율은 올스타 브레이크 이전에 비해 5푼이나 끌어 올리며 0.362까지 상승한 상태였고, 시즌 홈런을 9개까지 늘리며 절정의 타격감을 보이고 있었다.

특히 8월에 들어서 치룬 6경기에서 25타석에 들어서며 0.520의 괴물 같은 타율에 1개의 홈런을 추가하며 정확성에 펀치력까지 겸비한 모습을 보이고 있었다.

민우가 부상으로 잠시 자리를 비운 사이, 서던 리그에서 가장 핫한 중견수가 바로 지금, 위풍당당한 기세로 타석에 들어서고 있는 데이브였다.

데이브의 여유 있는 표정을 바라보던 리치는 스멀스멀 차오르던 긴장을 털어내기 위해 팔을 크게 휘둘러보았다.

'후, 분명 바깥쪽 낮은 코스, 그리고 몸 쪽 높은 코스에 약점을 가지고 있었지.'

조금만 안쪽으로 제구가 된다면 크게 한 방을 맞을 확률이 높았다.

빠르게 데이브의 스카우팅 리포트를 떠올린 리치가 마이어의 손가락을 주시했다.

마이어 역시 데이브의 약점을 기억하고 있었기에, 철저하게 안전한 볼 배합을 가져갈 생각이었다.

'초구는 바깥쪽 낮은 코스로 패스트볼.'

마이어의 사인에 가볍게 고개를 끄덕인 리치가 이내 와인드 업 자세를 취하고는 힘차게 공을 뿌렸다.

슈우우욱!

리치의 손을 떠난 공이 순식간에 홈 플레이트 위를 지나는 순간.

틱!

탕!

매섭게 돌아간 데이브의 배트 끝에 스친 타구가 궤적이 살짝 바뀐 채 백스톱에 강하게 부딪히고 나서야 멈춰 서는 모습이 보였다.

그 모습에 리치가 가볍게 안도의 한숨을 내뱉었다.

'데이브 녀석. 분명 바깥쪽 공을 노리고 있었어. 공이 살짝 빠진 게 천만다행이다.'

공을 뿌리는 순간, 리치는 마이어가 내민 미트보다 스트라이크존 바깥으로 제구되는 공에 미간을 가볍게 찌푸렸었다.

그런데 데이브가 매섭게 돌린 배트가 마이어가 요구한 코스 위를 정확히 지나가는 모습에 가슴이 철렁함을 느끼고 있었다.

그 점은 마이어도 느낀 듯, 리치에게 최대한 스트라이크존의 바깥쪽을 이용할 것을 주문하고 있었다.

이후, 채터누가의 배터리는 철저하게 유인구 승부를 가져가기 시작했다.

슈욱!

팡!

"볼!"

2구는 느린 커브로 배트를 유인했지만 데이브는 미동도 하지 않는 모습을 보였다.

슈욱!

팡!

"볼!"

3구는 높은 코스에서 떨어지는 커브를 던져 보았지만 데이브의 배트는 가볍게 움찔거릴 뿐, 홈 플레이트까지 나오지 않고 멈춰 서며 의심 없이 볼 판정을 얻어냈다.

슈욱!

팡!

"볼!"

이후 회심의 공으로 던진 몸 쪽 높은 코스의 패스트볼을 주심이 움찔거리기만 할 뿐, 스트라이크로 잡아주지 않는 모습에 리치와 마이어가 동시에 아쉬운 표정을 지어 보였다.

3볼 1스트라이크.

1스트라이크를 잡아놓고도 소극적인 투구를 보이는 바람에 어느덧, 투수에게 압도적으로 불리한 카운트가 만들어졌다.

초구에 기습적으로 배트를 휘두른 이후, 단 한 번도 배트를 내밀지 않는 데이브의 모습에 마이어의 미간이 살짝 찌푸려졌다.

'몸 쪽 높은 공에도 반응하지 않고, 위아래를 이용한 커브에도 별 반응을 보이지 않고 있어. 어떤 공을 노리고 있는 거지?

처음처럼 바깥쪽 낮은 코스를 노리고 있는 건가?'

카운트가 유리하다면 유인구를 하나 던져 볼 수 있었지만, 지금은 유인구에 타자가 반응하지 않는다면 자동으로 출루를 시킬 상황이었다.

잠시 고민하던 마이어가 가볍게 고개를 저었다.

'3볼 1스트라이크. 한 번쯤은 지켜볼 타이밍이니까, 다시 한 번 몸 쪽 하이 패스트볼로 허를 찔러보자.'

마이어가 빠르게 보내는 사인을 확인한 리치가 곧장 고개를 끄덕였다.

"후우."

투수판에 발을 올리고 잠시 숨을 내뱉은 리치가 곧 와인드업 자세를 취하며 강하게 공을 뿌렸다.

슈우욱!

리치의 손을 떠난 공이 이전 공과 같은 궤적을 보이며 날아가기 시작했다.

마이어가 높이 올리고 있는 미트로 곧장 꽂힐 듯이 날아가는 완벽한 패스트볼에 리치가 주먹을 쥐는 순간.

데이브의 배트가 빠르게 돌아 나오는 모습이 보였다.

따악!

하지만 데이브가 예상한 코스와는 조금 달랐는지 몸을 비틀며 억지로 건드리는 듯한 모습을 보이고 있었다.

그럼에도 데이브는 배트를 쥔 손목에 힘을 풀지 않은 채 공을 끝까지 잡아당겼고, 타구의 각도가 살짝 높은 궤적을 그렸지만 힘이 충분히 실린 채 외야로 뻗어나가기 시작했다.

리치의 투구를 바라보던 모든 이들의 시선이 외야를 향해 날아가는 데이브의 타구를 쫓아 빠르게 움직였다.

─5구! 몸 쪽! 데이브가 퍼 올린 타구가 센터 방면으로 크게 떠서 날아갑니다. 그리고 중견수 강민우 선수가 빠른 발을 자랑하며 빠르게 타구를 쫓기 시작합니다.

그와 동시에 민우가 타구를 쫓아 내달리기 시작했다.

타다닷!

민우의 시야에 나타난 화살표와 궤적은 짙은 노란빛을 보이고 있었다.

훈련 때와 비슷한 궤적을 보이는 타구는 민우의 발과 수비 실력을 생각한다면 어렵지 않게 잡을 수 있을 듯 보였다.

하지만 외야의 한 가운데를 가르며 날아오는 타구를 잡기 위해 민우는 펜스를 정면으로 마주보고 달려가야 하는 상황이었다.

쌔애엑!

귓가를 스치는 바람을 뒤로한 채, 빠르게 발을 놀리던 민우는 펜스에 가까워질수록 심장 박동이 점점 빨라지는 것이 느껴지자 이를 악물었다.

낙구 지점은 펜스 바로 앞, 워닝 트랙의 한가운데였다.

민우는 머릿속에 워닝 트랙 앞에서 속도를 죽인 채, 타구를 잡고는 펜스를 향해 몸을 날리는 과정을 천천히 떠올렸다.

'문제없어. 평범한 타구일 뿐이야. 코치님 말씀대로… 평소처럼만 하면 된다.'

다짐과 함께 민우가 발을 더욱 **빠르게** 놀리며 낙구 지점을 향해 달려갔다.

두근두근.

곧, 펜스에 거의 도달한 민우가 어깨 뒤로 타구를 돌아보며 글러브를 들어 올렸다.

팡!

글러브에 타구가 들어오는 느낌과 동시에 정면으로 **빠르게** 다가오는 펜스의 모습이 보였다.

그 모습에 뒷골이 오싹한 기분을 느낀 민우가 눈을 질끈 감은 채 몸을 움츠리며 급하게 제동을 걸었다.

'크윽.'

평소보다 조금 더 무리해서 속도를 줄이자, 다시금 다리 근육이 조금 땅기는 느낌이 들었다.

툭!

급제동을 걸며 속도가 크게 줄어들자, 펜스에 닿는 충격은 툭 치는 수준에 불과했다.

하지만 그만큼 민우의 다리에 무리가 간 듯, 꽤나 뻐근한 느낌이 느껴졌다.

민우는 또다시 두려움을 보인 자신의 모습을 떠올리고는 얼굴을 굳히고 있었다.

'젠장. 펜스 브레이커 특성도 있는데 왜 이러는 거지. 왜 몸이 내 말을 들질 않는 거지? 평소처럼만 하자, 평소처럼만……'

분명 머리로는 할 수 있다고 외치고 있었지만, 민우의 몸은 본능적으로 부상을 겪었던 상황을 거부하고 있었다.

―펜스! 펜스 앞입니다! 펜스 앞에서!! 잡았어요! 강민우가 잡아냈습니다! 환상적인 점핑 캐치! 강민우 선수가 멋진 수비로 자신의 건재함을 알리고 있습니다.

―사실, 제가 봤을 때 이번 타구가 굉장히 중요했다고 생각하는데요. 몸 쪽 높은 코스로 제대로 들어가는 허를 찌르는 패스트볼이었고, 만약 스트라이크를 잡아주었다면 풀카운트로 승부수를 걸어볼 만한 상황이었거든요. 그런데 데이브 선수가 힘으로 걸어 올리는 배트 컨트롤로 예상보다 큰 타구를 만들어냈고, 이 타구가 만약 펜스를 넘어갔다면 아마 리치 선수로서는 심리적으로 타격이 없지는 않았을 겁니다. 그런데 강민우 선수가 펜스 앞에서 멋지게 걷어내면서 리치 선수의 어깨를 가볍게 해주었습니다.

―그렇군요. 데이브 선수는 잘 때리고, 강민우 선수는 잘 잡은 타구였습니다. 경기는 1회 말, 채터누가의 공격으로 넘어갑니다.

민우의 호수비로 1회를 깔끔하게 마무리한 리치가 가볍게 미소를 보이며 머리 위로 양손을 들어 박수를 치는 모습을 보였다.

관중들은 실점 위기 상황이 아니었음에도 보름간의 결장이 무색하게 멋진 수비를 보여준 민우를 향해 애정을 담은 격한 환호를 보내고 있었다.

"와아아아!!"

"좋아! 바로 그거야!"

"이제 센터 라인은 걱정이 없어!"

"무적의 외야가 돌아왔다!"

센터 필드로 향하는 타구에 두 손을 모은 채, 조마조마한 모습으로 민우를 바라보던 헬레나와 로지도 이제는 안심이라는 듯 안도의 미소를 짓고 있었다.

"역시 민우야! 민우가 돌아온 이상 어이없는 실점은 더 이상 없을 거야!"

"홈런도 펑펑 날려주겠지?"

모두가 민우가 돌아왔다며 환호성을 내지를 때, 더그아웃에서 그라운드를 향해 시선을 보내는 프랭클린의 표정은 그리 좋지 않았다.

프랭클린은 경기 전 펑고 훈련에서부터 민우의 모습을 지켜봤기에 조금 전, 민우가 보인 행동에서 묻어나는 두려움을 읽을 수 있었다.

'괜찮을 거라 생각했는데… 아직은 무리였던 건가?'

훈련을 마무리하고 자신과의 대화를 통해 보인 모습에서 무언가를 얻었다고 생각했었다.

하지만 머리로 생각하는 것과 실전에서 맞닥뜨리는 것에는 차이가 있었다.

프랭클린은 수베로 감독에게 민우의 상태에 대해 보고를 할까 하다가 이내 고개를 저었다.

'이제 막 첫 번째 수비를 했을 뿐이다. 조금만 더 지켜보자. 그동안 민우가 보여준 모습이라면, 분명 해낼 수 있을 거야.'

겨우 한 번으로 믿음을 저버린다면 민우의 자신감은 더욱 하락할 수도 있었고, 두려움을 없애는데 악영향을 줄 것이었다.

프랭클린은 오늘 한 경기에서만큼은 민우에게 충분히 믿음을 주고 지켜보리라고 생각했다.

1회 말, 채터누가의 후공이 시작되었다.

캐롤라이나 머드캣츠의 선발투수로 올라온 선수는 시즌 초, 더블A로 승격한 좌완 투수 웹이었다.

웹은 스리쿼터 투수로 89마일(143km)의 느린 커터성 패스트볼에 80마일대의 슬라이더와 체인지업을 주로 던지며 간간이 커브로 볼카운트를 늘려 나가는 유형의 투구 스타일을 가지고 있었다.

패스트볼의 구속은 느렸지만 꽤 좋은 무브먼트를 가지고 있었고, 체인지업의 낙폭도 꽤 큰 편이었다.

하지만 그런 구종을 뒷받침해 줄 정교한 제구력을 가지지 못한 탓에, 9이닝당 삼진 개수가 7개에 가까운 반면, 9이닝당 볼넷 허용률이 5개에 이를 정도로 극과 극의 들쑥날쑥한 모습을 보이고 있었다.

그 결과, 이닝 당 출루 허용률이 1.59에 이르렀고, 그만큼 투구 수가 늘어나며 자연스럽게 이닝 소화 능력이 현저히 부족한 모습을 보였다.

거기에 결정적일 때마다 홈런을 얻어맞으며 점수를 내어주면서 4.93의 높은 방어율을 보이고 있었다.

오늘의 양 팀 선발이 모두 5점대에 가까운 방어율을 보이고 있었기에, 채터누가의 팬들은 오늘 경기는 투수전보다는 난타전이 되리라는 예상을 하고 있었다.

더그아웃으로 돌아온 민우는 조금 전의 긴장감을 떨쳐 내기 위해 웹의 연습 투구에 정신을 집중했다.

슈우욱!

팡!

슈우욱!

팡!

웹의 투구 폼은 몸을 살짝 비틀어 공을 뿌리는 모양으로, 공을 쥔 손을 숨기는 데 꽤나 유용한 모습을 보이고 있었다.

하지만 90마일이 채 안 되는 웹의 패스트볼 구속은 더그아웃에서 바라보는 민우의 눈에는 그리 위력적으로 보이지 않았다.

'영상으로 보는 것보다 구속이 꽤 느린데? 저 정도 구속이라면 타격에서는 그리 큰 문제가 없을 것 같아. 브레이킹 볼의 구

분이 문제이려나.'

민우가 웹의 패스트볼에 대해 생각을 하는 사이 웹이 체인지업을 뿌렸다.

슈우욱!

팡!

패스트볼의 궤적으로 날아오다 급격히 떨어지며 좌타자의 몸 쪽으로 살짝 휘어져 나가는 모습에 민우의 눈이 이채를 띠었다.

'생각보다 크게 떨어지는데? 거의 포크볼 수준이야.'

민우가 속으로 놀란 표정을 짓는 사이, 연습 투구가 끝난 듯, 머드캣츠의 포수가 내야수에게 공을 던지며 마지막 몸 풀기를 끝내는 모습이 보였다.

패스트볼만 보아서는 채터누가의 타선이 충분히 공략이 가능하다고 생각했지만, 위력적인 체인지업을 가지고 있는 것을 실제로 확인하고 나니 생각이 조금은 달라졌다.

'타석에 들어서 봐야 알겠지만, 저런 구속과 방어율임에도 더블A에 올라와 버티고 있다는 건, 무언가 이유가 있을 거야. 일단 지켜보자.'

민우가 생각에 잠긴 사이, 채터누가의 1번 타자, 고든이 입가에 미소를 띤 채 천천히 타석으로 들어섰다.

고든이 배터 박스에 자리를 잡자 웹은 곧장 공을 뿌리기 시작했다.

슈우욱!

팡!

"스트라이크!"

초구는 몸 쪽에서 스트라이크존으로 살짝 휘어지는 88마일의 패스트볼.

슈욱!

팡!

"스트라이크!"

2구는 바깥쪽 낮은 코스로 떨어지는 체인지업이었다.

2개의 공이 모두 스트라이크존에 아슬아슬하게 걸치는 모습을 보이자 고든의 입가에 지어져 있던 미소가 서서히 사라져 갔다.

순식간에 볼카운트는 노 볼 2스트라이크.

웹은 첫 타자부터 과감한 투구를 보이고 있었다.

이는 머드캣츠의 포수, 맥머레이의 요구이기도 했다.

'후속 타자들에게 공을 많이 보여주기 위해서 배트를 휘두르지 않는다. 정석적이야. 하지만 이 녀석은 최근 타격감이 떨어지고 있으니까 과감하고 빠른 승부를 가져가는 게 주효할 거야.'

맥머레이의 생각대로 고든은 10경기 동안의 긴 원정길에 알게 모르게 타격감이 떨어지고 있는 상태였고, 뒷 타자들을 위해서 웬만한 공에는 배트를 내밀지 않을 생각이었다.

하지만 단 2개의 공을 보고 나자, 그 생각을 빠르게 수정해야 했다.

'이거 까딱하다가는 삼구삼진으로 물러나겠어.'

고든이 생각을 바꾸는 사이, 웹이 와인드업 자세를 취하며 빠르게 공을 뿌렸다.

슈우욱!

웹이 뿌린 3구는 높은 코스로 날아오더니 서서히 그 궤적이 꺾이기 시작했다.

'슬라이더인가?'

찰나의 순간, 고든의 뇌리에 웹의 결정구는 슬라이더라는 것이 떠올랐고 공의 궤적을 보자 바로 그 결정구인 슬라이더를 던졌다고 생각했다.

판단을 내린 고든은 곧장 스트라이드를 내디디며 가상의 타점을 향해 짧게 잡은 배트를 휘둘렀다.

하지만 배트가 홈 플레이트에 도달할 즈음, 크게 떨어지며 바깥쪽으로 휘어져 나가는 공의 궤적에 낭패라는 표정을 지어 보였다.

부웅!

팡!

"스트라이크 아웃!"

몸을 기울인 채, 허공에 배트를 휘두른 고든이 크게 휘청거렸다.

고든의 판단과 달리 슬라이더보다 10마일이나 느린 구속의 커브가 들어온 것이다.

깔끔하게 헛스윙을 하며 삼구삼진을 내어준 고든은 전혀 예상치 못한 구종에 황당한 표정을 지어 보였다.

'커브였잖아!'

고든의 뇌리에 웹이 간간히 슬라이더 대신 커브를 섞어 던진다는 사실이 뒤늦게 떠오르자, 인상을 팍 찌푸렸다.

'한 번도 초반에 던진 적은 없었잖아. 경기 중반은 돼야 던질 거라고 생각했는데……. 당했어.'

삼진을 당하고 깨달아 봐야 삼진을 무를 수 있는 것은 아니었다.

고든은 곧장 더그아웃으로 돌아가며 다음 타자인 램보에게 볼 배합이 이전 경기와 달라졌다는 것을 인지시켰다.

더그아웃에 돌아오니 다른 선수들도 그 사실을 깨달은 듯, 다음 타자인 램보를 상대하는 웹의 투구 내용을 주의 깊게 지켜보기 시작했다.

민우 역시 스카우팅 리포트를 떠올리며 고개를 갸웃거리고 있었다.

'분명 한 경기에서 커브는 4~5개 내외로, 그것도 중반 이후에나 던진다고 나와 있었는데, 초반부터 커브를 던진다? 허를 찔러서 우리의 발목을 잡겠다는 건가?'

여러 가지 생각이 떠올랐지만 이내 머리를 털어 생각을 접은 민우는 현재에 집중하기로 했다.

이후 웹은 램보에게 4구째 패스트볼로 유격수 땅볼을, 3번 샌즈에게 다시 한 번 커브로 3루수 땅볼을 끌어내며 삼자범퇴로 이닝을 깔끔하게 마무리 지었다.

그 모습에 글러브를 챙기던 민우의 머리가 빠르게 돌아가기 시작했다.

'1회에만 커브를 3개나 던졌다. 어쩌면 초반에 볼 배합을 다르게 가져가고 후반에는 정석대로 갈 수도 있어. 일단은 내 타석까지 지켜보자.'

2회 초, 웹에게 지지 않겠다는 듯, 리치는 머드캣츠의 중심 타선을 좌익수 플라이—유격수 땅볼—우익수 플라이로 돌려세우며 단 하나의 출루도 허용하지 않는 모습을 보였다.

관중들은 예상과는 달리 2회까지 단 하나의 안타도 허용하지 않는 리치의 모습에 의외라는 표정을 짓고 있었다.

"오늘은 좀 긁히는 날인가?"

"그러게. 1회에 데이브를 잡더니 투구에 자신감이 넘치는 것 같아."

그리고 2회 말.

따악!

"와아아!!"

4번 타자인 스미스가 몸 쪽으로 휘어져 들어오는 웹의 커브를 한 박자 빠르게 받아치며 우중간을 가르는 깔끔한 2루타를 만들어냈다.

바깥으로 빠져나가며 좌타자의 중심을 무너뜨리던 커브가 우타자인 스미스에게는 제대로 먹히지 않는 모습이었다.

첫 타자인 스미스를 너무 쉽게 2루로 출루시킨 웹이 곧 시선을 돌리더니 가볍게 한숨을 내쉬었다.

'다음 타자는… 강민우.'

리그 유일의 5할 타자, 민우가 천천히 대기 타석을 벗어나는 모습이 보이자, 관중들이 우레와 같은 환호성을 내지르기 시작했다.

"갓민우! 갓민우!"

"홈런! 홈런!"

"복귀 기념으로 한 방 날려 버려!"

"이날만을 기다렸다!"

경기장을 울리는 민우를 향한 환호성은 마운드 위에 서 있는 웹의 기를 누를 정도였다.

그리고 위풍당당한 모습으로 타석으로 향하는 민우의 모습이 눈에 들어왔다.

순간, 웹의 뇌리에 민우에게 붙은 수많은 별명이 스쳐 지나갔다.

슈퍼 루키, 킹 캉, 우승 전도사, 갓민우…….

보름간의 긴 결장이었지만 민우의 엄청난 활약을 희석시키기에는 너무나도 짧은 기간이었다.

포수인 맥머레이는 민우가 천천히 배터 박스를 정리하는 것을 바라보며 생각에 잠겼다.

'부상으로 인해 경기 감각이 무뎌졌다고 해도, 이 녀석에게 정면 승부를 거는 건 미친 짓이야. 철저하게 유인구 승부로 가야돼. 특히… 8경기 연속 홈런이라는 대기록의 희생양이 될 순

없지.'

포수는 웹의 얼굴이 굳어져 있는 것을 뒤늦게 발견하고는 곧장 자리에서 일어나 손을 몸 이곳저곳으로 옮기며 사인을 전달했다.

'긴장할 필요 없어. 오늘 공이 제대로 긁히니까, 내 미트에 꽂아 넣는다는 생각만 해.'

팡팡!

자신의 사인에 웹이 무겁게 고개를 끄덕이는 모습을 본 포수가 미트를 주먹으로 힘껏 두드리며 쭈그려 앉았다.

잠시 배터 박스에서 물러나 있던 민우는 그 모습에 천천히 배터 박스로 들어서며 마운드로 시선을 돌렸다.

다른 타자들을 상대할 때와 달리 투수의 얼굴은 티가 나게 굳어져 있었다.

그 모습에 민우는 마음속으로 가볍게 미소를 지었다.

'분명 조금 전 포수의 의도는 투수의 기를 살리는 거였겠지만… 아무래도 힘들어 보이네. 어디, 구위가 어느 정도인지 한번 볼까.'

민우가 천천히 배터 박스에서 타격 자세를 잡았다.

그 모습에 포수가 민우를 힐긋 바라보더니 다리 사이로 손을 넣고는 손가락을 펴 보이기 시작했다.

'이 녀석에겐 볼 배합을 바꾸자. 초구는 몸 쪽 하이 패스트 볼. 아슬아슬하게 걸쳐 봐.'

포수의 요구에 가볍게 고개를 끄덕인 웹이 세트 포지션 자세를 취하며 2루에 서 있는 스미스를 노려봤다.

스미스는 도루를 할 생각은 전혀 없다는 듯, 6피트의 아주 짧은 리드 폭을 보이고 있었다.

그 모습에 웹은 곧장 고개를 돌리며 빠른 키킹과 함께 강하게 공을 뿌렸다.

슈우우욱!

웹의 손을 떠난 공은 민우는 머리 높이로 빠르게 날아오기 시작했다.

'위협구?'

눈앞으로 스쳐 지나갈 듯한 공의 궤적에 민우가 흠칫하며 몸을 뒤로 젖히는 순간, 공의 궤적이 미세하게 꺾이며 스트라이크존으로 향하는 것이 보였다.

'어?'

팡!

"스트라이크!"

주심은 고민 없이 한 손을 들어 올리며 스트라이크를 선언했다.

그 모습에 민우가 잠시 황당한 표정을 지어 보였다.

'분명 홈 플레이트 근처에서 휘었어.'

웹의 패스트볼의 궤적은 일반적인 포심 패스트볼과는 그 궤적이 다른 모습이었다.

'패스트볼의 구속에 커터처럼 휘어지지만, 슬라이더보다는 덜 휘어지는, 말 그대로 커터성 패스트볼이었어.'

분명 영상 분석실에서 웹의 영상을 확인했을 때, 그 그립은 포심 패스트볼의 그립이었다.

그럼에도 커터처럼 꺾이는 궤적을 보이는 이유는 그 누구도 알 수 없었다.

'확실히 대기 타석에서 보는 것과는 또 다르다. 하지만 못 칠 공은 아니야.'

분명 위력적인 무브먼트를 가졌지만, 구속이 그 능력을 뒷받침해 주지 못하고 있었다.

만약 이 무브먼트에 구속까지 겸비하고 있었다면 꽤나 어려운 상대였을 거라는 생각이 들었지만, 가정일 뿐이었다.

민우는 배트를 크게 한 번 휘두르고는 다시 배터 박스에 자리를 잡았다.

마치 무력시위라도 하는 듯한 그 모습에 포수가 고개를 절레절레 흔들었다.

이후 포수는 철저하게 낮은 공을 요구하기 시작했다.

슈우욱!

팡!

"볼!"

2구는 아래로 크게 떨어지는 체인지업.

슈우욱!

팡!

"볼!"

3구는 스트라이크존에서 바깥으로 빠져나가는 슬라이더.

슈우욱!

팡!

"볼!"

4구는 몸 쪽 낮은 코스로 허를 찌르는 패스트볼을 던졌지만, 이번에는 주심의 손이 올라가지 않았다.

순식간에 3개의 볼을 내어주며 볼카운트는 3볼 1스트라이크가 되어 있었다.

허를 찌르는 초구 이후, 웹이 뿌리는 그 어떤 공에도 민우가 꿈쩍하지 않는 모습에 포수의 얼굴에 씁쓸함이 묻어나기 시작했다.

'선구안이 너무 좋아. 웹의 구속이 조금만 빨랐더라도 어떻게 해봤을 텐데…….'

잠시 고민하던 포수는 스트라이크존에서 공 한 개 정도 빠진 코스의 체인지업을 요구했다.

포수의 요구에 무거운 표정으로 고개를 끄덕인 웹이 세트 포지션으로 빠르게 공을 뿌렸다.

슈우욱!

웹의 손을 떠나 올곧게 날아오는 궤적에 민우가 돌연 스트라이드를 내디디며 허리를 빠르게 회전시켰다.

그리고 그 뒤를 따라 나온 배트가 공과 부딪치며 내지르는 큼지막한 타격음이 경기장에 울려 퍼졌다.

따아악!

'헉!'

민우가 강하게 당겨 친 타구가 높이 솟아오른 채 내야를 지나 외야를 향해 날아가기 시작했다.

　큰 포물선을 그리는 타구에 모두의 시선이 일제히 타구로 쏠렸다.

　─볼카운트 3 앤 1. 제5구! 쳤습니다! 강민우 선수가 낮게 떨어지는 공을 강하게 걷어 올렸습니다! 우측으로 뻗어가는 타구! 큽니다! 커요!

　타구를 때리는 순간, 민우는 손에 느껴지는 얼얼한 느낌에 가볍게 미간을 찌푸리고 있었다.

　아래로 떨어지던 체인지업이 생각보다 몸 쪽으로 더 휘어져 들어온 탓에 스위트 스폿을 벗어난 까닭이었다.

　'넘어갈 수 있을까?'

　민우가 높이 떠오른 타구를 바라보며 천천히 1루를 향해 달리기 시작했다.

　끝을 모르고 솟아오르던 타구는 우익수의 머리 위를 지나며 천천히 떨어져 내려오고 있었다.

　타구를 바라보며 펜스를 향해 열심히 뛰어가던 머드캣츠의 우익수는 펜스를 등친 채 조금씩 속도를 줄이며 뒷걸음질을 치고 있었다.

　순간 펜스 위로 고개를 내민 홈 팬들이 손으로 펜스를 두드리고, 손을 휘저으며 소리를 지르기 시작했다.

쾅쾅쾅!

"핍스! 넌 못 잡을걸!"

"놓쳐라!"

상대 팀 외야수의 집중을 분산시키기 위한 행동이었고, 그 소리가 거슬리는 듯 머드캣츠의 우익수, 핍스의 시야가 흔들렸다.

하지만 그 시야가 흔들린 것은 관중의 방해가 아닌, 떨어져 내리던 타구가 마치 누군가 잡아당기는 것처럼 이리저리 흔들리고 있었기 때문이었다.

'뭐야? 회전이 없어?'

눈앞으로 들어 올린 글러브와 함께 핍스의 몸은 좌우로 흔들거리는 타구를 따라 이리저리 움직이고 있었다.

이윽고 뒷걸음질을 치던 핍스가 오른쪽으로 휘어져 내려오는 타구를 향해 힘껏 몸을 날리는 순간.

툭!

글러브로 들어올 듯 보이던 타구는 막판에 옆으로 휘어지며 글러브의 옆면을 아슬아슬하게 비껴가며 펜스를 강타했다.

글러브에 공이 닿으며 느껴져야 할 둔탁한 느낌이 없는 것에 핍스의 표정이 당황스러움으로 물들었다.

쿵!

"윽!"

동시에 공중에 떠올랐던 핍스의 몸도 펜스에 부딪히고는 그라운드로 무너져 내렸다.

─우익수 뒤로 이동! 펜스! 워닝 트랙 앞에서! 아! 잡지 못했어요! 타구가 핍스의 글러브를 피해 펜스를 맞고 튕겨 나옵니다. 그사이 타자 주자와 2루 주자가 빠르게 내달리기 시작합니다!

이제야 1루를 밟고 돌던 민우의 눈이 의외의 상황에 동그랗게 떠졌다.

'어? 무회전이었나?'

'논 스핀 히트' 특성의 효과는 최고였지만, 문제는 생각보다 그 효과가 잘 발휘되지 않는다는 것이었다. 그런데 핍스의 우왕좌왕하는 움직임을 보니 혹시나 하는 마음이 들었다.

하지만 의문을 가진 것도 잠시, 민우는 곧장 다리 근육을 바짝 조이며 전력으로 질주하기 시작했다.

타다닷!

그사이 2루 주자였던 스미스는 이미 3루를 돌아 홈을 향해 내달리고 있었다.

─2루에 있던 스미스는 3루를 지나서 홈까지! 홈까지!

타다다닷!

빠르게 내달리던 민우가 힐긋 고개를 돌려 핍스의 위치를 확인했다.

뒤늦게 휘청거리며 일어난 핍스는 공을 찾아 이리저리 두리번거리더니, 곧 앞쪽으로 굴러간 타구를 발견하고 빠르게 달려가는 모습을 보이고 있었다.

'3루까지 충분하다!'

확신에 찬 민우는 2루 베이스에서 멈춰 서지 않고, 더욱 속도를 붙이며 곧장 3루를 향해 내달리기 시작했다.

그리고 뒤늦게야 중계 플레이가 이루어지며 내야를 향해 공이 날아오고 있었다.

민우는 3루 코치가 한쪽 무릎을 꿇으며 양 손을 아래로 내리는 제스처를 취하자 고민 없이 몸을 날리며 다리를 뻗었다.

촤아악!

3루 베이스가 발끝에 닿는 순간.

팡!

뒤이어 3루수의 글러브로 공이 빨려 들어오는 소리와 함께 등에 글러브가 와 닿는 느낌이 들었다.

처음부터 끝까지 모든 것을 지켜보고 있던 3루심은 고민 없이 양팔을 벌려 세이프임을 알렸다.

세이프!

평범한 플라이로 아웃될 뻔한 타구가 행운의 3루타로 뒤바뀐 것이다.

동시에 3루심의 판정이 내려지기만을 예의 주시하고 있던 채터누가의 팬들이 격하게 환호성을 내지르기 시작했다.

"우와아!"

"와아아아!"

"민우가 돌아왔다!"

"역시 갓민우! 한 방에 3루타라니!"

팬들의 눈에 민우는 수비에 이어 공격에서도 멋진 모습을 보이는, 부상 공백을 모르는 선수로 비춰지고 있었다.

민우는 팬들의 환호성에 화답하듯 주먹을 불끈 쥐어 들어 보였다.

　

―스미스는 홈에서~ 여유 있게 홈 인! 그사이에 강민우는 3루까지 들어갔습니다! 1 대 0으로 앞서가는 채터누가!

―지금 굉장히 큰 타구가 나왔지만, 그렇게 어려운 타구는 아니었거든요. 그런데 우익수 핍스가 워닝 트랙에 도착하면서 좌우로 우왕좌왕하는 모습을 보이며 공을 흘리고 말았습니다.

―단 한 점이지만 내어줄 필요가 없는 점수를 내어주고 마는 머드캣츠입니다. 양 팀에게 이 점수는 어떤 의미가 있을까요?

―음. 먼저 채터누가의 입장에서는 그동안 센터라인의 공백과 4번 타자인 스미스의 뒤를 받쳐 주던 강민우 선수의 공백으로 실점은 늘어나고, 득점은 줄어드는 그런 상황을 맞이했거든요. 그런데 지금, 이 타구가 약간의 운이 따르기도 했지만 1점을 내는 3루타가 됐잖아요. 강민우 선수가 돌아와서, 수비에 이어 공격에서도 어떻게든 만들어낸다. 이런 의미를 가졌다고 저는 생각합니다.

—그렇군요. 머드캣츠의 입장에서는 전혀 좋지 않은 상황이라고 볼 수 있겠군요.

—맞습니다. 사실 초반부터 이런 실책성 플레이가 나오게 되면 마운드에 올라 있는 투수로서는 허탈함과 동시에 수비에 대한 믿음이 상대적으로 낮아지거든요. 위기 상황을 맞게 됐을 때, 또 그런 상황이 발생하지는 않을까 하는 불안함에 자신의 공을 제대로 뿌리지 못할 수도……

민우가 3루로 몸을 날리고, 세이프가 되는 모습을 망연자실하게 바라보는 핍스의 모습에 채터누가의 짓궂은 일부 팬들이 야유와 함께 핍스를 놀리기 시작했다.

"오예~ 외야에 큰 구멍이 있구나~"

"푸하핫! 핍스, 고맙다!"

"널 채터누가의 10번째 선수로 임명해 주마!"

귓가를 울리는 관중들의 목소리에 핍스의 미간이 가볍게 찌푸려졌지만, 핍스는 애써 그 목소리들을 무시하고 수비 위치로 돌아갔다.

'도대체 뭐였지? 내 착각인건가?'

마운드 위에서 공을 쥔 채 고개를 절레절레 흔드는 웹의 모습이 보이자, 핍스의 동공이 가볍게 흔들렸다.

'젠장. 믿으라고. 다음엔 절대로 안 놓칠 테니까!'

하지만 핍스의 그런 다짐은 1분이 채 지나지 않아 무너졌다.

따아악!

6번 타자로 나선 페레즈가 웹의 초구 패스트볼을 통타하며 핍스의 머리 위를 넘어가는 투런포를 때려내며 점수 차를 3점 차로 더욱 벌리고 말았다.

망연자실한 표정으로 펜스를 넘어가는 타구를 바라보던 핍스는 마운드 위에서 허탈한 표정을 짓고 있는 웹의 모습에 입술을 물고 있을 수밖에 없었다.

이후 2루타와 안타 한 개가 더 터져 나오며 웹의 실점은 4점까지 늘어나게 되었다.

이후 투수인 리치가 병살타를 날리며 한 번에 2아웃, 1번 고든이 좌익수 플라이로 물러나며 3아웃을 채우며 더 이상의 추가 실점을 내주지 않은 채 이닝이 마무리되었다.

하지만 2회 타선의 대폭발로 이미 분위기는 채터누가에게로 넘어온 상태였다.

'하아, 젠장, 젠장.'

더그아웃으로 향하던 핍스는 자신의 판단 미스로 인해 이런 결과가 이어졌다는 생각에 차마 고개를 들지 못하고 있었다.

이후 머드캣츠의 타선은 3회 초까지 리치를 상대로 별다른 힘을 쓰지 못하는 무기력한 모습을 보였다.

민우는 3회 말 2아웃 상황에 타석에 들어서 볼넷을 얻어내며 다시 한 번 출루에 성공했지만 아쉽게도 홈으로 들어오지는 못했다.

그렇게 지지부진한 공수를 주고받던 경기는 4회 초, 머드캣츠가 추격의 발판을 다지기 시작했다.

볼카운트는 2—3 풀카운트 상황.

타석에 들어서 있던 크리스는 배트를 다잡으며 공이 날아오기만을 기다리고 있었다.

잠시 숨을 고르던 리치가 천천히 와인드업 자세를 취하고는 힘차게 공을 뿌렸다.

슈우욱!

팡!

"볼!"

리치는 스트라이크존으로 들어갔다고 판단하고 주먹을 쥐었으나, 주심의 팔은 미동조차 하지 않는 모습을 보였다.

선두 타자인 2번 크리스가 풀카운트 접전 끝에 볼넷으로 출루하자 리치가 양손을 들어 올리며 황당하다는 듯한 표정을 지어 보였다.

"이게 볼이라고?"

만약 마운드 위의 투수가 루키 투수였다면 주심의 경고를 받을 법한 제스처였다.

하지만 리치는 메이저리그 경험까지 있는 투수였기에 스트라이크존에 대한 어필을 할 수 있는 연차였고, 주심은 경고를 주는 대신 그 제스처에 가볍게 고개를 저어 보이며 자신의 스트라이크존을 고수하는 모습을 보였다.

"쳇!"

팍!

순식간에 투구 수 6개를 버리게 된 리치는 심기가 불편해진 듯, 포수가 던져 주는 공을 글러브로 강하게 채는 행동을 보였다.

다음 타자가 1회, 펜스 앞에서 잡힌 큼지막한 타구를 날려 보낸 데이브여서 더욱 그런 모습을 보이는 것 같았다.

투수가 흥분한 상태에서는 좋은 투구를 보이기는 힘들었다.

마이어는 곧장 주심에게 타임을 요청하고는 마운드로 향했다.

하지만 특별히 무슨 주제를 가진 대화를 하기 위해 마운드에 오른 것은 아니었다.

"이봐, 리치. 조금 전 판정은 신경 쓰지 마. 심판의 눈이 흔들릴 정도로 네 공이 최고였다는 뜻이니까. 그러니 부담 갖지 말고 내가 요구하는 코스로만 던져."

포수라면 누구라도 할 수 있는 흔한 말이었다.

그럼에도 리치는 마이어의 말에 천천히 귀를 기울이며, 긍정적인 생각을 하며 마음을 진정시켰다.

어느 정도 안정을 되찾은 리치가 천천히 고개를 끄덕거렸다.

"알겠어. 걱정하지 마."

툭툭!

마이어는 그런 리치의 등을 토닥거리고는 빠르게 마운드에서 내려갔다.

잠시 지체됐던 경기는 곧장 재개되었다.

슈우욱!

팡!

"스트라이크!"

초구부터 과감하게 스트라이크를 꽂아 넣는 리치의 모습에 데이브가 가볍게 휘파람을 불었다.

'초반의 장타는 신경 쓰지 않겠다… 이건가? 후후. 뭐, 나야 고맙지.'

마이어는 데이브의 여유 넘치는 모습이 영 마음에 거슬렸다.

'약점인 바깥쪽 낮은 공에 매섭게 배트를 돌렸었고, 몸 쪽 높은 공에 반응이 느렸는데도 펜스까지 타구를 날려 보냈었으니…… 오늘만큼은 약점이 없다는 소리인가.'

보통 투수는 큰 타구를 맞은 코스에 다시 공을 던지는 것을 꺼려하는 경우가 많았고, 마이어도 그 점을 계속 생각하고 있었다.

'오늘 이 녀석의 페이스라면 스트라이크존 안쪽으로 조금만 몰려도 위험해. 철저하게 유인구로 간다.'

마이어의 요구에 리치는 이의가 없다는 듯 고개를 끄덕이고는 빠르게 공을 뿌리기 시작했다.

슈우욱!

팡!

"볼!"

"볼!"

"볼!"

리치는 체인지업과 커브를 섞어 스트라이크존의 바깥쪽 코스를 넘나드는 공을 연달아 뿌렸다.

하지만 데이브는 그 공에 단 한 번도 배트를 움직이지 않았고, 주심의 손도 올라가지 않고 있었다.

순식간에 3볼 1스트라이크.

마치 1회와 같은 상황에 놓이는 기분에 리치의 표정이 묘하게 변해갔다.

꿀꺽.

입에 고인 침을 삼키는 소리가 너무나도 크게 들려왔다.

천천히 세트 포지션 자세를 취한 리치가 1루 주자를 힐긋 흘겨보고는 빠르게 공을 뿌렸다.

슈우욱!

리치의 손을 떠난 공은 올곧은 궤적을 그리며 스트라이크존의 아래쪽 경계선에 걸칠 듯이 보였다.

동시에 여태껏 한 번도 움직이지 않던 데이브의 배트가 벼락같이 돌아갔다.

따아악!

데이브의 배트에서 아주 깨끗한 타격음이 터져 나왔다.

공을 뿌린 리치와 마이어, 그리고 경기장에 있던 모든 이들의 시선이 하늘을 가를 듯 날아가는 데이브의 타구를 바라봤다.

데이브는 타구를 바라볼 것도 없다는 듯, 배트를 내려놓은 채 천천히 다이아몬드를 돌기 시작했다.

민우는 데이브의 타격음이 귓가를 울리는 순간, 홈런임을 직감할 수 있었다.

'이건… 백 프로 홈런이다.'

그리고 그 예상대로 끝을 모르고 뻗어가던 타구는 센터 펜스를 훌쩍 넘어 그 자취를 감췄다.

펜스를 향해 애써 뛰어온 민우는 더 이상 앞으로 갈 수 없는 곳에서 멈춰 서고 말았다.

스코어 4 대 2.

채터누가와의 격차를 2점으로 줄이는 데이브의 투런포가 터지자 여기저기 흩어져 있던 머드캣츠의 원정 팬들이 목이 터져라 소리를 지르고 있었다.

회심의 공이 통타를 당한 리치의 얼굴엔 허탈한 표정이 그대로 드러나 있었다.

*   *   *

팡팡!

마이어가 미트를 두드리며 리치의 신경을 자신에게로 돌렸다.

"리치! 이건 내 볼 배합의 실수야. 네 공은 완벽했어! 그러니까 신경 쓰지 마!"

회심의 공이 홈런을 맞았으니 자신감이 떨어질 수도 있었다. 마이어는 그런 리치의 기를 살려주기 위해 노력하고 있었다.

리치 역시 그 사실을 알고 있었다.

'겨우 두 점일 뿐이야.'

하지만 머리로 알고 있는 것과 신경이 쓰이는 것은 별개의 문제였다.

4회 초, 2점의 점수를 내어준 상황에서 아웃 카운트는 여전히 하나도 올라가 있지 않은 상태였다.

다음 타자인 4번, 앙리가 배터 박스에 자리를 잡자 사인 교환을 마친 리치가 와인드업 자세로 강하게 공을 뿌렸다.

슈우욱!

따악!

동시에 앙리의 배트가 빠르게 돌아 나오며 리치가 뿌린 공을 가볍게 걷어내듯 때려냈다.

─초구! 쳤습니다! 라인드라이브 타구입니다! 센터 방면으로 향하는 타구! 중견수 강민우가 빠르게 달려 내려오는데요!

앙리의 타구는 라인드라이브성 궤적을 보이며 총알같이 쏘아져 순식간에 내야를 뚫고 외야로 날아가기 시작했다.

그 궤적으로 보아 노바운드로 잡는 것은 상당히 버거워 보였다.

타다다닷!

하지만 타격음이 들려옴과 동시에 곧장 앞으로 튀어나오는 민우의 모습이 보이자, 리치는 설마 하는 표정으로 그 모습을 바라보기 시작했다.

민우는 앙리의 타구를 노바운드로 잡아낼 생각이었다.

'이걸 잡아내면 머드캣츠의 흐름을 끊을 수 있어.'

민우는 여기서 한 방을 더 맞는다면 리치의 제구력이 흔들릴 것이라고 추측하고 있었다.

전력으로 달려 나가는 민우의 시야에 붉은 화살표의 빛깔이 조금씩, 조금씩 연해지는 것이 보였다.

타구는 하강을 시작해 어느새 바닥과 거의 1미터도 남겨두지 않은 상태였다.

민우는 순간, 머릿속에 아이템의 효과를 떠올리고는 평소보다 조금 더 이르게 몸을 날렸다.

'하앗!'

마치 슈퍼맨처럼 글러브를 쥔 손을 앞으로 뻗은 채 날아가는 민우의 모습에 모두의 시선이 쏠렸다.

팍!

글러브 끝이 붉은빛의 라인에 닿는 것과 동시에 글러브의 끝에 타구가 닿는 느낌이 들자, 민우는 곧장 글러브에서 공이 빠지지 않도록 강하게 말아 쥐며 충격에 대비했다.

콱!

촤아아악!

바닥에 몸이 닿고 나서도 몇 미터를 더 미끄러지고 나서야 멈춰 선 민우가 벌떡 일어나 글러브를 들어 보였다.

―강민우가! 잡아냅니다! 와우~ 아주 멋진 슬라이딩 캐치가 나왔습니다! 빠르게 대쉬한 뒤, 곧장 몸을 날리며 슬라이딩! 아

주 매끄러운 수비를 보여줍니다! 1아웃!

─강민우 선수의 슬라이딩 캐치는 언제 봐도 멋지네요. 마치 배트가 돌아갈 때, 어느 방향으로 날아올지 알고 있다는 듯, 곧장 스타트를 끊어서 어려운 타구를 누구보다 쉽게 잡아내는 모습을 보이거든요. 대단합니다.

그 모습을 바라보던 리치가 믿을 수 없다는 듯 환하게 웃어 보이며 글러브를 두드렸다.

"와우!"

그 모습에 민우가 씨익 웃어 보이며 손가락을 하나 들어 보였다.

"원아웃! 다 잡아버리자!"

"오우!"

"가자!"

민우의 외침에 투런 홈런으로 가라앉은 분위기가 다시금 살아나기 시작했다.

이후 5번 에릭의 잘 맞은 타구를 유격수가 환상적인 점핑 캐치로 낚아채며 2아웃을, 6번 멘데즈를 리치가 삼진으로 돌려세우며 3아웃을 채우며 이닝을 마무리 지을 수 있었다.

2점을 내어주긴 했지만, 민우의 호수비로 다시 분위기를 가져온 채터누가는 5회 말 1아웃, 주자 1루 상황에서 민우의 2루타로 주자 2, 3루의 상황을 만들었지만 후속 타선의 불발로 아쉽게 추가 득점에는 실패하는 모습이었다.

6회 초.

슈우욱!

팡!

"스트라이크 아웃!"

9번 타자인 투수 웹을 삼구삼진으로 깔끔하게 돌려세우며 머드캣츠의 타순이 다시 한 바퀴를 돌았다.

"나이스 피칭!"

마이어의 외침에 리치가 가볍게 고개를 끄덕이며 어깨를 풀었다.

리치의 투구 수는 어느새 90개에 육박해 있는 상태였다.

'아무래도 이번 이닝이 마지막이겠군.'

투수 코치인 척은 대기 타석에서 자신의 차례를 기다리던 데이브의 모습을 바라봤다.

데이브가 오늘 보여준 모습은 상당히 인상적이었고, 리치가 그를 압도하지 못하는 모습을 보였음을 떠올린 척이 빠르게 머리를 굴리기 시작했다.

'한계 투구 수에 거의 다다랐으니… 여차하면 바꿀 준비를 해야겠어.'

"클레어. 준비해라."

"예."

척은 곧장 클레어를 불펜으로 보내며 언제든지 투수를 교체할 준비를 마쳤다.

그리고 곧 척의 우려는 현실이 되어가기 시작했다.

따악!

"베이스 온 볼스!"

투수 타석을 가볍게 삼진으로 돌려세운 리치가 1번 핍스에게 안타를, 2번 크리스에게 볼넷을 내어주며 다시 한 번 위기를 맞고 있었다.

리치는 손을 가볍게 털고는 타석에 들어서는 데이브를 지그시 바라봤다.

리치의 시선을 느낀 데이브는 리치의 얼굴에서 느껴지는 결연함에 속으로 가볍게 웃어 보였다.

'날 잡고 싶다고 대놓고 티를 내는구나. 얼마든지 받아줄 테니, 제발 내려가지 마라.'

데이브는 채터누가의 투수 코치인 척이 마운드로 향하는 모습에 부디 리치가 마운드에서 버티기를 바라고 있었다.

그리고 잠시 뒤, 척이 홀로 마운드를 내려가는 모습에 의미심장한 미소를 지어 보였다.

'그래. 좋은 선택이야. 널 내리는 건 바로 내가 될 테니까.'

잠시 뒤, 리치가 빠른 템포로 공을 뿌리기 시작했다.

슈우욱!

팡!

"볼!"

슈우욱!

팡

"스트라이크!"

리치는 초구로 낮은 코스의 유인구를 보여준 뒤, 2구째에 기습적으로 바깥쪽 높은 코스에 꽂아 넣으며 스트라이크를 잡았다. 하지만 이후 3구와 4구가 내리 볼로 빠지며 상황은 순식간에 리치에게 불리해지고 말았다.

볼카운트는 3볼 1스트라이크.

데이브와의 3번의 대결에서 한결같이 3볼을 내어주는 리치의 모습에 팬들은 불안한 시선으로 다음 공을 기다리기 시작했다.

"설마 또 맞는 건 아니겠지?"

"재수 없는 소리하지 말고 응원이나 해!"

잠시 숨을 고르던 리치는 포수의 사인에 잠시 고민하는 듯한 모습을 보였지만, 이내 가볍게 고개를 끄덕이고는 빠르게 공을 뿌렸다.

슈우욱!

리치의 손을 떠난 공은 패스트볼의 궤적을 그리며 날아가다 홈 플레이트에 다가가며 살짝 바깥으로 꺾이며 떨어지기 시작했다.

딱!

동시에 매섭게 돌아간 데이브의 배트가 공을 건드리며 리치의 심장을 덜컹하게 만들었다.

하지만 스위트 스폿을 한참 벗어난 배트 끝에 맞은 타구는 우측 파울라인을 아슬아슬하게 넘어간 뒤, 바운드되며 외야 쪽으로 흘러나가는 모습을 보였다.

파울!

타구를 주시하던 1루심이 양팔을 가볍게 들어 보이며 파울임을 선언하자 관중들이 안도의 한숨을 내쉬고는 리치를 응원하기 시작했다.

"좋아!"

"이대로 삼진이다!"

"삼진! 삼진!"

로진백을 매만지던 리치는 팬들의 응원 소리를 들으며 꼭 삼진을 잡아내리라 다짐하고 있었다.

'이 녀석만 잡고 내려가기로 했으니까. 힘을 아낄 필요도 없어.'

탁!

로진백을 옆으로 던진 리치가 마이어의 사인을 받으며 고개를 옆으로 저은 뒤, 원하는 사인이 나오자 고개를 끄덕거렸다.

글러브를 가슴 앞으로 들어 올린 리치는 1루와 2루 주자를 힐긋 바라본 뒤, 빠르게 공을 뿌렸다.

슈우우욱!

리치는 손끝에 채이는 공의 느낌에 기대에 찬 눈빛으로 공을 바라봤다.

그리고 찰나의 순간, 데이브의 배트가 벼락같이 돌아 나오며 미트와 공의 사이를 가로막는 모습이 보였다.

따아악!

너무나도 경쾌한 타격음에 리치가 허탈한 표정을 지으며 천천히 뒤를 돌아봤다.

데이브가 퍼 올린 타구는 센터 방면으로 빠르게 쏘아져 날아가고 있었다.

타다다닷!

민우는 데이브가 또 한 번 큼지막한 타구를 날려 보내는 모습에 이를 악문 채, 펜스를 향해 빠르게 내달리기 시작했다.

'제발 넘어가지 마라. 제발.'

민우는 간절한 마음으로 타구가 떨어지기만을 바라고 있었다.

하지만 타구의 방향을 알려주는 화살표의 색깔은 짙은 회색에서 변할 생각이 없어 보였다.

펜스가 눈앞에 다가오는 모습에 심장이 다시 두근거리는 것이 느껴졌지만, 민우는 이를 악문 채 타구의 위치를 확인하고는 속도를 더 높여 펜스를 밟고 올라섰다.

탁탁!

아이템의 힘인지 평소보다 1미터는 더 높이 뛰어 오른 민우의 모습에 일부 관중들이 놀란 눈으로 그 모습을 쳐다봤다.

'젠장… 모자라.'

하지만 아무리 그렇다고 해도 6미터에 이르는 펜스를 타고 오르는 것에는 상당히 무리가 있었다.

민우는 천천히 아래로 떨어져 내리며 펜스를 넘어가는 타구를 바라봤다.

퍽!

충격을 흡수하기 위해 그라운드에 쪼그리듯 무릎을 꿇은 민우가 바닥을 내려치며 아쉬움을 드러냈다.

"아아."

"민우라도 저건 안 되는 거야?"

"저걸 타고 오르려면 스파이더맨이 와야지."

혹시나 하는 마음으로 민우의 움직임을 바라보던 모든 이들의 시선에도 아쉬움이 묻어나고 있었다.

―아! 큽니다! 커요! 데이브가 퍼 올린 타구가 끝을 모르고 날아갑니다! 펜스! 넘어~ 갑니다! 스리런 홈런! 오늘 경기 자신의 두 번째 홈런이 터집니다!

리치의 패스트볼은 마이어가 요구한 곳으로 정확히 들어갔다.

코스뿐 아니라 구위도 완벽했다.

하지만 데이브의 타격감은 그런 구위와 코스를 무마시킬 정도로 절정의 모습을 보이고 있었다.

어떤 선수라도 가끔 이런 날이 있었고, 데이브에겐 그 날이 바로 오늘이었다.

데이브는 만족스러운 듯한 표정을 지은 채 날아가는 타구를 잠시 바라보더니, 이내 여유 있는 뜀박질로 다이아몬드를 돌기 시작했다.

그 모습에 리치가 분한 표정으로 애꿎은 마운드를 발로 차는 모습을 보였다.

곧, 마운드에 오른 투수 코치가 리치에게서 공을 받은 채, 그의 등을 두드려 주며 강판을 알렸고, 리치는 글러브를 벗은 채 천천히 더그아웃으로 발걸음을 옮겼다.

스코어 4 대 5.

채터누가가 오늘 경기에서 처음으로 머드캣츠에 리드를 빼앗기는 순간이었다.

이후 리치의 뒤를 이어 마운드에 오른 좌완 클레어가 빠른 템포의 투구로 후속 타자들을 돌려세우며 이닝을 매듭지었지만, 경기장을 가득 메운 채터누가의 팬들의 가라앉은 분위기를 반전시키기에는 역부족이었다.

이후 경기는 다시 소강상태에 접어들었고, 6회 말과 7회 초, 양 팀 모두 삼자범퇴로 물러나며 빠르게 흘러가고 있었다.

그리고 7회 말.

웹의 뒤를 이어 등판한 박스버거의 위력적인 투구에 채터누가의 타자들은 속수무책으로 배트를 휘두르고 있었다.

"스트라이크 아웃!"

"스트라이크 아웃!"

"어휴! 마구야, 마구."

허무하게 헛스윙을 하며 삼진을 헌납한 샌즈가 허탈한 표정으로 고개를 절레절레 저었다.

박스버거는 패스트볼과 같은 팔각도에서 나오는 서클 체인지업과 커터를 노련하게 섞어 던지며 타자들이 타이밍을 손쉽게 빼앗고 있었다.

　타석으로 향하는 스미스의 모습에 더그아웃에서 준비를 하고 있던 민우가 천천히 대기 타석으로 나서며 마운드를 바라봤다.

　'박스버거. 이제 겨우 1년 차임에도 루키 리그에서 곧장 더블A까지 올라온 희귀한 케이스의 투수. 그만큼 공이 좋다는 거지.'

　박스버거는 시즌 중반, 더블A로의 고속 승격을 이루며 머드캣츠의 롱 릴리프를 맡았고, 8월에 들어서는 롱 릴리프와 마무리를 겸하며 그 실력을 인정받고 있었다.

　8월 성적만을 보았을 때는 머드캣츠의 투수진에서 박스버거가 가장 뛰어난 투수라고 할 수 있을 정도였다.

　그런 박스버거를 7회부터 마운드에 올렸다는 것은 머드캣츠의 감독이 채터누가에게 한 점 차의 격차를 좁힐 기회를 주지 않겠다는 의미와 같았다.

　그리고 조금 전까지는 의도대로 만족스런 모습을 보이고 있었다.

　슈우욱!
　팡!
　"스트라이크!"
　"볼!"

"스트라이크!"

스미스는 3개의 공을 연신 흘려보내며 배트를 내밀지 않고 있었다.

볼카운트는 1볼 2스트라이크.

타자에게 압도적으로 불리한 카운트였다.

스미스는 바깥쪽 스트라이크존을 좌우로 넘나드는 박스버거의 공에 마치 압도라도 당한 듯한 모습이었지만, 민우의 생각은 달랐다.

박스버거의 공은 무브먼트가 심한 모습이었는데, 애매한 코스임에도 주심이 스트라이크로 잡아주고 있었기에 카운트가 불리해진 것이라고 판단하고 있었다.

'박스버거도 그걸 알고 연신 바깥쪽 공을 뿌리고 있어. 하지만 박스버거의 진짜 무기는 우측으로 휘어져 떨어지는 체인지업이야. 조심해야 해.'

하지만 민우는 여기서 스미스가 앞선 두 타자처럼 삼진으로 물러서지는 않을 것이라고 생각했다.

스미스는 타율은 3할이 채 못 되고 있었지만, 팀 배팅에 능한 선수였다.

'박스버거는 등판하고 나서 주심의 판정에 이득을 본다는 것을 알고는 계속해서 공격적인 투구를 이어가고 있어. 내 생각이 맞다면 아마 이쯤에서 카운터펀치를 날릴 생각으로 스트라이크존의 안쪽으로 확실하게 들어오는 공이 있을 거야.'

앞선 두 타자에게 보여주었던 공격적인 패턴을 바꾸지 않았다면 아마 스미스에게까지는 같은 패턴을 보일 확률이 높았다.

그리고 마운드 위에 서서 홈 플레이트를 바라보는 박스버거의 눈빛은 그런 민우의 추측에 확신을 더해주고 있었다.

'무표정한 얼굴을 하고 있지만, 눈빛은 스미스를 전혀 두려워하는 기색이 없어. 자신감이 있다는 말이겠지.'

생각을 마친 민우는 가볍게 와인드업 자세를 취하는 박스버거의 모습을 예의 주시했다.

슈우욱!

내리 바깥쪽으로 공을 뿌리던 박스버거의 선택은 몸 쪽으로 휘어지며 떨어지는 체인지업이었다.

동시에 몸 쪽 공을 예상하고 있었다는 듯, 스미스가 몸을 바나나처럼 안쪽으로 당기며 빠르게 배트를 내밀었다.

딱!

둔탁한 타격음과 함께 홈 플레이트 앞에서 바운드되는 타구의 모습에 팬들이 조마조마한 마음으로 타구를 쫓았다.

촤아악!

동시에 2루수 카스트로가 타구를 잡기 위해 잽싸게 몸을 날리는 모습이 보였다.

하지만 생각보다 빠르게 쏘아진 타구는 아슬아슬하게 그의 글러브를 빗겨 나가며 외야로 흘러나갔고, 그사이 스미스가 여유 있게 1루를 밟으며 안타가 만들어졌다.

만약 스미스가 큰 타구를 노리고 풀스윙을 돌렸다면 어김없이 아웃을 당할 공이었다.

하지만 스미스는 불리한 카운트에 몰리자 욕심을 버리고 큰 타구보다는 정확히 때려낸다는 느낌으로 타격에 임했고, 좋은 결과를 만들어낸 것이었다.

―몸 쪽! 가볍게 건드려 안타를 만들어내는 스미스! 2사에 주자는 1루!

―지금도 안쪽에 컨트롤이 굉장히 잘 됐거든요. 그런데 스미스가 생각하는 코스에 공이 들어왔고요. 스미스 선수가 그 공을 가볍게 컨택을 하는 식으로 배트를 돌리며 2루와 1루 사이를 꿰뚫는 안타를 만들어냈습니다.

스미스가 가볍게 안타를 만들어내자 관중석을 가득 채운 채 터누가의 팬들이 환호성을 내질렀다.

"좋아!"

"나이스 안타!"

"다음은 민우라고! 홈런 날려 버려!"

그리고 그 환호성은 대기 타석에서 벗어나는 민우의 모습이 보이자 점점 더 크게 울려 퍼지기 시작했다.

경기장을 울리는 수많은 팬의 목소리가 몸을 떨리게 하고 있었다.

마운드 위에서 그 모습을 바라보던 박스버거는 마음속에서 일어나는 호승심에 입꼬리를 씰룩거리고 있었다.

'분명 7경기 연속 홈런 기록을 가지고 있었지. 오늘이 복귀전

이고. 여기서 승부를 피하는 모습을 보이면 홈 팬들이 아주 난리를 피우겠지?'

박스버거가 잠시 고개를 들어 관중석을 바라보니, 하나같이 채터누가의 팬들인 듯, 어디로 시선을 돌려도 박수를 치거나 휘파람을 부는 등의 행동을 하는 이들이 눈에 들어왔다.

그리고 그 모두의 시선이 자신이 아닌 민우를 향하고 있었다.

그 모습에 박스버거가 약간의 시샘을 느끼더니, 돌연 피식 웃어 보였다.

'언젠가는 나도 등판할 때마다 저런 환호를 받을 수 있겠지?'

다시 시선을 돌리니 어느새 배터 박스에 들어서 자리를 잡고 있는 민우의 모습이 보였다.

같은 23살.

같은 해에 마이너리그에 들어섰고, 같은 더블A에서 뛰고 있었다.

스스로도 꽤나 인상적인 활약을 보이고 있다고 생각하고 있었지만, 지금 타석에 들어서는 강민우에 비하면 미미하다고 할 수준이었다.

'5할 타율, 6할 출루율. 거기에 7경기 연속 홈런이라니. 이게 인간으로서 가능한 기록인가?'

하나의 홈런을 더 기록하면 비록 마이너리그이지만 메이저리그 기록과 타이를 이루는 대기록이 달성되는 것이었다.

박스버거는 공을 쥔 손에 힘이 들어가는 것을 느끼며 가볍게 손을 털었다.

'뭐, 대기록은 대기록이고. 나도 널 이기기 위해서 최선을 다할 거니까. 어디 누가 이기나 한 번 해보자.'

박스버거는 대기록의 희생양이 되고 싶지 않다는 등의 치졸한 생각 따윈 전혀 하고 있지 않았다.

박스버거를 바라보던 포수, 맥머레이는 전혀 긴장한 티를 내보이지 않는 박스버거의 모습에 마음이 한결 편안한 기분이었다.

'어린 녀석이지만 패기 하나는 베테랑 못지않다. 상대가 민우임에도 전혀 기세를 잃지 않고 있다는 건 좋은 현상이야.'

자신감이 넘치는 투수는 그 구위에서도 위축되는 모습을 보이지 않는다.

맥머레이는 한편으로 민우의 타격감도 나쁘지 않다는 것을 떠올리고 있었다.

'정면 승부로 가는 것보다는… 역시 바깥쪽으로 경계를 넘나드는 투구가 좋겠지.'

오늘 민우는 3타석에 들어서 3루타, 볼넷, 그리고 2루타를 기록한 상태였다.

볼넷으로 출루한 타석을 제외하면 2개의 안타가 모두 외야를 가르는 장타였기에, 맥머레이는 처음부터 유인구 위주의 투구를 가져갈 생각이었다.

민우는 배터 박스에 천천히 자리를 잡으며 박스버거에게 정신을 집중했다.

[박스버거, 23세]

─구속[U, 76(56%)/100], 제구[R, 70(12%)/100], 멘탈[R, 68(60%)/100], 회복[R, 67(67%)/100]

─종합 [R, 281/400]

민우가 관심을 가지는 것은 박스버거의 멘탈 능력치였다.

데이브의 역전 홈런을 맞은 이후, 아직 흐름을 되찾지 못한 채터누가였기에 지금의 기회를 허무하게 날려 보낼 생각은 없었다.

이런 상황에서 본신의 실력만으로 박스버거를 상대하는 것은 자만이라고 생각한 민우는 확실함을 추구하기로 했다.

'끊어진 분위기를 다시 가져오려면 한 방이 필요하니까. 체력도 비축됐으니 아낄 필요는 없겠지.'

곧, 민우는 고민할 것도 없다는 듯, 곧장 '투기 발산' 스킬을 사용했다.

'투기 발산.'

지잉─

[투기 발산의 효과를 적용하는 데 실패했습니다.]

[실패 패널티가 적용되어 총 20의 체력이 소모됩니다.]

'헐!'

스킬 적용이 실패했다는 메시지에 민우가 황당한 표정을 지어 보였다.

여태껏 몇 번의 사용에서 한 번도 실패한 적이 없었던 스킬이었기에 설마 실패하겠냐는 마음을 가지고 있었던 민우였다.

그런데 30%의 확률이 그리 높은 것이 아니라는 듯, 이번 실패로 체력만 20을 까먹고 말았다.

'젠장. 내 본신의 실력으로 이겨내라 이건가.'

아쉬움은 잠시뿐이었다.

민우는 곧장 정신을 차리며 타격 자세를 잡았고, 사인을 빠르게 교환한 박스버거가 고개를 끄덕이며 세트 포지션을 취했다.

민우는 앞선 세 타자에게 박스버거가 꽂아 넣은 공을 떠올리고는 한 방을 날리기 위해 임의의 스트라이크존을 좁혔다.

곧 박스버거가 빠른 동작으로 공을 뿌렸다.

슈우우욱!

박스버거의 손을 떠난 공은 바깥쪽으로 빠지는 패스트볼의 궤적을 그리듯 날아오다가 안쪽으로 살짝 꺾여 들어오고 있었다.

노리고 있던 바로 그 코스로 날아오는 모습에 민우가 눈을 빛냈다.

'놓치지 않는다!'

타구의 궤적 판단과 동시에 강하게 스트라이드를 내디딘 민우가 매섭게 배트를 내돌렸다.

따아아아악!

민우가 내돌린 배트와 꺾여 들어오던 공이 홈 플레이트 바로 위에서 정확히 맞물리며 정갈한 타격음을 내뱉었다.

초구부터 배트를 내밀 거라 예상하지 못한 듯, 맥머레이가 허공에 미트를 휘적거리고는 멍한 표정으로 뻗어나가는 타구를 바라봤다.

민우가 체중을 실어 제대로 퍼 올린 타구가 우측 펜스를 향해 높은 포물선을 그리며 날아가기 시작했다.

'제대로 맞았어!'

민우는 정말 오랜 만에 느껴지는 깔끔한 손맛에 가볍게 미소를 짓고는 천천히 베이스를 돌기 시작했다.

"와아아아아아!!"

"우와아아!"

─높게 떠오른 타구입니다! 우측으로 끝을 모르고 뻗어갑니다. 우익수가 쫓아갑니다만 너무나도 먼 타구! 펜스! 펜스!

경기장에 있던 모두가 머리 위로 손을 들어 올린 채, 하늘을 가르며 우측으로 뻗어가는 타구를 기대에 찬 시선으로 쫓았다.

끝을 모르고 날아가던 타구가 우측 외야 관중석에 가까워질수록 그곳에 몰려 있던 관중들도 낙구 지점을 향해 하나같이 손을 뻗기 시작했다.

그리고 그 사이에 끼어 있던 헬레나도 타구를 잡기 위해 양손을 하늘 위로 들어 올렸다.

'이쪽이야! 이쪽이라고!'

헬레나의 마음속 외침을 들은 듯, 매섭게 날아오던 타구가 눈앞에 나타나자, 헬레나의 얼굴에 환한 미소를 지은 채 타구를 향해 손을 뻗었다.

'이리와!'

빡!

순간, 헬레나는 눈앞이 번쩍하는 느낌과 함께 밀려오는 고통에 비명을 지르고 말았다.

"아악!"

헬레나의 머리를 스친 타구는 바닥을 맞고 크게 바운드되어 뒤쪽으로 튕겨 나갔고, 헬레나의 주변에 있던 관중들이 공을 쫓아 우르르 위쪽으로 올라가는 모습을 보였다.

"헬레나! 괜찮아?"

뒤늦게 다가온 로지가 머리를 부여잡고 있던 헬레나를 살폈다.

불행 중 다행으로 타구에 빗겨 맞는 바람에 출혈은 보이지 않고 있었기에 로지가 가볍게 안도의 한숨을 내쉬었다.

"으으. 힝… 내 홈런볼… 어디 있어?"

"이 상황에 무슨 홈런볼이야! 미련한 계집애야. 그걸 어떻게 맨손으로 잡겠다고! 이미 다른 아저씨가 가져갔으니까 빨리 병원부터 가자."

홈런볼을 잡지 못했다는 것에 징징거리던 헬레나는 뒤늦게 구장 의료진이 도착하자, 도살장에 끌려가는 소와 같은 슬픈 표정으로 경기장을 빠져나갔다.

—넘어~ 갔습니다! 와우! 강민우 선수가 8경기 연속 홈런 기록을 투런 홈런으로 장식합니다! 동시에 빼앗겼던 리드를 되찾아오는 채터누가! 스코어 6 대 5!

—박스버거의 구석을 찌르는 커터였는데요. 강민우 선수가 마치 기다렸다는 듯 제대로 받아놓고 때려내는 모습이었습니다. 강민우 선수의 배트 중심에 맞은 듯, 높은 포물선을 그리는 타구임에도 힘을 잃지 않고 날아가 관중석에 꽂히는 홈런이 만들어졌습니다.

—저는 제 눈으로 대기록을 달성하는 모습을 볼 줄은 꿈에도 생각지 못했었는데요. 비록 메이저리그가 아닌 마이너리그이지만, 강민우 선수의 이 기록은 충분히 그 가치를 인정받으리라 생각됩니다.

민우는 관중들의 환호성에 미소를 지은 채 홈 플레이트를 가볍게 밟으며 하늘 위로 손을 뻗어 보였다.

더그아웃 입구에는 수베로 감독이 한 손을 내밀며 환한 미소를 짓고 있었다.

"정말 멋진 홈런이었다."

민우는 가볍게 손을 마주치고는 고개를 꾸벅 숙였다.

더그아웃 안으로 들어서자 선수들이 우루루 몰려들어 민우를 구타하기 시작했다.

빡빡!

"아아악!"

평소와 달리 엄청난 힘이 실린 두들김에 민우가 비명을 내지르자 선수들이 돌연 웃음을 터뜨렸다.

"아프냐! 우하하하!"

"임마! 내가 이날만을 기다렸다!"

"내가 이래서 널 좋아한다! 통쾌한 한 방!"

"그뿐이랴~ 이게 무슨 홈런이냐. 8경기 연속 홈런 아니냐! 미친 거지~"

선수들이 진심으로 기뻐하는 것이 느껴지자, 고통으로 눈물을 찔끔거리던 민우도 옅게 미소를 지어 보였다.

"민우! 나가서 팬들에게 인사 한 번 해주라고!"

천진난만한 표정으로 외치는 고든의 말에 민우가 주변을 둘러봤다.

선수들은 어서 가보라는 듯, 더그아웃의 입구를 가리키고 있었다.

그 모습에 민우가 천천히 더그아웃 바깥으로 몸을 내밀어 관중석을 바라봤다.

"민우!"

"민우다!"

"꺄아악!"

"넌 정말 최고야!!"

관중들은 민우의 재등장에 열렬한 환호를 보내며 그를 향한 무한한 신뢰를 보이고 있었다.

그 모습에 민우는 가슴에 두근거림을 느끼고는 가볍게 미소를 지어 보이고는, 헬멧을 벗어 위로 들어 올리며 그들의 환호에 화답했다.

그 모습에 관중들이 일제히 박수를 보내며 민우의 대기록 달성을 다시 한 번 축하하는 모습을 보였다.

민우가 다시 더그아웃으로 들어서자 선수들이 자랑스럽다는 듯 민우를 바라봤고, 민우 역시 동료들을 향해 다시 한 번 환한 미소를 보이며 화답했다.

짝짝!

"자자. 아직 경기 안 끝났다. 기쁨은 경기를 끝내고 나서 느껴도 늦지 않으니까, 다들 집중하자! 한 점 차다!"

선수들의 긴장이 너무 풀어지는 듯 보여서인지, 스미스가 선수들의 주의를 환기시켰다.

그 모습에 고든이 스미스의 옆구리를 툭 치면서 능청스러운 표정을 지었다.

"에헤이~ 우리도 그 정도는 다 압니다요."

빡!

"아아악!"

동시에 스미스의 주먹이 수그리고 있던 고든의 정수리를 정확히 두들겼고, 고든은 나지막한 비명을 내지르며 주저앉고 말았다.

그 모습에 선수들이 다시 한 번 웃음을 보이고 말았다.

"푸하핫!"

"매를 버는구나."

그사이, 박스버거가 나머지 아웃 카운트 하나를 삼진으로 마저 채우며 이닝을 마무리 지었다.

흐름이 다시 한 번 뒤집히자 머드캣츠의 더그아웃은 찬물을 끼얹은 듯한 분위기를 쉬이 헤어나오지 못했다.

채터누가는 8회 초, 후버를 올려 1이닝을 깔끔하게 막아낸 뒤, 9회 초, 마무리 투수인 젠슨을 올려 오늘 타격감이 폭발했던 데이브마저 침묵시키며 경기를 깔끔하게 마무리 지었다.

민우는 오늘 경기에서 4타석 3타수 3안타(1홈런) 1볼넷 3타점 2득점을 기록하며 성공적인 복귀전을 치러냈고, 8경기 연속 홈런이라는 대기록을 달성하는 쾌거를 이루어냈다.

그 결과, 시즌 타율은 0.573로 소폭 상승하며 괴물 같은 기록이 계속해서 이어져 가고 있었다.

제4장

대기록, 그리고 꿈의 무대로

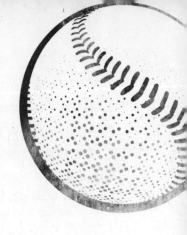

　경기 종료와 함께 각종 뉴스와 마이너리그 홈페이지, 그리고 처음으로 메이저리그 홈페이지의 메인 화면에 민우의 얼굴이 내걸렸다.

　〈코리안 몬스터 강(KANG), 더블A에서 8G 연속 홈런 대기록을 달성하다.〉
　〈킹 캉(KING KANG) 강민우. 부상 공백 무색하게 절정의 타격감! 8G 연속 경기 홈런 달성으로 벌써 시즌 16홈런 째.〉
　〈마이티(Mighty) 강(KANG)! 복귀전에서 홈런을 날리며 8경기 연속 홈런 기록을 만들어내다! 메이저리그 입성 문제없다!〉

기사를 통해 민우가 8경기 연속 홈런 기록을 달성했다는 소식을 접한 수많은 메이저리그 팬은 슈퍼 루키의 대기록 달성에 열광적인 반응을 보였다.

　특히 15일짜리 DL에 등재된 사실을 모르던 이들은 더 이상 전해지지 않는 민우의 소식에 기록이 끊겼다고만 생각하고 있었기에 그 놀라움은 더욱 크게 다가오고 있었다.

　─와~ 진짜 미친 페이스네. 아무리 마이너라지만 8경기 연속 홈런이라니. 마이너랑 메이저 통틀어서 켄 그리피 주니어 이후로 처음이지?

　─뭐야? 얘 기록 끊긴 거 아니었어?

　─찾아보니까 15일짜리 DL로 한동안 경기 못 뛰었네.

　─와~ 그런데도 복귀하자마자 홈런 날린 거야? 이러다 9경기 연속 홈런 신기록 세우는 걸 실시간으로 볼 수 있는 건가?

　─설레발치지 마. 부정 탄다.

　─근데 타율 5할에 16홈런이면 당장 메이저 올라와도 되는 거 아니냐?

　─그러게. 어차피 지금 성적으론 와일드카드도 버거운데, 얘 나 올려서 메이저 경험시키고 다음 시즌 준비하는 게 낫지 않으려나.

　─그러게 말이야. 켐레기한테 중견수를 계속 맡기느니 차라리 얘가 더 잘하겠다.

　─난 얘 보니까 스트라스버그 생각난다. 둘 다 88년생인데다

가 마이너 초토화시켰잖아.

한 팬의 댓글에 스트라스버그라는 이름이 언급되자 기사를 보던 많은 이가 자연스럽게 고개를 끄덕였다.

스티븐 스트라스버그.

2010시즌, 메이저리그에 조금이라도 관심이 있는 이라면 모르려야 모를 수 없는 이름이었다.

워싱턴 내셔널즈의 2009년 드래프트 1순위로 계약을 한 스트라스버그는 2010년 더블A에서 시즌을 시작해 5경기 3승 1패, 1.84의 방어율을 기록하고 트리플A로 승격을 이루었다.

트리플A에서는 더욱 압도적인 모습으로 진화한 모습을 보였는데 6경기에서 4승 1패, 방어율은 무려 1.08을 기록하며 무력시위를 하는 모습을 보였다.

그리고 6월, 위풍당당하게 메이저리그에 승격한 스트라스버그는 데뷔전에서 100마일의 패스트볼로 메이저리그의 타자들을 압도했고, 7이닝 2실점 14K라는 엄청난 퍼포먼스로 자신의 존재감을 알렸다.

이후 현재까지 9경기에 나서 5승 2패, 평균 자책점 2.32를 기록하며 메이저리그에 연착륙을 하며 자신의 가치를 증명하고 있었다.

스트라스버그와 같이, 민우 역시 1988년생이었고, 하이 싱글A에 이어 더블A를 초토화시키며 자신의 존재감을 널리 알리고 있었다.

투수와 타자라는 차이가 있었지만, 둘의 밟아간 전철은 너무나도 비슷한 모습을 보이고 있었다.

하이 싱글A에서 뛸 때만 하더라도 설마 하던 메이저리그 팬들은 어쩌면 올해가 가기 전에 강민우라는 괴물 타자를 메이저리그에서 볼 수 있으리라는 생각에 이르자 가슴이 두근거리는 것을 느끼기 시작했다.

이런 반응은 한국에서도 비슷하게 쏟아져 나오고 있었다.

새벽 6시가 채 안 된 시간.

불 꺼진 사무실의 한 자리에 켜져 있는 모니터에서 아주 미미한 빛이 새어 나오며 밝아졌다, 어두워졌다를 반복하고 있었다.

그리고 모니터의 바로 앞에는 이아름 기자가 멍하니 앉아 모니터가 비추는 장면 하나하나를 뚫어져라 쳐다보고 있었다.

아름은 붉게 충혈된 눈에 뿔테 안경을 쓰고, 머리를 대충 말아 올려 부스스한 모양을 하고 있었는데, 블라우스가 이리저리 구겨진 자국이 많이 보이는 것으로 보아 사무실에서 밤을 새거나, 잠을 제대로 자지 못한 듯 보였다.

그 옆에는 에너지 드링크로 보이는 캔들이 일렬종대로 세워져 있어 그 추측을 확신으로 만들고 있었다.

"하아암."

입이 찢어져라 하품을 하면서도 민우의 타석이 언제인지 라인업을 수시로 확인하며 온 정신을 중계방송에 쏟고 있는 모습은 마치 스포츠광의 모습을 보는 듯했다.

7경기 연속 홈런 기록 이후, 이아름 기자는 곧장 8경기 연속 홈런 달성 기사를 미리 작성한 상태였다.

하지만 뒤늦게 민우의 15일짜리 DL 소식을 듣고는 잠시 기사를 묵혀둔 채 조마조마한 마음으로 민우의 복귀 날만을 기다리고 있었다.

그리고 바로 오늘, 모니터 한쪽에는 원고 업로드 창을, 다른 한쪽에는 마이너리그 경기의 중계창을 켜놓은 상태였다.

모니터를 바라보던 아름은 갑자기 무슨 생각이 났는지 미간을 찌푸리며 혼잣말로 하소연을 하기 시작했다.

"여하튼 하이에나들이라니까. 상도덕을 몰라요. 상도덕을. 아니, 자기들이 먼저 관심을 갖던가. 왜 남이 떡을 잘 빚어놓으니까 날름 훔쳐 먹으려고 하냔 말이야."

지난 7경기 연속 홈런 뉴스를 내보낸 뒤, 민우에게 전혀 관심을 보이지 않던 경쟁 신문사에서 민우에 대한 후속 기사를 내보내는 등의 행동을 취하는 모습을 보였었다.

사실, 이런 대기록이라는 건, 말 그대로 한 시즌에 한 번 나올까 말까한 이슈라고 할 수 있었다.

그렇기에 새로이 경쟁자가 생긴 이상, 이제부터는 누가 실시간으로 가장 먼저 기사를 업로드 하는가의 시간 싸움이었다.

아름은 두 손을 모은 채, 이 고생을 오늘로 끝낼 수 있도록, 부디 오늘 경기에서 홈런을 날려주기를 간절히 바라고 있었다.

"제발, 제발. 하나만 날려라!"

그리고 그런 그녀의 바람을 민우가 들었던 것일까.

실시간으로 결과를 확인하던 아름은 7회 말, 민우의 배트가 돌아가는 장면에 두 눈이 크게 떠지며 만세를 부르기 시작했다.

그리고 곧장 바로 옆에 띄워두었던 원고의 공란을 빠른 속도로 채워 넣고는 곧장 업로드 버튼을 눌렀다.

"좋아!"

아름의 기사는 곧장 대형 포털 사이트 스포츠 뉴스란의 메인 기사로 올라갔고, 일요일 아침, 메이저리그 중계를 기다리며 포털 사이트를 뒤적거리던 야구팬들의 관심을 순식간에 끌어들였다.

*   *   *

경기가 끝난 뒤, 민우는 라커룸에서 다시 한 번 동료들의 사랑이 담긴 주먹세례를 받고 있었다.

팡팡!

"아이고~ 이 사랑스러운 자식!"

민우의 등이 울릴 정도로 두드리며 말하는 샌즈에게 대답하려는 찰나.

"갓민우! 혼자만 독점하지 말고 그 넘치는 재능, 좀 기부하라고!"

어느새 옆으로 다가온 고든이 말도 안 되는 이야기를 당당하게 요구하는 모습에 선수들이 피식거리기 시작했다.

민우도 분위기에 취한 듯, 피식거리며 고든의 머리를 쓰다듬었다.

"넌 날 배신했으니까 안 줄 거야, 인마."

민우가 능청스럽게 그 요구를 거부하는 모습에 고든이 낭패라는 표정을 지으며 민우를 향해 간절한 눈빛을 보냈다.

"뭐? 내가 무슨 배신을 했다고 그래? 아만다 때문에 그러는 거야? 그건 장난이었다는 거 알잖아!"

마치 진짜로 재능을 얻을 수 있을 거라고 생각하는 듯한 그 모습에 민우가 고개를 절레절레 저었다.

'너네들은 모르겠지만, 내 스킬로 너네들이 이미 혜택을 보고 있단다.'

얼마 전, 레벨이 오른 타격의 신 스킬의 효과만 하더라도 타순에 따라 파워나 정확 능력치가 +2만큼 향상되는 효과가 적용되고 있었다.

하지만 고든은 그 모습이 재차 거부하는 것이라고 생각한 듯, 제자리에 털썩 주저앉았고, 마치 콩트의 한 장면을 보는 듯한 모습에 선수들이 웃음을 터뜨렸다.

"푸하핫."

"너네 뭐하냐."

그렇게 승리와 대기록의 달성에 취해 왁자지껄하던 라커룸에 예상외의 인물이 방문했다.

덜컥!

라커룸의 문이 열리는 소리와 함께 푸근한 인상을 가진 채터누가의 단장, 모징고가 환한 미소를 보이며 라커룸을 찾아온 것이다.

모징고의 등장에 선수들이 의문에 찬 표정으로 자리에서 일어나 인사를 건넸다.

그 모습에 가볍게 손을 흔들어 보였다.

"다들 편하게들 있게."

모징고는 곧장 민우에게 다가오더니 돌연 민우를 와락 끌어안았다.

'엉?'

민우가 당황스러운 표정을 지으며 모징고를 바라보자, 아차하는 표정을 지은 모징고가 환한 미소를 지은 채 민우의 어깨를 두드려 주었다.

"아! 강민우 선수! 대기록 달성을 축하하네! 내가 너무 기쁜 나머지 이렇게 불쑥 찾아왔다네. 실례가 된 건 아니겠지?"

순수하게 자신을 축하해 주러 온 단장의 모습에 민우는 의외라는 느낌을 받았다.

하지만 그만큼 자신을 인정해 주고 있다는 생각에 민우가 옅게 미소를 지어 보였다.

"아, 예. 그런 거라면 얼마든지 환영입니다. 오히려 나쁜 소식이 아니라서 다행이네요. 하하!"

민우가 가볍게 건네는 농담에 모징고가 입꼬리를 씨익 말아 올리며 손에 들고 있던 파일을 내밀었다.

"이건… 뭡니까?"

"자네, 한 달쯤 전에 식스티 식서스에 있을 때, 도핑 검사를 받았었더군. 그 결과의 통보서라네."

도핑 검사.

자신들의 일을 보며 귀를 열어두고 있던 채터누가의 선수들의 정신이 일제히 모징고와 민우의 대화에 쏠렸다.

사실 민우의 성적이라는 게, 풀타임으로 시즌을 보냈다면 마이너리그 역사에 길이 남을 발자취였기에 모두들 한 번씩은 혹시나 도핑이 아닐까 하는 생각을 가진 적이 있었다.

하지만 추측으로 사람을 의심하는 것은 곧, 팀 케미스트리를 해치는 일이었고, 민우의 훈련량은 자신들과는 비교가 되지 않았기에 도핑에 대한 의심은 거의 사라진 상태였다.

그런데 단장인 모징고가 라커룸을 방문하며 들고온 하나의 서류, 그리고 모징고의 입에서 나온 도핑 검사라는 단어에 다시금 혹시나 하는 마음이 무럭무럭 자라나기 시작했다.

민우는 까맣게 잊고 있던 도핑 검사에 대한 이야기가 나오자 잠시 놀란 표정을 지었다.

'그게 벌써 한 달 전이었나. 시간이 무섭게 빠르게 흐르는구나. 며칠이면 나올 줄 알았는데, 원래 이렇게 오래 걸리는 거였나?'

잠시 과거의 굴욕적인 모습을 떠올린 민우가 고개를 절레절레 저었지만 이내 태연함을 되찾았다.

'금지 약물을 한 적도 없고, 마법의 드링크도 도핑에 걸리는

성분 같은 건 전혀 들어 있지 않다고 했으니까 꿀릴 건 없어.'

민우는 천천히 파일을 받아 들고는 서류의 내용을 확인하기 시작했다.

서류에는 각종 금지 약물의 성분 목록이 셀 수 없이 많이 쓰여 있었고, 각각의 옆에 검출 여부가 체크되어 있었다.

그리고 가장 마지막장엔 종합적인 소견이 간략하게 쓰여 있었다.

민우는 고민할 것도 없다는 듯, 가장 아래에 적혀 있는 내용을 빠르게 읽어 내려갔다.

강민우 선수의 7월 도핑 테스트 결과, 소변 샘플에서 어떠한 금지 약물 성분도 검출되지 않음.

결과를 확인한 민우가 예상했다는 듯 고개를 끄덕였다.

"역시 깨끗하다고 나왔군요."

민우의 입에서 깨끗(Clean)하다는 이야기가 나오자 민우를 향한 선수들의 눈빛에서 무한한 신뢰의 빛이 들어차기 시작했다

동시에 모징고의 입가에도 환한 미소가 피어올랐다.

"그래서 자네가 오늘 달성한 기록이 더욱 의미가 있는 거라네. 약물의 도움 없이 8경기 연속 홈런이라는 대기록을 달성했다는 것. 마이너리그와 메이저리그를 구분할 것도 없이 그 자체로 존경받아야 마땅하다고 나는 생각한다네. 이번 결과로

자네의 위상은 더욱 높아질 거야."

모징고의 말에 민우는 이제야 자신의 기록이 어느 정도의 수준인지가 몸에 와 닿기 시작했다.

'단장님이 직접 찾아와 칭찬을 해줄 정도면, 마이너리그 기록이라도 인정받을 만한 기록이라는 말이겠지?'

몇 마디의 이야기를 더 나눈 뒤, 모징고가 라커룸을 빠져나갔다.

그러자 곧장, 무거운 표정을 짓고 있던 샌즈가 민우의 곁으로 다가왔다.

"민우, 부탁 하나만 해도 될까?"

라커에 넣어두었던 휴대폰을 확인하려던 민우는 좀처럼 보기 힘든 샌즈의 무거운 표정에 고개를 갸웃거렸다.

"무슨 일인데?"

털썩!

돌연 샌즈가 무릎을 꿇으며 민우의 앞에 주저앉았다.

"뭐야? 왜이래?"

"뭔 일 있어?"

샌즈가 민우의 바짓가랑이를 붙잡는 모습에 라커룸에 있던 모든 이들이 무슨 일이냐는 듯한 시선을 보내기 시작했다.

'얘가 갑자기 왜이래?'

"샌즈, 도대체 무슨 일이야?"

당황한 민우가 쪼그려 앉으며 샌즈의 어깨를 붙잡자 샌즈가 잠시 뜸을 들이고는 천천히 입을 열었다.

"헬레나가… 네 홈런에 머리를 맞고 병원에서 치료를 받았다는데……."

민우는 처음 들어보는 이름에 고개를 갸웃거렸지만, 뒤이어 나온 이야기에 표정이 급격히 어두워졌다.

자신의 타구에 누군가 맞았다. 그리고 병원에서 치료를 받았다.

홈런 타구에 맞았다면 보통 일은 아닐 거라는 생각이 들었다.

특히 샌즈의 반응에 큰일이라도 생긴 것이 아닌가 하는 마음이 더욱 커져 갔다.

민우가 곧 다급한 목소리로 뜸을 들이는 샌즈를 재촉했다.

"헬레나? 헬레나가 누군데? 아니 그보다… 머리를 맞았다고? 그럼… 크게 다친 거야? 입원한 거야? 빨리 좀 얘기해 봐."

민우의 당황한 표정을 바라본 샌즈가 고개를 푹 숙여 보였다.

"아니. 다행히 입원하거나 한 건 아닌데……."

계속해서 뜸을 들이는 샌즈의 모습에 민우가 더욱 답답한 표정으로 샌즈의 어깨를 흔들었다.

"입원은 아닌데? 뭐야? 빨리 얘기해 봐."

"아니… 그게… 심리적으로 충격이 크다고 하더라고. 그래서… 네 도움이 필요해."

"내 도움? 내가 어떻게 하면 되는데? 말만 해."

민우는 자신의 타구에 맞은 것이라는 이야기를 이미 들었기에 기꺼이 무슨 일이라도 해줄 듯한 기세였다.

그 모습을 힐긋 바라본 샌즈가 고개를 숙인 채, 아무도 모르게 입꼬리를 스윽 말아 올렸다.

"무슨 부탁이든 들어준다는 거야?"

"그래, 그래. 그러니까 빨리 말해봐. 내가 뭘 해주면 되는데?"

휙!

민우의 대답과 함께 샌즈가 고개를 휙 하고 들어 올렸다.

그런데 그 얼굴에 묻어 있는 것은 낙심한 표정이 아닌 환한 기쁨의 표정이었다.

'응?'

민우는 지금의 상황이 이해가 되지 않는 듯, 당황한 표정으로 그런 샌즈의 얼굴을 멍하니 바라봤다.

그러자 샌즈가 민우의 어깨를 가볍게 두드렸다.

"고맙다, 민우. 덕분에 어깨 좀 펴졌어. 후후후."

"이게 무슨……?"

상황 판단이 되지 않은 민우가 무어라 물음을 던지려 했지만, 샌즈는 곧장 민우의 등을 밀며 자리를 옮기기 시작했다.

"자자, 홈런볼 대신에 민우가 갑니다~"

"뭐야! 무슨 말이야? 가긴 어딜 가는데?"

여전히 능청스럽게 웃어 보이던 샌즈가 민우를 향해 돌연 윙크를 날렸다.

"어디긴, 나랑 같이 헬레나를 위로해 주러 가자고~"

"아니… 샌즈 너, 설마 날 억지로 끌고 갈 생각으로… 날 속인 거야?"

민우가 굳은 얼굴로 샌즈를 노려봤다.

샌즈는 민우의 기분이 상한 듯 보이자, 급히 시무룩한 표정을 지으며 고개를 빠르게 저었다.

"아, 아니야. 타구에 맞은 건 진짜야. 지금 얼마나 아파하고 있는데. 가서 한번 봐봐. 그럼 알게 될 거야."

그 모습에 민우가 잠시 샌즈를 미심쩍은 표정으로 바라봤지만, 샌즈는 능청스럽게 슬프다는 듯한 표정을 지어 보이고 있었다.

이미 샌즈의 음흉한 웃음을 본 민우였지만, 이내 고개를 가볍게 저으며 걸음을 옮겼다.

"그래. 네가 무슨 속셈인지는 모르겠지만, 내 타구에 맞아서 다친 거라면 어쨌든 위로는 해주는 게 맞겠지. 가자, 가."

민우가 앞장서서 걸어가자 샌즈는 언제 슬픈 표정을 지었냐는 듯, 환한 표정을 지은 채 민우의 어깨에 손을 걸쳤다.

"그래. 네 덕분에 나도 어깨 좀 펴보자. 후후후."

조용히 내뱉는 샌즈의 말을 들은 민우가 고개를 휙 돌렸다.

그러자 샌즈가 곧장 민우의 어깨를 말아 쥔 손에 힘을 주고 걸음을 더욱 빠르게 옮겨갔다.

*　　　　*　　　　*

채터누가의 홈구장인 AT&T 필드는 시내의 바로 옆에 붙어 있었기에, 민우와 샌즈는 따로 이동 수단을 이용하지 않은 채, 거리를 천천히 걸어가고 있었다.

경기는 늦은 낮에 치러졌기에 이제 막 해가 넘어가고 있었고, 거리에는 꽤 많은 사람이 삼삼오오 모여 주말을 즐기고 있었다.

걸음을 옮길수록 번화가로 진입하는 듯, 문을 연 가게의 앞쪽엔 테이블이 쭉 놓여 있는 모습이 보였다.

'다들 여유롭구나.'

가족끼리, 연인끼리, 혹은 친구 사이로 보이는 이들이 서로를 바라보며 무언가를 먹고 마시며 대화를 나누는 모습이었다.

민우는 그 모습에서 과거 가족 모두가 단란하던 때가 떠오른 듯, 잠시 부러운 눈빛으로 그들을 쳐다봤다.

그때 테이블에 앉아 있던 한 남성과 눈이 마주쳤고, 잠시 민우를 바라보던 남성의 눈이 동그랗게 뜨여지는 모습을 보였다.

"오! 민우! 우리의 영웅!"

'응?'

자리에서 벌떡 일어나 민우에게 다가온 남성이 민우를 향해 환한 미소를 지으며 손을 내밀었다.

"이렇게 가까이서 보기는 또 처음이네! 오늘 홈런, 아주 멋졌어!"

남성은 맥주를 한잔 걸친 듯, 얼굴에 홍조가 올라 있었는데 그 표정만큼은 진심으로 기쁜 듯 보였다.

민우는 그 모습에 어색한 미소를 지으며 그 손을 맞잡아 흔들어주었다.

"고맙습니다."

그것이 그리 기뻤는지, 남자가 손을 들어 보이며 환호성을 내질렀고, 주변에 있던 이들도 박수를 치며 좋아하는 모습을 보였다.

"오!! 민우라고?"

"8경기 연속 홈런 축하해! 넌 우리의 보배야!"

"앞으론 다치지 마. 네가 없으니까 경기 볼 맛이 안 나더라고. 알겠지?"

거기에 더해 건물 2층의 테라스에서 맥주를 한잔씩 걸치던 이들까지, 남녀노소를 가리지 않고 호의 섞인 목소리들이 계속해서 터져 나오기 시작했다.

그리고 그들의 순수한 마음이 전해진 듯, 민우는 곧 어색함을 지우고 진심으로 기쁨이 섞인 미소를 보이기 시작했다.

"예, 다치지 않고 열심히 하겠습니다."

민우가 그렇게 가볍게 화답하고 걸음을 옮기려는 찰나, 식당의 주인으로 보이는 듯, 수염을 덥수룩하게 기른 펑퍼짐한 인물이 민우의 어깨를 가볍게 두드리며 외쳤다.

"여기 우리 가게거든? 언제든지 놀러와. 민우, 너라면 언제든지 어떤 음식이든 무한 리필로 줄 테니까! 으하하!"

"아하하하. 마음만 감사히 받겠습니다."

이런 모습은 샌즈가 약속을 잡은 카페에 갈 때까지 쭈욱 이어지는 모습을 보였다.

"어이, 우리 식당도 마찬가지야."

"우리 카페에 오면 커피는 질리도록 마시게 해주지. 와하하!"

"우리 카페는 커피에 디저트도 얼마든지 줄 테니, 언제든지 놀러 오라고!"

그렇게 사람들의 과도한 사랑에 놀란 마음을 추스르다 보니 어느새 번화가를 살짝 벗어난 곳에 이르러 있었다.

샌즈가 의도한 것인지는 모르겠지만, 약속 장소인 카페 근처에는 사람이 몇 보이지 않아 이전처럼 시끌벅적한 반응은 보이지 않고 있었다.

약속 장소에 도착하기까지 수많은 사람이 민우를 향해 보내는 환호성에 지쳤다는 듯, 샌즈가 가볍게 한숨을 내쉬었다.

민우의 인기를 실시간으로 실감한 샌즈는 인적이 뜸해지자, 민우를 향해 시샘이 섞인 시선을 보내기 시작했다.

딸랑~

"아이고, 부럽다. 민우 넌 만인에게 사랑을 받는구나. 나는 헬레나의 사랑도 받지 못하고 있는데."

카페의 문을 잡아당기던 샌즈가 부럽다는 듯이 내뱉는 반응에 피식 웃음을 보였다.

'너무 과분한 사랑을 받는 게 아닐까 싶을 정도인데. 메이저 리그에 올라가면 더 대단하겠지.'

곧, 샌즈의 등을 가볍게 두드린 민우가 능글맞은 표정을 지으며 장난스러운 목소리를 냈다.

"뭐라는 거야? 나도 이런 적은 처음이라고. 아! 설마… 샌즈,

너 지금 날 질투하는 거야? 그런 거야?"

민우의 도발에 샌즈가 황당하다는 듯한 표정으로 민우를 바라봤다.

"흥. 처음인건 나도 알아. 그저 부러울 뿐이야. 두고 봐. 나도 너만큼 인기를 얻고 말테니까."

"픗. 그래그래. 어디 열심히 해보라고. 근데, 왜 약속 장소가 카페인거야? 내 타구에 맞아서 다쳤다고 하더니, 뻥친 거냐?"

"무슨 소리야! 정말이라니까! 혹이 이만하게 났다고 했다고. 내가 그 얘길 듣고 얼마나 걱정했는지 알아?"

민우의 황당하다는 듯한 반응에 샌즈가 발끈한 목소리를 내며 주먹을 내밀어 보였다.

그 모습에 고개를 절레절레 저은 민우가 근원적인 물음으로 돌아왔다.

"그래그래. 그건 그렇고 도대체 헬레나가 누군데 그러는 거야?"

민우의 입에서 헬레나라는 이름이 나오자, 무엇이 그리 좋은지 샌즈가 씨익 웃어 보이더니 곧 한 쪽을 가리켰다.

"누구긴… 아 저기 있다. 저쪽에 앉아 있는 파란 원피스. 보이지?"

샌즈의 손이 가리키는 방향으로 고개를 돌린 민우는 곧 헬레나라 불린 여성을 발견했다.

곧, 헬레나와 시선을 마주친 샌즈가 환한 미소를 보이며 곧장 헬레나를 향해 손을 흔들며 걸어가기 시작했다.

'샌즈가 저렇게 환한 웃음을 짓는 건 또 처음이네.'

민우는 천천히 샌즈의 뒤를 따르며 헬레나의 얼굴을 바라봤다.

어딘지 모르게 익숙한 얼굴에 민우가 잠시 고개를 갸웃거렸다.

'누구… 였더라.'

어디서 많이 본 듯한 금발에 초롱초롱한 눈빛. 그러면서도 몹시 부끄러워하는 표정.

그리고 샌즈가 헤벌쭉한 표정을 지은 채, 헬레나를 바라보고 있는 모습을 보고는 그제야 누군지 알겠다는 표정을 지어 보였다.

'아! 그때 나한테 쪽지를 줬던 그 팬이구나. 그러고 보니 샌즈 이 녀석, 설마 그때부터 계속 연락한 거야?'

민우의 표정이 시시각각으로 변하는 모습에 헬레나는 민우가 자신을 기억하고 있다고 생각하며 기꺼워하는 표정을 짓고 있었다.

'날 알아봤어!'

헬레나는 가슴이 콩닥거리며 얼굴이 뜨거워지는 느낌에 고개를 푹 수그렸다.

그 모습에 민우가 고개를 갸웃거리더니 먼저 인사를 건넸다.

"저번에 경기장에 찾아오셨던 그분이셨군요. 반갑습니다."

"네, 저도 정말 반가워요."

헬레나가 인사와 함께 수줍게 손을 내밀었다.

그 모습에 민우가 자연스럽게 그 손을 잡으려는 순간.

'응?'

옆에서 느껴지는 따가운 시선에 민우가 시선을 힐긋 돌려보았다.

그리고 그곳에는 샌즈가 마치 '잡지 마! 절대로 잡지 마!'라는 듯, 매서운 눈빛으로 헬레나와 민우의 손을 노려보고 있었다.

'네 여자라 이거냐……. 그래. 보아하니 오늘 목적은 헬레나와의 만남에 나를 이용하려던 것 같으니까, 내가 나쁜 놈이 돼서 빠져 주마.'

잠시 머리를 정리한 민우가 어색한 미소를 지어 보이고는 손끝을 살짝 잡아 가볍게 흔들고는 곧장 뒤로 물러나 의자의 등받이에 몸을 기댔다.

헬레나는 곧장 멀어지는 민우의 모습에 잠시 아쉬운 표정을 지었지만, 이내 옅게 미소를 지어 보이며 입을 열기 시작했다.

"강민우 선수 오늘 홈런 기록, 정말 축하드려요! 사실 그 공, 제가 꼭 잡아서 강민우 선수한테 주고 싶었는데 잡기는커녕……."

헬레나는 민망하다는 듯한 표정으로 한 손을 들어 머리를 쓰다듬었다.

"이렇게 머리에 혹만 생겼지 뭐예요."

그 이야기에 민우의 시선이 자연스럽게 툭 튀어나온 헬레나의 머리로 향했다.

'아프긴 아팠겠네.'

오른쪽 머리에 밤톨만 한 혹이 툭 튀어나온 상태에 절로 미안한 마음이 들었지만, 배시시 웃는 모습을 보아하니 크게 걱정할 상황은 아닌 듯 보였다.

민우는 미안한 표정으로 고개를 가볍게 숙이며 헬레나에게 사과를 전했다.

"저 때문에 다쳤다니 면목이 없네요. 의도한 건 아니지만 사과드리겠습니다."

그 모습에 헬레나는 괜찮다는 듯 손을 휘적거리더니, 곧 민망하다는 듯 혀를 배꼼 내밀었다.

"아니에요. 괜찮아요! 다 제가 자초한 일인걸요. 헤헷."

"다만, 맨손으로 공을 잡겠다는 건 굉장히 위험한 일이라는 건 알고 계셨죠?"

민우의 무뚝뚝한 말투에 귀여운 표정을 짓고 있던 헬레나의 얼굴은 돌연 당황 섞인 표정으로 바뀌어갔다.

"네? 아, 네. 그런데 그건……."

헬레나는 그런 게 아니라는 듯 무어라 말을 하려 했다.

하지만 민우는 헬레나의 말을 끊고는 곧장 나무라는 듯한 말투로 말을 이어갔다.

"야구장에서는 스스로 안전을 챙기는 게 중요합니다. 그렇지 않으면, 지금처럼 본의 아니게 다치는 경우가 발생하니까요. 그러니 앞으로는 그런 위험한 행동은 하지 않기를 바랍니다."

헬레나는 민우가 자신이 다친 것에 대한 고마움이나 걱정을 표할 것이라 생각하고 있었고, 이 일을 민우와의 접점으로 삼으려 생각하고 있었다.

하지만 민우가 자신에 대한 걱정보다는 맨손으로 공을 잡으려고 시도한 것이 잘못이었다며 지적하는 모습을 보이자 서글픈 마음에 섭섭한 표정을 지어 보였다.

자신이 민우를 위해 그런 행동을 했다고 은근히 티를 냈음에도 민우가 무뚝뚝한 표정으로 형식적인 이야기만을 꺼내는 모습에 헬레나는 순간적으로 과거 민우가 자신의 쪽지를 거절했던 때의 기억을 떠올렸다.

그때의 일과 지금의 일이 겹치자 곧 자신의 마음을 알아주지 않는 민우의 반응에 섭섭함이 무럭무럭 자라났다.

시시각각 변해가는 헬레나의 표정을 발견한 샌즈가 마치 먹이를 노리는 매와 같은 동작으로 둘 사이에 끼어들었다.

"어휴. 헬레나, 얼마나 아프셨나요? 제가 얼마나 걱정했는데요. 아까 헬레나의 연락을 받은 순간부터 다른 일이 하나도 눈에 들어오지 않았다고요. 지금 헬레나의 머리에 난 혹을 보니 제가 다 마음이 아픕니다."

말을 내뱉는 샌즈의 얼굴에는 어느샌가 과장된 슬픈 표정이 가득 들어차 있었다.

그 모습에 조금이나마 위로를 느끼는 듯, 헬레나의 얼굴도 조금씩 풀어져 갔다.

"아. 네……. 걱정해 주셔서 고마워요."

민우는 잠시 샌즈를 신기한 동물을 보는 듯한 표정으로 바라봤다.

'어휴, 아까도 저런 거였겠지. 하여간 표정 연기 하나는 일품 이라니까.'

힐끗 헬레나를 바라보니 꿩 대신 닭이라는 것인지, 민우에게 질투를 유발하려는 것인지 모르겠지만 샌즈의 반응에 빠르게 물들어가며 어느새 맞장구를 치기 시작했다.

이후 둘 사이의 대화는 급격히 진척되어 어느새 화기애애한 분위기가 만들어지고 있었다.

하지만 헬레나는 여전히 민우에게 관심이 있다는 듯, 언제부턴가 힐끔힐끔 민우를 바라보는 모습을 보였다.

그 모습에 샌즈도 헬레나가 눈치채지 못하게 민우를 향해 무언의 신호를 보내기 시작했다.

마치 한 편의 콩트를 보는 듯한 그 모습에 민우가 일부러 그 시선을 피했다.

'슬슬 빠져나가는 게 샌즈에게 좋겠지. 어떻게 빠져나가야 좋을까?'

민우가 그런 생각을 하고 있을 때.

따르릉~ 따르릉~

시기적절하게 민우의 휴대폰이 울어대기 시작했다.

민우는 곧장 휴대폰을 꺼내 누구에게서 온 전화인지 확인하고는 헬레나와 샌즈를 바라봤다.

"에이전트의 전화네요. 보통은 전화를 잘 안하는데, 급한 일 인 듯하니, 먼저 일어나 보겠습니다."

가볍게 인사를 건넨 민우는 헬레나가 아쉬운 눈빛으로 무어라 이야기하려는 것을 뒤로한 채, 빠르게 카페를 빠져나갔다.

그 뒷모습을 바라보던 샌즈는 민우의 재빠른 퇴장에 입꼬리를 스윽 말아 올리며 마음속으로 격한 박수를 보냈다.

'고맙다! 민우! 내가 잘 되면 좋은 여자 한 명 소개해 줄게.'

곧, 시선을 돌린 샌즈는 마른 입술을 혀로 적시고는 다시금 헬레나의 마음을 얻기 위한 구애의 몸짓을 보이기 시작했다.

＊　　　　＊　　　　＊

"니케에서 강민우 선수와의 모델 계약을 제안해 왔어요."

수화기 너머로 들려오는 퍼거슨의 목소리에 숙소 방향으로 걸음을 옮기던 민우의 두 눈동자가 놀라움으로 물들어갔다.

"모델 계약이요?"

민우의 목소리 톤이 올라가는 것을 느껴서일까.

수화기 너머에서 퍼거슨이 가볍게 웃는 목소리가 들려왔다.

"예. 강민우 선수가 생각하는 바로 그 모델 계약이요."

민우의 물음에 퍼거슨이 다시 한 번 사실을 확인시켜 주자, 민우의 머리가 빠르게 돌아가기 시작했다.

니케는 세계적으로 유명한 스포츠용품 브랜드이자 기업으로 경쟁 브랜드인 아다디스와 세계 스포츠용품 시장을 양분하고 있는 거대 기업 중 하나였다.

니케는 스포츠에 관심이 없는 이들이라도 누구나 한 번쯤은

들어봤을, 세계적으로 가장 유명한 농구 선수인 조던의 이름을 딴 에어 조던을 만든 회사이기도 했다.

민우는 아직도 실감이 되지 않는다는 듯, 얼떨떨한 표정을 지으며 천천히 걸음을 옮겨 길가에 있던 벤치에 털썩 주저앉았다.

잠시 숨을 고르던 민우가 그 의도에 대한 의문점을 퍼거슨에게 묻기 시작했다.

"후우. 니케에서 인지도가 낮은 저랑 계약해서 무슨 득이 될 것이 있다고 그런 제안을 한 거죠?"

선수와의 모델 계약은 인지도가 높거나 실력이 뛰어난 선수들과 계약을 맺고 후원을 하면서 자사 브랜드를 홍보하는 것이 목적이었기에 민우로서는 현실적으로 와 닿지 않고 있었던 것이다.

민우의 물음에 수화기 너머에서 퍼거슨의 웃음 섞인 목소리가 들려오기 시작했다.

"아뇨. 그렇지 않아요. 강민우 선수라면 제가 니케의 마케팅 담당이었다고 해도 들이댔을 거예요. 하이 싱글A부터 강민우 선수가 보인 활약이 워낙에 임팩트가 강했잖아요. 아마 사이클링 히트를 터뜨렸다는 소식을 접하고부터 조용히 지켜보고 있었을 거예요."

퍼거슨의 설명에 민우가 이해가 되지 않는다는 듯 고개를 갸웃거렸다.

"사이클링 히트가 대단한 기록이기는 해도 마이너리그에서의 기록 아닌가요?"

"예. 당장은 그렇지요. 그래서 조용히 지켜보고 있었을 거라고 한 거예요. 사실 이런 일이 드문 일은 아니에요. 싹이 보이는 선수들과 헐값에 미리 장기 계약을 하는 경우는 비일비재하거든요. 1년에 몇 천 달러의 지출로 선수를 잡아둘 수 있다는 것은 기업으로서 충분히 이득이기도 하고요."

퍼거슨의 이야기에 민우가 조금은 이해가 된다는 듯, 자신의 행동을 보는 이가 아무도 없음에도 고개를 끄덕였다.

"그럼, 저에게 온 제안도 헐값의 제안인가요?"

"아뇨. 아직 구체적인 제안이 들어온 것은 아니에요. 한 번 만나보고 싶다고 하더군요. 그리고 헐값에 계약해서 손해를 볼 생각은 없어요. 강민우 선수는 다른 마이너리그의 선수들과는 조금 다르니까요."

민우는 퍼거슨이 자신을 치켜세우자 어색하게 웃어 보였다.

민우의 인지도에 대한 인식은, 그저 길을 오가며 자신에게 애정 어린 반응을 보이던 이들을 통해 느낀 것이 전부였다.

팬들의 반응을 통해 인지도가 어느 정도는 올랐으리라 추측만 하고 있을 뿐이었다.

"아하하. 그래 봐야 약간 높은 수준이 아닐까요?"

"음, 혹시 오늘 뉴스 기사는 보셨나요?"

"아뇨. 보지 못했는데, 무슨 일이 있나요?"

민우의 대답에 퍼거슨이 잠시 뜸을 들이더니 곧 민우가 놀랄 만한 이야기를 꺼냈다.

"강민우 선수가 오늘 8경기 연속 홈런 기록을 달성하고 나서, 팬들은 강민우 선수를 스트라스버그 선수와 비교를 하고 있어요."

스트라스버그라는 이름에 민우의 입이 쩍 하고 벌어졌다.

"스트라스버그요?"

민우는 동료들에게서 거의 신화적으로 일컬어지는 스트라스버그에 대한 이야기를 여러 번 들어왔었다.

그리고 궁금함에 검색을 해보면서 그가 엘리트 코스를 밟고 메이저리그에 입성한 엄청난 선수라는 사실을 알 수 있었다.

그런데 자신이 그와 비교 대상으로 팬들의 입에 오르내린다는 이야기는 전혀 들어본 적도 없었고, 예상조차 하지 못하고 있었다.

민우가 또 한 번 놀란 것이 느껴졌는지, 퍼거슨이 다시 한 번 웃음소리를 내고는 빠르게 계획을 설명하기 시작했다.

"예. 후훗. 팬들의 반응이 모든 것을 대변해 주는 것은 아니지만, 현재 강민우 선수의 인지도가 어느 수준인지 대충 짐작이 가죠? 아무튼, 니케의 입장에서는 수직 상승하고 있는 강민우 선수의 인지도에 빠르게 움직이기로 결정한 것 같아요. 몸값이 더 오르기 전에 강민우 선수와의 계약을 조금이라도 유리하게 가져갈 생각이겠죠. 하지만 저는 그렇게 호락호락하게 물러설 생각이 없어요. 시간을 끌면 끌수록 불리한 건 우리가 아니라 니케니까요. 그래서 말인데, 강민우 선수는 만약 조건이 맞는다면 니케와 계약을 맺을 의향이 있나요?"

에이전트는 계약을 조율하지만, 최종 결정권은 무조건 선수에게 있었기에 선수가 계약할 의사가 없다면 아무리 좋은 조건이라도 소용이 없는 일이었다.

그렇기에 에이전트로서는 선수의 계약 의사를 확인하는 것이 가장 최우선의 일이기도 했다.

민우는 고민할 것도 없다는 듯, 곧장 동의를 표했다.

"예. 물론이죠. 제가 거절할 이유가 없잖아요. 진행해 주세요."

"알겠습니다. 그럼 계약 내용은 제가 잘 조율하고, 결과가 나오면 바로 전해드리도록 할게요. 그럼, 내일 경기도 멋진 활약 기대하겠습니다."

"예, 수고하세요."

귀에 대고 있던 수화기를 천천히 뗀 민우가 멍한 표정으로 벤치의 등받이에 등을 기댔다.

시간이 꽤나 지난 듯, 하늘은 어느새 어둑어둑한 빛을 띠고 있었고, 거리에는 파티가 끝난 것처럼 인기척이 줄어들어 적막이 흐르고 있었다.

'내가 니케와의 모델 계약을 한다고? 이게 꿈이야 생시야. 아무리 생각해도 믿기지가 않네.'

마치 선물을 받은 어린아이처럼, 민우의 입꼬리가 기분 좋게 말려 올라갔다.

잠시 홀로 웃음을 짓고 있던 민우는, 곧 자리를 털고 일어나 기분 좋은 걸음걸이를 보이며 숙소로 향해갔다.

*　　　　　*　　　　　*

　캐롤라이나 머드캣츠와의 2차전.

　경기 시작 시간이 다가오자 채터누가의 팬들은 한마음을 가진 채 경기장에 들어서기 시작했다.

　팬들은 오늘 경기에서도 민우가 홈런을 터뜨리며 수십 년 묵은 연속 경기 홈런 기록을 갈아치워 주기를 바라고 있었다.

　그런 그들의 기대가 어느 정도인지 말해주듯, 6천석 남짓한 좌석이 모두 채워지며 빈자리를 찾아볼 수 없을 정도였다.

　그리고 평소에는 찾아보기 힘들던 인물들이 AT&T 필드의 사진 기자석에 속속 들어서기 시작했다.

　그들의 손에는 하나같이 대포 같은 렌즈가 달린 큼지막한 카메라가 들려 있었고, TV 중계 카메라로 보이는 큼지막한 카메라도 두 대나 들어서 있었다.

　이런 모습은 열악한 마이너리그의 촬영 환경을 생각한다면 상당히 드문 광경이었다.

　특히, 중계 카메라에 새겨져 있는 유명 방송사의 로고는 민우의 기록이 단순히 채터누가 팬들의 관심을 넘어섰다는 것을 증명하고 있었다.

　유일무이의 기록.

　8경기 연속 홈런을 넘어 9경기 연속 홈런 기록에 도전하는 민우가 바로 오늘 경기에서 그 기록을 달성할 수 있을지가 모든 야구팬의 초유의 관심사였다.

특종을 쫓아 움직이는 방송사로서는 촬영을 위해 경기장을 직접 찾아오는 것은 당연한 행보라고 할 수 있었다.

마이너리그에선 쉬이 볼 수 없는 수많은 취재진의 모습에 채터누가의 홈 팬들은 신기한 구경을 한다는 듯, 사진 기자석을 향해 빛나는 눈빛들을 보내기 시작했다.

더그아웃에서 경기를 준비하던 선수들도 그 모습이 마냥 신기하기는 마찬가지였다.

특히, 더그아웃 바로 옆이 사진 기자석이었기에 채터누가의 선수들은 기자들을 보지 못하려야 못할 수가 없었다.

"우와. 마이너리그에 ASPN이랑 울프 스포츠에서 촬영하러 온 거야?"

유명 방송사의 로고를 한눈에 파악한 고든이 믿기지가 않는다는 듯한 표정을 지어 보였다.

고든의 목소리에 더그아웃에 앉아 있던 선수들의 시선이 일제히 사진 기자석으로 향했다.

"그럴 만도 하지. 우리 민우가 이제 9경기 연속 홈런 도전 아니냐. 역사의 한 장면을 담아낼 기회는 그리 흔치 않으니까."

샌즈의 이야기에 다른 선수들도 수긍한다는 듯 고개를 끄덕이는 모습을 보였다.

하지만 고든의 관심은 민우의 기록보다는 자신의 방송 출연에 더 쏠려 있는 듯했다.

"와. 우리 그럼 방송 타는 거야?"

고든의 외침에 이번에는 더그아웃의 그 누구도 반응을 보이지 않는 모습이었다.

*　　　　*　　　　*

"플레이볼!"

주심의 경기 시작을 알리는 외침과 함께, 마이너리그 경기답지 않게 세간의 관심이 쏠린 경기가 시작됐다.

마운드 위에서 연습 투구를 마친 알바레즈는 곧, 홈 플레이트를 향해 속사포처럼 공을 뿌려대기 시작했다.

슈우욱!

팡!

"스트라이크 아웃!"

슈우욱!

딱!

"아웃!"

알바레즈는 1회부터 공이 제대로 긁힌다는 듯, 선두 타자인 핍스를 공 4개 만에 삼진으로 잡아내더니 2번 타자인 크리스마저 공 2개 만에 유격수 땅볼로 돌려세우는 위력적인 모습을 보이고 있었다.

그리고 타석에는 어제 경기에서 홈런 2방을 포함해 3안타로 맹활약을 보인 데이브가 들어서고 있었다.

하지만 알바레즈는 리치와 달리 크게 동요하는 모습을 보이지 않고 있었다.

올 시즌, 알바레즈는 데이브를 상대로 강한 면모를 보이고 있었기 때문이기도 했고, 앞선 두 타자를 상대하면서 오늘 공이 제대로 긁히는 날이라는 자신감이 동반되었기 때문이다.

어느 하나 데이브에게 꿀릴 것이 없다고 자부하는 알바레즈였기에 초구부터 거침없는 모습을 보이기 시작했다.

슈우욱!

알바레즈의 손에서 뿌려진 95마일(152㎞)짜리 포심 패스트볼이 파공성을 내뿜더니, 스트라이크존의 바깥쪽 높은 코스의 경계선을 정확히 찌르고 들어갔다.

팡!

"스트라이크!"

공이 미트 속으로 빨려 들어옴과 동시에 손끝으로 느껴지는 묵직한 느낌에 마이어가 희미하게 미소를 지어 보였다.

동시에 곧장 주심이 한쪽 손을 들어 올리며 우렁찬 목소리로 스트라이크 콜을 외치는 모습에 그 미소는 더욱 짙어졌다.

'역시! 평소보다 공이 훨씬 더 묵직해. 거기다가 오늘은 스트라이크 판정이 후하다. 이 정도면 이 녀석과의 승부도 승산이 있겠어.'

만족스러운 듯 고개를 끄덕이며 알바레즈에게 공을 던져준 마이어가 데이브를 힐끗 바라봤다.

타석에 서 있던 데이브는 칼같이 꽂히는 공에 놀랐다는 듯, 두 눈을 크게 뜨며 가볍게 혓바닥을 내밀고 있었다.

'햐, 오늘은 조금 힘들지도 모르겠는데?'

잠시 고개를 절레절레 저어 보인 데이브가 타격 자세를 잡자, 알바레즈는 뜸들임 없이 곧장 두 번째 공을 뿌렸다.

슈우욱!

알바레즈의 손을 떠난 공은 마치 데이브의 얼굴을 맞출 듯 꽤 높은 높이로 날아가기 시작했다.

그 모습에 데이브가 스트라이드를 내딛다가 눈을 질끈 감으며 몸을 뒤로 빼는 모습을 보였다.

그와 동시에 알바레즈의 몸 쪽으로 날아가던 공은, 스트라이크존의 안쪽 구석으로 급격히 휘어지는 모습을 보였다.

팡!

"스트라이크!"

두 번째 공은 구석을 정확히 찌르는 백도어 커브였다.

연달아 두 개의 공이 스트라이크존의 구석에 정확히 꽂히자 여유 있던 데이브의 얼굴이 점점 굳어지기 시작했다.

하지만 알바레즈와 마이어는 데이브가 다음 공에 대해 생각할 시간을 줄 생각이 없었다.

'다음 공은 눈을 현혹시켜 보자고. 스트라이크존에 들어오지 않아도 좋아. 하이 패스트볼을 뿌려.'

사인을 받은 알바레즈는 곧장 와인드업 자세에서 묵직한 공을 뿌렸다.

슈우욱!

동시에 강하게 스트라이드를 내딛던 데이브가 벼락같이 배트를 내돌렸다.

부우웅!

꽝!

하지만 손끝에 전해져야 할 타격감 대신, 모아진 힘을 쏟아내지 못한 배트가 크게 돌아가며 데이브의 몸을 잡아당겼다.

"큭."

옅은 신음성을 내뱉으며 볼썽사납게 휘청거린 데이브의 뒤로 주심의 걸걸한 외침이 들려왔다.

"스트라이크 아웃!"

주심이 옆으로 정권을 내지르는 듯한 모습으로 강하게 주먹을 휘두르는 모습에 관중들이 환호성을 내질렀다.

"와아아!!"

"나이스 알바레즈!"

"오늘 공이 아주 좋은데?"

"데이브 녀석을 삼구삼진이라니! 알바레즈가 미쳤다!"

알바레즈는 삼진을 많이 잡는 유형이 투수가 아님에도 1회부터 2개의 삼진을 뽑아냈고, 단 하나의 출루도 허용하지 않으며 산뜻한 출발을 알렸다.

특히 머드캣츠 공격의 중심인 데이브에게 첫 타석부터 삼진, 그것도 3구만에 삼진을 뽑아냈다는 것은 꽤나 의의가 있었다.

외야에서 알바레즈가 한 타자, 한 타자를 상대하는 모습을 바라보던 민우는 데이브까지 삼진으로 완벽히 제압하는 알바레즈의 호투에 휘파람을 불었다.

8월 타율 5할의 위엄을 뽐내고 있는 데이브가 공을 건드리지도 못한 채 허무하게 당하는 모습은 머드캣츠 타선을 흔들어놓기에 충분했다.

'호오. 오늘은 공이 제대로 긁히나 보네. 이거, 외야로 공이 넘어오지 않을지도 모르겠는걸.'

외야로 공이 뻗어오지 않는 것만큼 외야수에게 지루한 일은 없었다.

하지만 그 말은 곧 투수가 굉장한 호투를 보이고 있다는 뜻이기도 했다.

민우는 입가에 미소를 띤 채, 공수 교대를 위해 더그아웃 방향으로 천천히 달려갔다.

슈우욱!

따악!

캐롤의 손을 떠난 공이 홈 플레이트 위를 지날 즈음, 스미스의 배트와 맞닥뜨리고는 날아온 속도보다 더욱 빠르게 좌익선상으로 쏘아져 날아갔다.

―안타! 안타입니다! 파울라인을 타고 흐르는 안타! 그사이 1루 주자는 2루를 돌아 3루로! 타자 주자는 2루에서 여유 있게 멈춰 섭니다. 캐롤 선수가 2아웃을 잡아놓은 이후 연속 2개의 안타를 허용하며 흔들리는 모습을 보이고 있습니다.

약간은 둔탁한 타격음과 함께 배트를 떠난 타구가 3루수의 키를 아슬아슬하게 넘어갔고, 그사이 스미스가 2루에 안착하며 2사 2, 3루 상황이 되었다.

머드캣츠의 선발투수인 캐롤은 채터누가의 테이블세터에게서 2아웃을 먼저 뽑아내고도 중심 타선에서 연속 2안타를 허용하며 흔들리는 모습을 보이고 있었다.

1회부터 실점의 위기를 맞게 된 머드캣츠의 더그아웃이 분주하게 움직이기 시작했다.

타석으로 들어서고 있는 타자의 존재감 때문이었다.

"갓민우! 갓민우!"

"홈런! 홈런!"

"크게 휘둘러 버려!"

1회부터 타석에 들어서게 된 민우를 향해 관중들이 격한 환호를 보내기 시작했다.

동시에 간간히 사진을 찍고 있던 사진 기자들의 움직임이 몹시 바빠지기 시작했다.

찰칵! 찰칵!

기자들은 대기 타석을 벗어나 타석으로 향하는 모습을 하나도 놓치지 않겠다는 듯, 연신 셔터를 눌러대느라 정신이 없는 모습이었다.

그리고 이미 3번 타자였던 샌즈의 타석에서부터 촬영을 시작한 각 방송사의 방송 카메라도 민우의 움직임을 따라 서서히 고개를 돌리고 있었다.

관중석에서 민우를 응원하던 무리 중, 검은 피부의 남성이 무언가 생각이 났다는 듯 가볍게 손뼉을 쳤다.

"아! 그러고 보니까, 오늘 머드캣츠의 선발투수가 민우의 데뷔전에서 홈런을 맞았던 녀석이지?"

그러자 바로 옆에 앉아 있던 곱슬머리의 백인 남성의 눈도 크게 떠졌다.

"어? 그러고 보니 그러네?"

"그리고 그때 우리 선발로 나선 투수가 바로 알바레즈였지?"

"푸핫! 맞아! 민우가 오고 나서부터 알바레즈의 성적이 좋아지기 시작해서 기억하고 있어."

두 남성은 서로를 바라보더니 기대에 찬 표정으로 타석에 들어서는 민우의 뒷모습을 바라보기 시작했다.

오늘 양 팀의 선발투수는 공교롭게도 민우의 더블A 데뷔 경기에서 각각 선발 출장을 했던 선수들이었다.

채터누가는 우완 오버핸드 투수인 알바레즈를 선발로 내세웠고, 머드캣츠는 우완 오버핸드 투수인 캐롤을 선발투수로 내세웠다.

민우는 바로 그 데뷔전에서 캐롤의 공을 받아쳐 홈런을 날리며 팬들의 뇌리에 강렬한 인상을 남겼었다.

두 남성 이외에도 경기를 지켜보던 수많은 팬은 민우가 데뷔전에서 캐롤의 공을 담장 너머로 날려 보냈던 모습을 떠올리고는, 9경기 연속 홈런 기록을 무난히 세우지 않을까 하는 기대를 더욱 키워가고 있었다.

하지만 그들의 기대는 곧 실망과 분노로 바뀌어갔다.

'뭔가 느낌이 쎄~ 한데.'

타석에 들어서 있던 민우는 긴가민가한 표정으로 마운드 위의 캐롤을 바라보고 있었다.

캐롤의 표정에는 민우를 잡겠다는 의지가 전혀 보이지 않고 있었다.

'설마, 또 볼인가?'

그 생각과 함께 타격 자세를 잡자, 곧 캐롤의 손에서 공이 뿌려졌다.

슈우욱!

배트를 쭉 뻗어야 닿을 듯한 코스로 날아오는 공에 민우는 아예 한 발을 뒤로 물리며 자세를 풀어버렸다.

팡!

"볼!"

캐롤의 패스트볼은 홈 플레이트를 크게 벗어난 위치에 꽂혔고, 주심은 미동도 하지 않는 모습을 보였다.

연속 3개의 볼.

볼카운트는 순식간에 3볼 노 스트라이크가 되어 있었다.

'이건 뭐, 대놓고 나랑 상대하지 않겠다는 건데…….'

평소라면 타자에게 유리한 볼카운트이기에 팬들이나 타자나 출루할 확률이 높아지는 것에 좋아할 법한 상황이었다.

하지만 민우의 타석에서만큼은 그 공식은 예외였다.

9경기 연속 홈런 기록이 달려 있는 타석이었기 때문이다.

한 타석, 한 타석이 소중할 상황에 마치 고의 사구인 듯 스트라이크존의 근처에도 닿지 않는 공의 궤적은 채터누가의 팬들의 눈초리를 점점 가늘게 만들고 있었다.

그리고 연속 두 개의 볼이 꽂힐 때만 하더라도 긴가민가한 표정을 짓고 있던 팬들은 또 하나의 공이 스트라이크존의 바깥으로 휘어져 나가자 확신했다.

이제 겨우 1회였지만, 누가 먼저라고 할 것도 없이 자리에서 일어나며 와락 인상을 구기더니, 캐롤을 향해 손가락질을 하며 격한 야유를 보내기 시작했다.

"우우우우!"

"겁쟁이!"

"비겁한 놈!"

"승부를 피하지 마라!"

찰칵! 찰칵!

그리고 그 모습에 사진 기자 중 일부가 몸을 돌려 난간에 매달린 채 야유를 보내는 이들의 사진을 속사포로 찍기 시작했다.

마운드 위에 서 있던 캐롤은 관중들의 야유가 거슬리는 듯, 잠시 미간을 찌푸렸다.

하지만 이내 고개를 저으며 애써 그 소란을 무시하려는 모습을 보였다.

'후, 야구는 개인플레이가 아니라고. 미안하지만 나도 감독님

한테 찍히고 싶지는 않다.'

곧 포수와 사인 교환을 마친 캐롤이 2루와 3루 주자를 힐긋 바라보고는 세트 포지션으로 공을 뿌렸다.

슈우욱!

동시에 모두의 시선이 캐롤의 공이 어디에 꽂히는가에 집중됐고, 기자들의 카메라에선 셔터 소리가 계속해서 쏟아져 나왔다.

팡!

하지만 캐롤의 공은 그런 그들의 기대를 저버리며 스트라이크존의 바깥으로 빠졌고, 주심은 천천히 허리를 펴고는 발만 가볍게 푸는 모습을 보이고 있었다.

캐롤의 공은 이번에도 어김없이 스트라이크존을 벗어난 곳에 꽂혔다는 의미와도 같았다.

결과는 볼넷.

원치 않았던 결과에 관중석에서 다시 한 번 저음의 과격한 야유가 쏟아지기 시작했다.

"우우우우!"

"더럽다!"

"치사한 놈들!!"

민우는 관중들의 격한 반응에 순간 어제의 일이 떠올랐다.

길거리에서 만났던 시민들의 반응과 함께 퍼거슨의 이야기까지 듣고 난 뒤, 자신의 기록이 마이너리그에서의 기록임에도 꽤나 대단한 것이라는 것을 실감한 상태였다.

상대 팀으로서도 2아웃 2, 3루에서 굳이 자신을 상대했다가 역사에 남을 대기록의 희생양이 될 생각이 없으리라는 추측은 쉬이 가능했다.

'후, 누가 감독이었다고 해도 나보다는 페레즈를 상대하려고 했겠지.'

민우는 곧 빠르게 보호 장구를 풀어 옆에 내려놓고는 1루를 향해 천천히 달려가기 시작했다.

─아~ 또다시 볼이네요. 볼넷으로 강민우 선수를 출루시키며 2아웃에 만루 상황으로 이어집니다. 흠~ 캐롤이 2아웃을 잡아놓고 계속해서 흔들리는 모습을 보이고 있는데요. 제구가 잡히지 않는 것일까요?

─제가 봤을 때는 제구의 문제는 아니라고 생각합니다. 포수가 대놓고 바깥으로 나와 앉지는 않았습니다만, 고의 사구가 아닐까 생각되는데요.

─고의 사구요?

─예. 이미 2아웃을 잡아놓은 상태이기 때문에 아무래도 잡아낼 확률이 낮은, 그러니까 5할 타자인 강민우 선수보다는 2할 7푼의 페레즈와 상대하는 것을 선택한 것이 아닌가 하는 생각입니다.

─아~ 초반부터 기세를 빼앗기지 않으려는 더그아웃의 선택이라는 말씀이시군요. 하지만 채터누가의 팬들은 그 선택이 마음에 들지 않는 것 같습니다.

─아무리 대단한 기록이 눈앞에 있다고는 해도, 승부의 세계는 냉정한 법이거든요. 그리고 피할 수 있는 상황임에도 굳이 상대하는 것은 오만이기도 하고요.

　─옳은 말씀입니다. 이제 타석에는 페레즈 선수가 들어서고 있습니다.

　이후 타석에 들어선 페레즈가 캐롤의 3구를 건드렸지만 크게 바운드된 타구는 2루수의 글러브에 잡혀 곧 1루로 쏘아지고 말았다.

　팡!

　"아웃!"

　공이 글러브에 빨려 들어가는 것을 확인한 1루심이 주먹을 들어 올리며 아웃을 선언했다.

　뒤늦게 1루 베이스를 밟고 지나간 페레즈는 얼굴 가득 아쉬움을 담은 채 더그아웃으로 발길을 돌릴 수밖에 없었다.

　결국 허망하게 아웃 카운트 3개가 모두 채워졌고, 채터누가는 만루 상황에서 단 한 점도 얻어내지 못한 채 아쉬움을 남겨야 했다.

　결과적으로 머드캣츠로서는 작전의 성공으로 최선의 결과가 나온 것이었지만, 대기록을 기다리던 많은 사람의 뇌리에는 비겁한 작전, 비겁한 팀이라는 이미지가 들어차기 시작했다.

　하지만 민우에 대한 견제는 여기서 끝난 것이 아니었다.

　이후 3회 말, 다시 한 번 민우의 타석이 돌아왔다.

2사 주자 3루 상황, 단타 한 방이면 점수를 얻을 수 있는 상황이었다.

민우가 타석에 들어서는 모습에 팬들은 이번에야말로 민우가 한 방을 날려주기를 바라는 마음으로 목이 터져라 응원을 보내기 시작했다.

하지만 그런 응원이 야유로 바뀌는 것은 1분이 채 걸리지 않았다.

슈우욱!

팡!

"볼!"

"베이스 온 볼스!"

연속해서 스트라이크존을 벗어나는 4개의 공에 민우는 배트를 한 번도 휘둘러보지 못한 채, 눈만 멀뚱히 껌뻑거릴 수밖에 없었다.

'이걸로 두 번째.'

마운드 위에 서 있는 캐롤은 누가 봐도 컨트롤에 문제가 없는 투수였다.

그런 투수가 대놓고 공을 뺀 것은 아니었지만, 승부를 피하고 있다는 것을 눈치챌 수 있을 정도로 소극적인 투구를 보이고 있었다.

1회의 볼넷과 비슷한 양상으로 흘러가다 결국 두 번째 볼넷이 만들어지자 관중들의 얼굴은 하나둘 야차같이 변해갔다.

원정 팀 더그아웃 바로 뒤쪽에 자리한 홈 팬들은 더그아웃

위쪽으로 몰려가더니, 손으로 벽을 강하게 두드리며 엄청난 야유를 보내고 있었다.

쾅쾅!

"우-우-우-우!"

"아 놔!!"

"뭐 이런 놈들이 다 있어!"

"똑바로 안 하냐!"

더그아웃의 난간에 기대어 있던 샌즈는 1루를 향해 터덜터덜 걸음을 옮기는 민우의 모습을 바라보다 고개를 휙 돌려 머드캣츠의 더그아웃을 지그시 노려봤다.

머리 위에서 쿵쿵대는 소리가 분명 들릴 텐데도, 머드캣츠의 감독의 표정은 초지일관 무표정 일변도였다.

그 표정은 마치 비겁하다는 소리를 들을지언정 쉽게 점수를 내어줄 생각이 없다는 것을 대변하는 듯했다.

샌즈는 그 모습에 황당하다는 듯한 표정을 지으며 고개를 절레절레 흔들었다.

"어휴, 고약한 영감탱이. 거 흔하게 나오는 기록도 아닌데 대기록에 동참해 주면 좀 덧나나? 앙? 저렇게까지 쪼잔하게 해야 돼?"

그 모습에 샌즈의 옆에서 비슷한 자세로 기대어 있던 마이어가 공감한다는 듯 한숨을 푹 내쉬었다.

"후, 그러게 말이다. 솔직히 좀 치졸하긴 하지. 그런데 득점권에서 민우의 차례가 다가오면 누구라도 무섭지 않을까 싶기도

하네. 특히 대기록의 희생양이 되기 싫다면 더더욱 말이지."

마이어가 말끝에 머드캣츠의 감독을 이해한다는 듯이 이야기를 하자, 샌즈가 고개를 휙 돌리더니 눈을 부라렸다.

"뭐야? 마이어! 지금 저 밴댕이 같은 감독을 옹호하는 거야?"

"그게 무슨 소리야. 화가 나기는 나도 마찬가지라고!"

마이어가 발끈하며 대답하던 찰나.

딱!

귓가에 들려오는 투박한 타격음에 둘의 시선이 동시에 그라운드 쪽으로 돌아갔다.

하지만 그 표정은 금세 아쉬움으로 물들어갔다.

슉!

그라운드를 타고 굴러온 타구를 가볍게 잡은 유격수가 곧장 1루를 향해 공을 뿌렸다.

팍!

"아웃!"

가볍게 공을 잡고 1루를 벗어나는 1루수의 뒤로 주먹을 들어 보이며 아웃임을 알리는 1루심의 모습이 보였기 때문이다.

페레즈는 자신의 역할을 제대로 하지 못한 것이 분한 듯, 헬멧을 벗어 던지려는 듯한 동작을 보이고는 애써 화를 참는 듯한 모습을 보였다.

또 다시 절호의 득점 기회를 날려 버리고 만 채터누가였다.

마이어는 곧장 포수 마스크를 뒤집어쓰고는 샌즈를 바라보며 다시 입을 열었다.

"2번의 작전을 냈고 모두 성공했어. 우리 입장에서야 비겁하다고 느낄 수밖에 없지만, 머드캣츠의 감독으로서는 팀의 승리를 위해 이런 작전을 쓸 수밖에 없다 이거지. 한 마디로 팀을 위한 합리적 사고만이 있을 뿐이라는 거야. 알았으면 빨리 글러브 챙겨."

그 말을 끝으로 마이어는 빠르게 더그아웃을 빠져나갔다.

잠시, 멍한 표정으로 그 모습을 바라보던 샌즈가 이내 고개를 절레절레 저으며 천천히 입을 열었다.

"젠장. 제일 중요한 건 스포츠맨십이라고. 그게 없잖아."

하지만 샌즈의 혼잣말을 들어주는 이는 없었다.

곧, 샌즈도 자신의 글러브를 챙겨 수비 위치로 빠르게 달려나갔다.

그리고 6회, 1사 주자 없는 상황,

타석에 들어선 민우는 포수가 아예 자리에서 일어서서 홈플레이트 옆으로 벗어나는 모습에 황당한 얼굴을 하고 있었다.

'허. 이 상황에서까지 날 거르는 거야?'

1사에 주자는 아무도 없는 상황이었기에 민우가 홈런을 때려내지 않는 이상 점수가 날 일은 없었다.

민우의 시선을 느낀 듯, 맥머레이가 애써 민우의 눈빛을 슬쩍 피하는 모습을 보였다.

'뭔가 이상한데……'

그 모습에 민우는 천천히 고개를 돌려 원정 팀 더그아웃을 바라봤다.

그리고 더그아웃의 그늘진 안쪽에서 자신을 지그시 노려보고 있는 한 인물을 발견하고는 허탈한 미소를 지어 보였다.

'하. 아무리 기록이 걸린 경기라고 하지만… 이건 좀 아니잖습니까. 내가 무슨 매 타석에서 홈런을 날리는 것도 아닌데……'

답답하고 황당한 마음에 속으로 혼잣말을 내뱉은 민우는, 혹여나 스트라이크존 안쪽으로 들어오는 실투에 대비하기 위해 천천히 타격 자세를 잡았다.

하지만 캐롤은 오늘 자신의 제구력이 나쁘지 않다는 것을 증명하듯, 포수가 원하는 곳에 정확히 4개의 공을 뿌렸다.

그리고 그 공은 단 한 개도 스트라이크존을 통과하지 않으며 다시 한 번 민우의 배트를 움직이지 못하게 만들었다.

"우우우우!"

"이게 도대체 무슨 짓거리냐!"

"너네는 야구를 하러 온 거냐! 장난질을 하러 온 거냐!"

이제는 아예 대놓고 포수를 일으켜 고의 사구를 지시하는 머드캣츠의 작전에 관중들은 폭발하기 직전의 모습을 보였고, 일부 관중들은 빈 플라스틱 컵이나 쓰레기를 경기장 안으로 투척하는 모습까지 보이고 있었다.

그 소란에 잠시 경기가 중단되는 사태까지 발생했다.

머드캣츠가 보이는, 마치 민우에게 홈런을 맞지 않기 위해 작정이라도 하고 나온 것이 아닌가 싶을 정도로 극히 소극적인

모습에 경기를 중계하고 있던 해설자들마저 고개를 절레절레
젓고 있었다.

—으음. 이전 두 차례의 경우에서는 충분히 볼넷으로 내보낼
만한 상황이라고 생각해 볼 수 있습니다만, 지금은 주자가 득
점권에 나가 있는 상황도 아니거든요. 굳이 이번 타석에서 저
렇게 고의 사구로 내보내야 할 이유가 있을까요?

—음. 그건 사실 여러 방면으로 보아야 합니다만, 긍정적으
로 생각해 본다면 이것도 하나의 작전이라고 볼 수 있습니다.

—작전이요? 조금 더 설명해 주셨으면 좋겠는데요.

—예. 일단, 현재 1 대 0으로 채터누가가 한 점을 앞서고 있
는 상황인데요. 머드캣츠는 타선의 핵인 데이브 선수가 침묵하
면서 단 한 점도 만들어내지 못하고 있어요. 여기서 만약 기세
를 넘겨주게 된다면 따라가기 힘들다는 말이 되는 거거든요.
그렇기 때문에 두 번의 고의 사구가 나오게 된 것이고요.

그리고 페레즈 선수가 앞선 두 타석에서 2루수 땅볼, 유격수
땅볼로 물러나면서 추가 득점에 실패하면서 고의 사구 작전이
제대로 먹혀들어 갔죠. 이건 오늘 페레즈 선수의 타격감이 그
리 좋지 않다는 것이기도 하고요.

그런데 여기서 상대 배터리가 앞 타자를 고의 사구로 내보내
고 승부를 걸어오는 것은 '네 앞 타자는 무섭지만, 너는 만만하
다'라고 시비를 거는 것과 같은 의미거든요.

—참, 선수로서 상당히 자존심이 상하는 일이죠.

—예, 그렇죠. 그런데 이런 상황에서 페레즈 선수가 두 번 모두 땅볼로 물러났잖아요. 이건 점수를 놓친 것에 대한 아쉬움뿐만 아니라 상대의 노림수에 당했다는 것에 대한 불쾌감까지 더해져서 의욕까지 깎아먹게 되거든요. 그리고 비슷한 상황이 발생했을 때, 제 실력을 발휘하지 못하게 될 확률이 높다는 말이죠. 그렇기에 바로 지금, 고의 사구로 강민우 선수를 내보낸 것도 그런 작전의 연장선상에 있다고 볼 수 있지 않을까 하는 생각입니다.

—아, 그렇게 들으니 어느 정도 이해가 됩니다. 그렇다면 만약 페레즈 선수가 한 번이라도 큰 타구를 보여줬다면 이런 모습이 나오지 않았을 거라는 말이 되겠군요.

—글쎄요. 그 점은 제가 감독이 아니기 때문에 명확히 말씀드릴 수는 없습니다만, 아무래도 그럴 확률이 높지 않았을까 하는 생각입니다.

고의 사구라는 작전도 앞서 설명을 드렸듯이 결국은 고도의 심리전이거든요. 한 명의 주자를 베이스에 내보내는 대신, 조금 더 쉬운 타자를 고르고, 병살타를 만들어낼 확률을 높이기 위한 선택이 바로 고의 사구의 목적이기도 하니까요.

해설자들은 머드캣츠의 작전에 고개를 갸웃거리면서도 분란을 일으키지 않기 위해서인지 애써 긍정적으로 판단하고 해설하려는 모습을 보이고 있었다.

그리고 사실, 메이저리그에는 몇 가지 불문율이 있었는데,

그 중 하나가 바로 상대의 대기록 달성에는 정면 승부로 대응하라는 것이다.

하지만 그런 불문율도 때에 따라 다르게 적용되는 경우가 왕왕 있었다.

만약 채터누가가 따라붙을 수 없는 큰 점수 차로 이기고 있다거나 그 반대의 상황이었다면, 머드캣츠의 고의 사구는 비난받아야 마땅할 일이었다.

하지만 점수 차이는 1 대 0의 박빙이었고, 후반기 우승을 위해 1승이라도 더 챙기려는 머드캣츠의 입장에서 상대 팀의 강타자가 대기록을 눈앞에 두고 있다고 해서 작전을 걸지 않고 정면 승부를 하는 것은 멍청한 짓이라고 할 수 있었다.

해설자들도 이런 점을 알고 있었기에 불문율에 대해서 언급을 하지 않은 것이기도 했다.

하지만 경기를 지켜보는 많은 이의 초점은 민우의 대기록 달성 여부에 쏠려 있었기에 그 머릿속에서 부정적인 생각이 스멀스멀 올라오기 시작했다.

'분명 민우의 기록 달성을 방해할 생각인 거야!'

'9경기 연속 홈런의 재물이 되기 싫은 거겠지!'

채터누가의 팬들은 타석으로 들어서는 페레즈를 바라보며, 부디 그가 머드캣츠의 비겁한 행동에 한 방을 먹여주길 바랐다.

하지만 타석에 들어서는 페레즈의 얼굴은 몹시 딱딱하게 굳어 있었다.

앞선 두 번의 타석에서는 상대의 작전이겠거니 하고 애써 마음을 추스르고 있었지만, 이번 타석에서까지 민우를 거르는 모습에 페레즈의 자존심은 갈기갈기 찢어진 상태였다.

영점 몇 초라는 찰나의 순간에 투수의 공을 파악하고 배트를 내밀어야 하는 타자에게 이보다 더 나쁜 상황은 없었다.

그리고 그런 페레즈가 미처 냉정을 찾을 새도 없이, 캐롤은 빠른 속도로 공을 뿌리기 시작했다.

슈우욱!

팡!

부웅!

"스트라이크!"

초구는 몸 쪽 높은 코스로 쏘아져 들어오는 하이 패스트볼이었다.

하지만 페레즈의 배트는 공과의 타이밍이 전혀 맞지 않고 뒤늦게 돌아가는 모습을 보이고 있었다.

페레즈의 어정쩡한 스윙을 눈앞에서 확인한 머드캣츠의 배터리는 이 기회를 놓치지 않겠다는 듯, 스트라이크존을 넘나드는 공을 뿌렸다.

볼카운트는 순식간에 1볼 2스트라이크.

그리고 페레즈가 정신을 차릴 새도 없이, 캐롤이 와인드업 동작을 취하고는 곧장 다음 공을 뿌렸다.

슈우욱!

높이 떠오른 뒤, 마치 스트라이크존에 들어올 듯 보이는 커브볼의 궤적에 페레즈가 본능적으로 배트를 내밀었다.

하지만 페레즈는 배트가 반쯤 돌아가고 나서야 캐롤의 커브볼이 스트라이크존을 벗어난다는 것을 깨달았다.

'안 돼!'

머리로 깨달을 시간은 충분했지만, 몸이 배트를 멈추기에는 이미 늦은 상태였다.

딱!

배트의 끝에 공이 부딪치는 둔탁한 소리가 들려옴과 동시에 배트를 타고 돌아온 진동이 페레즈의 손을 얼얼하게 만들었다.

하지만 그보다 더 아픈 것은 얕게 바운드된 타구가 2루수의 글러브로 빨려 들어가고는 곧 유격수에게로, 그리고 1루로 던져지는 것을 두 눈으로 보는 것이었다.

"아웃!"

옆으로 스쳐 지나가는 1루심의 외침은 결정타가 되어 페레즈의 가슴을 후벼 파고 있었다.

―제4구! 쳤습니다. 병살타 코스! 2아웃! 1루로! 3아웃! 이닝은 종료됩니다! 4―6―3의 병살타!

―아~ 바로 이거거든요. 강민우 선수를 고의 사구로 내보냈지만 결과적으로 병살타를 이끌어내면서 깔끔하게 이닝을 마무리 짓습니다.

'앞으로 단 한 타석……'

수베로 감독의 머리가 복잡해져 갔다.

아슬아슬한 리드를 빼앗기지 않는다면 민우가 오늘 경기에서 들어설 수 있는 타석은 산술적으로 단 한 타석뿐이었다.

만약 민우가 마지막 타석에서도 고의 사구를 얻어낸다면, 타수가 늘어난 것이 아니었기에 다음 경기에서 계속해서 연속 경기 홈런 기록을 이어갈 수 있었다.

하지만 마지막 타석에서 머드캣츠가 민우를 상대로 정면 승부를 걸어온다면, 그리고 홈런을 날리지 못한다면 연속 경기 홈런 기록은 그대로 끝이 나는 것이었다.

물론 방법이 없는 것은 아니었다.

현재 3타석에 들어섰기 때문에 체력 안배 등의 핑계를 대고 민우의 타석에 대타를 투입하면 간단한 일이었다.

기록과 별개의 일반적인 상황이었다면 큰 고민 없이 민우를 교체시켰을 것이다.

하지만 지금은 경우가 좀 달랐다.

수베로의 미간에 옅게 주름이 잡히기 시작했다.

'상황이 어찌 됐든 대기록이 걸려 있으니까……'

대기록 달성에는 정면 승부로 대응하라는 것.

상대가 그 불문율을 교묘하게 빗겨갔다고 교체가 합리화가 되는 것은 아니었다.

만약 민우의 기록을 이어주겠다고 함부로 교체를 시킨다면, 다음 경기에서 연속 경기 홈런 기록이 이어진다 하더라도 호사가들의 입에서 민우의 기록은 만들어진 것이라며 입방아에 오르내릴 수도 있었다.

'후우. 섣불리 결정할 사안이 아니야.'

고민을 거듭할수록 수베로 감독의 미간의 주름은 더욱 깊어져 갔다.

머드캣츠 감독의 사구 작전이 제대로 통하며 채터누가의 득점 기회가 번번이 무산되었다.

그 결과 7회 초, 스코어는 변동 없이 채터누가의 아슬아슬한 리드가 계속되고 있었다.

2볼 3스트라이크 상황.

슈우욱!

따악!

알바레즈의 손을 떠나 큰 각도로 떨어져 내리던 커브볼이 앙리가 무릎을 꿇으며 내민 배트의 스위트 스폿에 정확히 맞부딪히며 좌익선상으로 흐르는 2루타가 만들어졌다.

앙리의 배트가 돌아 나오는 모습에 삼진이라 생각하고 환호성을 지르려던 관중들의 표정이 순식간에 황당함으로 바뀌어 갔다.

"아아아."

"저걸 건드려서 안타를 만들어내냐."

마운드 위의 알바레즈도 스트라이크존 아래로 제대로 떨어뜨렸다고 생각한 회심의 커브를 앙리가 기술적으로 받아치는 모습에 허탈한 웃음을 보이고 있었다.

앙리의 2루타가 터지며 균형을 깨뜨리기 위해 고군분투하던 머드캣츠에게 다시 한 번 득점의 기회가 찾아왔다.

그 모습에 원정 응원을 왔던 몇 안 되는 머드캣츠의 팬들이 타석으로 들어서는 타자를 향해 목이 터져라 소리를 지르고 있었다.

"에릭! 에릭!"

"홈런! 홈런!"

무사 주자 2루 상황에 타석에는 머드캣츠의 5번 타자, 에릭이 들어서 있었다.

에릭은 오늘 두 번의 타석에 들어서 유격수 땅볼—중견수 플라이로 물러선 상태였다.

에릭은 펀치력이 있는 타자이지만 타격의 정확도가 그리 높지 않았고, 오늘은 더더욱 좋지 않은 모습을 보이고 있는 상태였다.

마이어의 머리가 복잡해져 갔다.

'구속이 1~2마일 정도 떨어진 상태야. 조금 전 앙리에게 맞은 안타도 구속이 조금만 더 나와줬다면 단타로 끝났을지도 몰라.'

타석에 들어선 에릭의 표정은 자신의 타석에 찾아온 기회를 놓치지 않겠다는 듯, 결연함이 느껴지고 있었다.

'칠만한 공이라면 바로 배트가 돌아 나올 것 같은데. 알바레즈의 투구 수를 생각하면 경계선에 걸치는 투구로 윽박지르는 게 낫겠어.'

알바레즈의 투구 수는 90개를 넘어서고 있었고, 이번 이닝을 끝으로 마운드를 내려갈 듯 보였다.

'에릭도 에릭이지만, 멘데즈를 생각한다면 최대한 투구 수를 줄이는 게 좋겠지.'

멘데즈는 오늘 경기에서 2타석에 들어서 1개의 안타를 만들어낸 상태였는데, 그 하나의 안타도 민우가 펜스를 맞고 튀어나온 타구를 곧장 2루로 뿌리며 멘데즈를 1루에 묶어두어 단타가 된 것이었다.

마이어는 에릭보다는 6번 타자인 멘데즈를 더 경계하고 있었다.

마이어의 볼 배합에 따라 알바레즈의 투구는 꽤나 공격적으로 이루어지고 있었다.

슈우욱!

팡!

"스트라이크!"

"볼!"

"스트라이크!"

빠르게 3개의 공이 오고갔고 볼 카운트는 1볼 2스트라이크 상황이 되었다.

만약의 상황을 대비하기 위해, 채터누가의 불펜은 빠르게 가동되고 있었다.

유리한 볼카운트에 마이어는 다시 한 번 스트라이크존에 꽂히는 공을 요구했다.

'이 공으로 끝내자. 몸 쪽 하이 패스트볼.'

마이어의 사인에 알바레즈가 손에 쥐고 있던 공을 이리저리 굴리며 고개를 끄덕이고는 와인드업 자세를 취했다.

슈우욱!

공을 뿌리는 순간, 알바레즈는 손끝에서 느껴지는 따끔한 느낌에 미간을 찌푸렸다.

'큭.'

그사이, 알바레즈의 손을 떠난 공이 빠른 속도로 홈 플레이트를 향해 날아가기 시작했다.

공의 궤적은 알바레즈의 의도보다 스트라이크존의 안쪽으로 쏠린 모습이었다.

그리고 약간의 궤적 변화는 생각보다 치명적으로 돌아왔다.

따아악!

강하게 스트라이드를 내디디며 자신의 체중을 담은 에릭의 배트가 벼락같이 돌아갔고, 홈 플레이트 위에서 날아오던 공과 강렬하게 부딪히며 짜릿한 타격음을 내뱉었다.

센터 방면으로 크게 뻗어가는 타구에 모두의 시선이 하늘로 올라갔다.

펀치력 하나는 지지 않는다는 듯, 센터 펜스를 훌쩍 넘어가는 큼지막한 타구가 만들어졌다.

'허······.'

수비 위치에서 스타트를 끊으려던 민우는 너무나도 큼지막한 타구에 자리에서 몇 걸음을 벗어나지 못한 채, 멍하니 펜스를 넘어가는 타구를 바라보기만 하고 있었다.

스코어 1 대 2.

채터누가의 아슬아슬한 리드를 깨뜨리는 머드캣츠의 역전 투런 홈런이 만들어졌다.

마운드 위의 알바레즈는 씁쓸한 표정으로 자신의 손을 바라보고 있었다.

손톱 끝이 부러진 상태에 그 안쪽으로는 보랏빛의 멍이 보이고 있었다.

알바레즈는 곧장 손으로 엑스 자를 만들었고, 상태를 확인하러 올라온 트레이너가 역시 엑스 자를 그려 보이며 강판되고 말았다.

짝짝짝짝!

채터누가의 팬들은 비록 마지막에 홈런을 맞았지만 6회까지 호투를 보인 알바레즈를 향해 박수를 보냈다.

비록 홈런을 맞았지만, 손톱이 부러질 때까지 최선을 다해 공을 뿌린 알바레즈의 모습에 채터누가의 분위기는 오히려 상승세를 타기 시작했다.

알바레즈의 뒤를 이어 등판한 투수는 후버였다.

후버는 머드캣츠의 6, 7, 8번 타자를 공 10개로 깔끔하게 돌려세우며 빠르게 이닝을 마무리 지었다.

그리고 7회 말, 채터누가의 타선이 폭발하기 시작했다.

따악!

따악!

7번 페드로자와 8번 마이어가 연속 안타를 때려내며 무사 주자 1, 2루의 상황이 만들어졌다.

순식간에 득점권에 주자가 나가자 머드캣츠의 더그아웃은 곧장 캐롤을 강판시키고, 호스트를 등판시켰다.

마운드에 오른 호스트는 곧장 9번 후버를 삼구삼진으로 돌려세우더니, 1번 고든마저 공 5개로 삼진을 잡아내며 순식간에 아웃 카운트 2개를 채워내며 흐름을 가져가고 있었다.

만약 여기서 채터누가의 타선이 1점도 따내지 못한다면 분위기가 완전히 가라앉아 경기를 뒤집기가 힘들 수도 있는 상황이었다.

하지만 홈 팬들은 절대로 그런 상황을 바라지 않는다는 듯, 더욱 목청을 높여 응원의 목소리를 내기 시작했다.

"고! 고! 채터누가!"

"가라! 램보!"

"한 방 먹이자!"

타석에 들어서는 타자는 채터누가의 2번, 램보였다.

램보는 이번 시즌 홈런이 2개밖에 되지 않을 정도로 장타력이 그리 높지 않은 타자였기에 팬들의 바람처럼 한 방을 날리기는 현실적으로 힘들었다.

램보 역시 자신의 장타력을 잘 알고 있었기에, 이번 타석에서는 진루타를 때려내는데 주력할 생각이었다.

'홈런 욕심을 낼 필요는 없어. 내가 할 수 있는 최선의 타격을 하는 거야.'

곧 배터 박스에 자리를 잡은 램보를 향해 호스트가 공격적으로 공을 뿌리기 시작했다.

슈우욱!

팡!

"스트라이크!"

"볼!"

딱!

"파울!"

스트라이크존의 구석으로 꽂히는 공에 램보의 배트가 한 타이밍 늦게 돌아갔고, 타구는 파울라인을 크게 벗어는 파울이 되고 말았다.

"아!"

램보는 그 공이 굉장히 아깝다는 듯, 아쉬움 가득한 표정을 짓고 있었다.

조금 전의 공을 놓치는 바람에 볼 카운트는 순식간에 1볼 2스트라이크가 만들어졌다.

그 모습에 머드캣츠의 배터리가 빠르게 사인을 교환하고는 곧장 다음 공을 뿌렸다.

슈우욱!

호스트의 손을 떠난 공이 올곧은 궤적을 그리며 날아오는 모습에 램보가 배트를 내미는 순간, 공이 아래로 떨어지기 시작했다.

그 모습에 램보가 급히 허리의 회전을 멈추며 팔의 근육을 바짝 조여 배트를 잡아당겼다.

"큭."

팡!

미트에 공이 꽂힘과 동시에 포수가 3루심을 가리켰다.

하지만 3루심은 양팔을 벌리며 배트가 돌지 않았다고 판정을 내렸다.

2볼 2스트라이크 상황이 만들어졌지만 아직도 타자에게 불리한 카운트였다.

만약 램보가 욕심을 부려 배트가 조금만 더 앞으로 나갔다면 채터누가의 공격 기회는 무산되었을 것이었다.

야구에서는 한 번의 시기적절한 판단이 의외의 결과를 가져오는 경우가 많았다.

슈우욱!

스트라이크존에서 바깥으로 흘러나가던 호스트의 슬라이더에 램보가 간결하고 신속한 동작으로 배트를 휘둘렀다.

딱!

타구에는 힘이 제대로 실리지 않은 상태였고 애매한 궤적을 그리며 떠오르기 시작했다.

램보의 타구가 애매하게 떠오르자 관중들이 하나같이 머리를 부여잡고 절망스러운 눈빛으로 타구를 바라보기 시작했다.

"아아아."

"안 돼!"

그런데 타구를 바라보던 관중들의 표정이 점점 설마 하는 듯한 표정으로 바뀌어갔다.

램보의 타구를 잡기 위해 3루수와 유격수는 외야 방향으로, 좌익수는 내야 방향으로 달려 내려오고 있었는데, 급박한 동작으로 이리저리 움직이며 아슬아슬한 모습을 보이고 있었다.

그리고 잠시 뒤.

툭.

타구는 3명의 야수를 교묘하게 피하며 파울라인 안쪽으로 떨어졌고, 3루심이 안쪽을 가리키며 안타가 되었음을 확인시켜 주었다.

스위트 스폿에 의식적으로 맞추겠다고 휘둘러 힘이 제대로 실리지 않았는데 그것이 오히려 행운이 되어 3루수와 좌익수의 사이에 떨어지는 텍사스 안타가 만들어진 것이다.

주자들은 타구가 떠오른 순간 모두 빠르게 스타트를 끊은 상태였기에 2루 주자는 득점을, 1루 주자와 타자 주자는 각각 3루와 1루에 들어갈 수 있었다.

만약 노아웃이나 1아웃 상황이었다면 애매한 타구에 기껏해야 한 베이스만을 겨우 옮겨가며 홈으로 들어오기 힘들었겠지만, 2아웃 상황에서 터진 행운의 안타는 빠르게 스타트를 끊은 2루 주자를 홈으로 불러들이기에 모자람이 없었다.

2루 주자의 득점. 그리고 주자는 1, 3루의 상황.

경기 막판 터진 동점 적시타는 사그라질 뻔했던 채터누가의 분위기를 더욱 끌어 올렸다.

패배의 그림자를 걷어내는 램보의 적시타에 관중들은 흥분을 감추지 못하고 있었다.

"와아아아!"

"나이스 배팅!"

"램보! 램보!"

마운드 위의 호스트는 미간을 가볍게 찌푸리고 있었다.

스트라이크존에서 흘러나가는, 정말 제대로 채인 슬라이더였고 램보의 타구가 하늘 위로 떠오른 순간 이닝이 끝나리라 생각했었다.

하지만 뒤를 돌아본 순간, 우왕좌왕하듯 움직이는 야수들의 모습에 설마 했고, 타구가 그라운드에 떨어지는 순간, 눈을 질끈 감을 수밖에 없었다.

상황은 이전보다 더욱 좋지 않았다.

동점을 넘어 이제는 타구가 내야를 빠져나가면 무조건 역전을 허용할 수밖에 없었다.

경기는 이미 막판이었다.

여기서 막아내는 것과 추가 실점을 허용하는 것은 팀이 다시 승기를 가져갈 수 있느냐 없느냐를 가르는 엄청난 차이가 있었고, 이것이 투수에게 가하는 압박감은 종전의 상황과는 그 강도가 달랐다.

거기에 다음 타자는 올 시즌 11개의 홈런을 기록하고 있는 샌즈였다.

샌즈의 뒤를 이어 스미스, 그리고 민우의 타석이 이어지기에 꼭 잡아내야 하는 상황이었다.

호스트는 로진백을 매만지며 타석에 들어서는 샌즈를 노려봤다.

'여기서 안타를 더 허용할 수는 없어. 이 녀석에서 끊어야 해.'

그리고 그런 조급한 마음은 최악의 결과를 가져오고 말았다.

슈우욱!

호스트는 홈 플레이트 가까이에 몸을 붙이고 있던 샌즈를 물러나게 하기 위해 몸 쪽 높은 코스로 패스트볼 찔러 넣었다.

동시에 타구의 궤적을 판단한 샌즈의 눈빛이 매섭게 빛나며 그 배트가 쏜살같이 튀어나와 스트라이크존을 통과하던 공을 강하게 당겨 쳤다.

따아아악!

강렬한 임팩트 이후에도 배트를 끝까지 잡아 돌려 힘의 분산을 막아내는 모습은 마치 타격의 정석을 보는 듯했다.

경기장을 타고 울려 퍼지는 정갈한 타격음에 모두의 시선이 오른쪽으로 돌아갔다.

우측 외야 방향으로 큼지막한 타구를 날려 보낸 샌즈가 잠시 타구를 바라보더니 이내 배트를 놓고 천천히 베이스를 돌기 시작했다.

그리고 타구가 우측 외야석에 꽂히는 순간.

관중석에서 우레와 같은 환호성이 쏟아져 나왔다.

"와아아아아!"

"미친 홈런이다!!"

"와하하! 다시 역전이라고!!"

일부 관중들은 머드캣츠의 더그아웃을 향해 비웃음과 야유를 날리는 모습을 보였다.

"너희가 치면 우리도 친다!"

"권선징악이다! 이 비겁한 자식들아!"

"두 눈 똑바로 뜨고 기다려라! 곧 채터누가의 최종 보스가 간다!"

이후, 호스트의 뒤를 이어 박스버거가 마운드를 이어받았고, 아쉽게도 다음 타자로 들어섰던 스미스의 타구가 중견수 플라이로 잡히며 민우의 타석을 바로 앞에 두고 이닝이 마무리되고 말았다.

하지만 샌즈의 결정적인 스리런 홈런 한 방은 머드캣츠의 기세를 완전히 꺾어버린 상태였다.

이 홈런으로 채터누가는 5 대 2의 스코어를 기록하며 빼앗겼던 리드를 되찾았고, 다시 3점을 앞서나가기 시작했다.

8회 초, 후버가 머드캣츠의 타자들을 삼자범퇴로 돌려세우자 머드캣츠 더그아웃의 분위기는 완전히 가라앉고 말았다.

"이제 공격 기회는 9회 뿐이야."

"휴, 당연하지만 젠슨이 올라오겠지."

"몸살이라도 걸리지 않은 이상은 그렇겠지."

곧 머드캣츠 타자들의 뇌리에는 채터누가의 마무리 투수, 젠슨이 떠오르기 시작했다.

젠슨은 이번 시즌, 단 한 번의 블론 세이브도 기록하지 않은 무적의 투수였다.

자연스레 그 위용을 떠올린 머드캣츠의 타자들은 미약하게나마 남아 있던 추격의 의지마저 완전히 꺾여 버렸다.

8회 말, 모든 이들의 시선이 채터누가의 더그아웃으로 향해 있었다.

그리고, 민우가 더그아웃을 빠져나와 그라운드에 모습을 드러내는 순간.

"와아아!"

"갓민우! 갓민우!"

"홈런! 홈런!"

모두가 자리에서 일어난 채, 민우를 향해 한마음으로 열렬한 환호를 보내기 시작했다.

─8회 말, 채터누가의 공격은 5번 타자인 강민우 선수부터 시작됩니다.

─음, 저는 수베로 감독의 판단이 조금은 의외라는 생각이 드는군요.

─무엇이 의외인가요?

─사실, 작전이라고는 하지만 앞선 세 타석에서 단 한 번의 타격 기회조차 얻지 못했던 강민우 선수거든요. 아무리 대기

타석에서 타이밍을 맞춰본다고는 하지만 오늘 경기에서 단 한 번도 배트를 휘둘러보지도 못했단 말이죠.

거기에 더해 단 하나의 공도 제대로 들어온 것이 없어요. 타석에서 계속해서 밋밋한 공만 바라보다가 갑자기 좋은 공을 보여주면서 때리라고 한다고 해도 그 간극을 메우는 데에는 시간이 걸릴 수밖에 없고요. 좋게 봐도 공 한 개 정도는 접고 들어가는 거나 마찬가지라고 생각합니다.

―아~ 그렇군요. 요약하자면, 타격감이 무뎌져 있을 것이다. 고로 좋은 타격을 보이기 힘들 것이다. 이 말씀이시군요?

―그렇습니다. 그렇기에 9경기 연속 경기 홈런이라는 대기록이 달성되느냐가 걸린 중요한 경기인 만큼 강민우 선수를 교체 아웃시키는 모습을 보이지 않을까 하는 생각이었습니다만, 보시다시피 강민우 선수는 여느 때처럼 타석에 들어서고 있는 모습입니다.

―채터누가 더그아웃의 의도가 무엇인지는 알 수 없지만 과연 강민우 선수가 마지막 타석에서 역사를 기록할 수 있을지 지금부터 함께 지켜봐 주시기 바랍니다.

타석으로 천천히 들어서는 민우의 뒷모습.

그리고 경기장을 쩌렁쩌렁 울리고 있는 관중들의 환호 소리.

더그아웃에서 그 모습을 바라보는 수베로 감독은 복잡 미묘한 표정을 짓고 있었다.

'과연 이게 옳은 선택일까.'

수베로 감독은 아직도 자신의 선택에 확신이 서질 않고 있었다.

대기록이 걸리지 않은 일반적인 상황이었다면 너무나도 믿음직스러운 민우의 뒷모습에 걱정 따위 하지 않았을 것이다.

하지만 지금의 타석은 그런 확신에 약간의 불안함, 불길함 같은 감정이 끼어들어 있었다.

혹시나 마지막 타석에서 홈런을 때려내지 못한다면.

그렇게 연속 경기 홈런 기록 갱신이 무산된다면.

냉정하게 민우를 말리지 않은 것에 대한 책임이 없을까.

이런저런 핑계를 대고 조금 더 일찍 교체를 시켰다면 좋지 않았을까.

수없이 많은 가정이 머릿속에서 떠올랐다 가라앉기를 반복하고 있었다.

마운드 위에서 로진백을 매만지던 박스버거는 타석에 들어서는 민우를 오묘한 표정으로 바라보고 있었다.

'어제에 이어서 오늘은 9경기 연속 홈런 기록에 도전이라.'

기록을 떠올리니 어제의 강렬한 인상을 주었던 홈런이 박스버거의 뇌리에 떠올랐다.

어제 경기에서 민우는 자신이 던진 단 한 개의 공을 받아쳤고, 그 타구가 펜스를 넘어가며 8경기 연속 홈런 기록을 달성하게 되었다.

박스버거는 8경기 연속 홈런을 내어준 투수로 역사에 이름을 올렸다는 생각이 들자 피식 웃음이 터져 나왔다.

'마지막 타석이 되어서야 기록을 세울 기회가 생겼고, 그 상대가 어제 홈런을 날렸던 나라니. 이것도 인연은 인연이겠네.'

어제는 8경기 연속 홈런. 그리고 오늘은 9경기 연속 홈런 기록을 저지하기 위해 마운드에 오른 박스버거였다.

한편으로 박스버거는 민우를 향해 약간의 미안한 감정을 느끼고 있었다.

박스버거는 더그아웃에서 민우의 앞선 세 타석을 모두 지켜봤기 때문에 결국 이런 불리한 상황이 만들어진 것에 팀을 떠나 메이저리그라는 같은 꿈을 꾸는 선수로서 안타까움을 느끼고 있었다.

'아무리 작전이라고는 했지만, 배트를 휘두를 기회조차 없었으니까 말이야. 그리고 지금은 정면 승부를 해야 하는 상황이고.'

민우와의 마지막 타석은 승부를 하라는 지시였다.

대기록을 앞에 둔 타자가 세 번의 기회를 몰수당한 채, 단한 번의 기회만으로 승부를 보아야 한다는 건 꽤나 잔인한 일이었다.

어제의 홈런도 결국 마지막 타석에서 때려낸 것이었지만, 상황 자체는 전혀 다르다고 할 수 있었다.

하지만 안타까움과 승부는 별개의 문제였다.

'뭐, 그렇다고 봐줄 수는 없지. 어디, 오늘도 한번 붙어보자고. 오늘은 절대로 지지 않을 테니까.'

팍!

로진백을 옆으로 내던진 박스버거가 눈을 빛냈다.

민우는 타석에 들어섬과 동시에 마운드 위에서 자신을 뚫어 져라 바라보는 박스버거의 눈빛에 고개를 갸웃거렸다.

하지만 이내 그 눈빛이 적대감보다 호승심에 가깝다는 것을 확인하곤 속으로 옅게 웃어 보였다.

'어제의 복수이자 나를 막아내겠다는 의지겠지. 하지만, 나 도 질 수는 없다고. 내가 할 수 있는 최선을 다할 거니까. 오늘 은 부디 성공해라. 투기 발산!'

지잉―
[투기 발산의 효과를 적용하는 데 실패했습니다.]
[실패 패널티가 적용되어 총 20의 체력이 소모됩니다.]

눈앞에 떠오른 실패 메시지에 민우의 얼굴이 가볍게 구겨졌다.
'연속 두 번의 실패라니.'

30%의 확률이 그리 높은 확률은 아니었지만, 설마 연속으로 실패하리라는 생각을 하지 않았던 민우였다.

그런데 결국 박스버거에게 투기 발산의 효과 적용에 실패하 자 민우가 입꼬리를 씰룩거렸다.

하지만 곧 고개를 가로저으며 정신을 다잡았다.

'그동안 스킬 적용이 너무 쉽게 된 감이 없지 않아. 실망할 필요는 없어. 어제처럼만 하자. 어제처럼만.'

그사이 박스버거는 포수와 사인을 교환하고 있었다.

곧 사인 교환을 마친 듯, 천천히 와인드업 자세를 취하고는 빠르게 공을 뿌렸다.

슈우욱!

초구는 체인지업인 듯 패스트볼의 궤적으로 날아오다 우측으로 휘어져 떨어지기 시작했다.

앞발을 들썩이며 타이밍을 잡던 민우는 빠르게 그 궤적을 판단하고는 온몸의 근육을 느슨하게 풀며 손에 쥐고 있던 배트를 살짝 뒤로 당겼다.

'볼이야.'

스트라이크존에서 공 반개 정도 떨어지는 궤적으로 보였고, 민우는 가상의 궤적을 판단하고 배트를 내밀지 않았다.

팡!

"볼!"

아슬아슬한 코스로 꽂히는 공에 주심의 손이 움찔거리는 것이 보였다.

하지만 결국 그 손이 올라가지 않으며 초구는 볼이 되었다.

그 모습에 민우가 가볍게 고개를 끄덕거렸다.

'아래쪽 스트라이크존은 이 정도라 이거군.'

민우는 앞선 세 번의 타석에서 모두 스트라이크존 바깥으로 빠지는 볼만을 보았기에 주심의 스트라이크존을 정확히 설정하지 못한 상태였다.

그렇기에 마치 첫 타석에 임하듯 주심의 스트라이크존에 맞게 자신의 존을 설정하는 작업을 동시에 진행 중이었다.

민우가 다시 배터 박스에 자리를 잡자, 박스버거가 곧장 두 번째 공을 뿌렸다.

슈우욱!

박스버거의 손을 떠난 공은 바깥쪽 스트라이크존의 경계선을 타고 오는 듯 보였고, 홈 플레이트에 가까워질수록 안쪽으로 조금씩 꺾여 들어오는 모습을 보였다.

'패스트볼!'

팡!

"스트라이크!"

포수 미트에 공이 꽂힘과 동시에 주심이 손을 들어 올리며 우렁찬 외침을 내뱉었다.

공이 통과한 존의 위치를 확인한 민우가 가볍게 고개를 끄덕였다.

'좋아. 일단 이걸로 이번 타석에서도 볼넷으로 내보낼 생각은 없다는 건 확실해졌어, 이제 본격적으로 가볼까.'

민우는 마운드 위에 서 있던 박스버거를 바라봤다.

그 눈빛은 여전히 호승심이 드러나고 있었다.

민우가 다시 배터 박스에 들어서자, 박스버거가 빠르게 공을 뿌리기 시작했다.

슈우욱!

팡!

"볼!"

3구는 초구와 비슷한 위치에 꽂히는 체인지업이었지만, 주심의 손은 올라가지 않는 모습이었다.

그 모습에 박스버거가 살짝 미간을 찌푸리며 불만이 있는 듯한 모습을 보였다.

하지만 곧 정신을 다잡은 듯, 포수와 빠르게 사인을 교환하기 시작했다.

잠시 뒤, 고개를 끄덕인 박스버거가 와인드업 자세를 취하고는 빠르게 공을 뿌렸다.

슈우욱!

박스버거의 손을 떠난 공이 스트라이크존의 바깥쪽으로 날아오다 조금씩 휘어지기 시작했다.

그와 동시에 민우가 타이밍을 맞춰 스트라이드를 강하게 내디디며 매섭게 허리를 내돌렸다.

그리고 그 뒤를 따라 배트가 벼락같이 돌아 나오는 순간.

'커터가 아니야?'

예상보다 훨씬 느리게 느껴지는 구속에 민우가 타이밍을 맞추기 위해 허리의 회전을 늦추며 손목에 온 신경을 집중시켰다.

그리고 배트가 홈 플레이트의 앞으로 튀어나오는 순간.

따악!

큼지막한 타격음과 함께 허공으로 쏘아진 타구가 우중간 펜스를 향해 뻗어가기 시작했다.

임팩트 이후 끝까지 배트를 퍼 올리며 한 손을 놓은 민우는 손끝에서 느껴지는 진동을 뒤로한 채, 곧장 1루를 향해 빠르게 달리기 시작했다.

　─제4구! 쳤습니다! 높이 떠오르는 타구! 우중간 센터 쪽으로 쭉쭉 뻗어갑니다! 계속 뻗어갑니다! 펜스를 넘어갈 듯! 넘어갈 듯!

　모든 팬들이 다시 한 번 자리에서 일어나 민우의 타구를 쫓아 눈을 굴리기 시작했다.

　일부 관중들은 양손을 모아 기도하는 자세를 보이고 있었고, 몇몇은 양손의 주먹을 쥔 채 숨조차 쉬지 못 하고 있었다.

　하늘을 향해 날아오르던 민우의 타구는 외야를 지나며 천천히 하강을 시작했다.

　그리고 중견수 데이브와 우익수 핍스가 민우의 타구를 쫓아 내달리고 있었다.

　민우가 1루를 돌아 2루에 거의 다다른 순간.

　탕!

　타구가 펜스 최상단을 맞고 튕겨 나오고 말았다.

　동시에 관중석에서 그 모습을 바라보던 팬들이 일제히 머리를 부여잡으며 탄식을 내뱉기 시작했다.

　"아아아!"

　"말도 안 돼……."

　"이럴 수가……."

—아~ 펜스 상단을 때리고 튕겨 나오는 타구! 한번에 잡지 못하고 더듬습니다! 데이브가 다시 공을 줍는 사이 강민우가 2루를 돌아 3루로 달려갑니다! 데이브가 강하게 송구를 뿌립니다!

　타다다닷!

　그사이 2루를 돌아 3루를 향해 내달리던 민우는 3루 코치의 제스처에 속도를 줄이지 않은 채, 몸을 날리며 발을 쭉 뻗었다.

　촤아아악!

　쑤악!

　동시에 민우의 머리 위로 무언가 바람을 가르며 지나가는 소리가 들려왔다.

　민우는 베이스를 밟고 몸을 일으킴과 동시에 공의 위치를 확인했다.

　그리고 공이 빠질 것을 대비해 파울라인 바깥쪽으로 나와 있던 박스버거의 옆으로 훌쩍 빗겨 나가는 송구에 곧장 홈을 향해 내달리기 시작했다.

　타다다닷!

　—아앗! 이게 무슨 일인가요! 데이브의 송구가 3루수의 글러브를 훨씬 빗겨 나가며 더그아웃 쪽으로 빠지고 말았습니다! 백업을 위해 대기하고 있던 투수가 빠르게 움직였지만 미처 잡을 수 없을 정도로 크게 빠지는 송구! 그사이 강민우 선수는 3루

를 떠나 홈을 향해 내달립니다! 홈에서~

홈으로 내달리던 민우는 타석 근처에서 자신을 향해 슬라이딩을 하라는 제스처를 취하는 페레즈의 손짓에 곧장 몸을 날렸다.

촤아악!

그라운드의 거친 질감을 뒤로한 채, 민우의 손이 홈 플레이트를 빠르게 스치고 지나갔다.

팡!

뒤늦게 공을 주운 박스버거가 포수를 향해 강하게 공을 뿌렸지만, 포수가 몸을 돌려 민우를 향해 미트를 뻗을 때, 민우는 이미 홈 플레이트를 가볍게 터치하며 지나간 상태였다.

주심은 한 치의 고민도 없이 양팔을 쭉 벌려 보이며 완벽한 세이프임을 알려왔다.

─세이프~ 세이프입니다! 강민우 선수의 빠른 발과 데이브의 악송구가 어우러지며 만들어진 1타점 1득점입니다! 점수 차를 더욱 벌리는 채터누가! 스코어 6 대 2!

주심의 팔이 벌어지는 순간, 경기장을 가득 채우고 있던 관중들이 두 손을 하늘로 뻗은 채, 자리에서 펄쩍거리며 환호성을 내지르기 시작했다.

"우와아아아아아!!"

"대박!!!"

"발로 만든 홈런이다!"

"갓민우! 갓민우!"

"최고의 복수다! 으하하!"

관중들의 환호성에 민우는 심장이 두근거리는 것이 느껴졌다.

하지만 한편으론 약간의 불안함이 남아 있기도 했다.

3루까지는 자신의 발이 만들어낸 것이지만, 공이 뒤로 빠졌다는 것이 마음에 걸렸다.

'애매해. 홈런으로 인정해 줄까?'

"잘했어!"

벌떡 일어난 민우를 향해 페레즈가 미소를 지은 채 손을 내밀었다.

그 모습에 민우가 환한 미소를 지은 채, 그에 화답하듯 그 손을 강하게 마주쳤다.

"후후. 너도 제대로 한 방 먹이고 와!"

"오케이!"

페레즈는 이번에야말로 제대로 한 방을 날려 보내겠다는 듯, 배트를 붕붕 휘두르며 무력시위를 하기 시작했다.

─아~ 이건 내어줄 필요가 없는 점수를 내어준 꼴이 되었네요. 경기 후반 3점 차라는 점수는 초반과는 그 의미가 다르거든요. 그런데 이제는 4점으로 점수 차가 더 벌어지고 말았습

니다. 머드캣츠로서는 정말 힘 빠지는 실점으로 다가오겠습니다.

　─다시 보시면, 손에서 빠진 것처럼 송구의 방향이 완전히 틀어졌거든요. 아무래도 점수 차가 큰 만큼, 강민우 선수를 3루에서 잡겠다는 의도였겠지만, 강민우 선수의 빠른 발을 생각한다면 조금 무리였다고 볼 수 있겠습니다.

　그렇게 데이브의 욕심이 담긴 송구가 결국 악송구가 되었고, 백업을 들어갔던 박스버거마저 그 송구를 아슬아슬하게 놓치면서 강민우 선수가 여유 있게 홈에 들어오는 결과가 만들어졌습니다.

　─한편으로는 과연 강민우 선수의 이 안타에 대해 기록원이 어떤 판단을 내리냐가 문제가 되겠군요.

　─예, 강민우 선수는 타구를 날려 보내고 곧장 3루까지 멈추지 않고 뛰었거든요. 그런데 홈까지 들어가지 못하리라는 판단을 내리고 3루에서 발을 멈췄단 말이죠. 그리고 송구가 빠지는 것을 보고 홈으로 달렸고요.

　아무래도 한 번에 홈까지 달린 것이 아니고, 송구 미스를 확인하고 나서야 다시 스타트를 했기 때문에 원 히트 원 에러로 기록이 되지 않을까 하는 생각입니다.

　─아직까지 전광판에는 안타 란에만 불이 들어와 있는 상황이거든요. 에러 란에는 아직까지 불이 들어오지 않고 있습니다!

　　홍분된 목소리로 대화를 주고받던 해설자의 입에서 돌연 탄식 섞인 목소리가 흘러나왔다.

동시에 경기장의 많은 관중도 전광판의 변화를 확인하고는 머리를 부여잡고 망연자실한 표정을 지어보이기 시작했다.

"아아!!"

"말도 안 돼!!"

'뭐지?'

더그아웃에서 동료들의 격한 축하를 받고 있던 민우는 관중들의 한탄 섞인 목소리가 들려오자 빠르게 고개를 돌려 전광판을 바라봤다.

환하게 웃던 동료들도 하나둘 전광판을 바라보고는 표정을 굳히며 민우의 눈치를 보기 시작했다.

그리고 곧, 민우의 얼굴에도 허탈한 웃음이 지어지고 말았다.

전광판의 타구 판정 부분의 에러 란에 뒤늦게 초록색 불이 들어와 있었다.

—아~ 아쉽네요. 정말 아쉬워요! 기록원의 판단은 원 히트 원 에러, 즉 3루타를 인정하고 에러로 인해 홈을 밟았다고 판단을 내렸네요. 결국, 강민우 선수의 대기록 도전은 8경기 연속 홈런에서 마감하게 되었습니다.

—채터누가의 분위기, 특히 강민우 선수로서는 그 박탈감이 꽤나 크게 다가오지 않을까 싶군요.

'원 히트 원 에러라······.'

페레즈의 타석이 돌아오며 전광판에 들어왔던 불들이 다시 사라졌지만, 마치 잔상이라도 남아 있는 듯, 초록빛을 보이던 에러 표시가 민우의 눈에 아른거렸다.

크게 신경 쓰지 않고 있었지만, 막상 유일무이의 기록을 달성하는 것에 실패했다는 생각이 들자, 가슴 한구석에서 의외의 허탈감이 느껴졌다.

하지만 그와 별개로 홀가분한 느낌도 들고 있었다.

툭.

누군가 어깨에 손을 올리는 느낌에 민우가 천천히 고개를 돌렸다.

민우의 옆에는 어느새 다가왔는지, 프랭클린이 굳은 표정으로 민우를 바라보고 있었다.

프랭클린은 민우의 표정이 오묘하게 바뀌는 것을 보고는 조심스레 물음을 던졌다.

"후회되지는 않나?"

그 물음에 민우가 잠시 고민하는 듯하더니 입가에 옅게 미소를 지어보이며 대답했다.

"예, 후회됩니다."

민우의 입에서 후회된다는 대답이 나올 줄은 몰랐는지, 프랭클린의 두 눈이 크게 뜨여졌다.

'웃으면서 후회된다고 하고 있어? 충격이 큰 건가. 역시 말렸어야 했던 건가.'

그 모습에 어떻게 위로를 해주어야 할지, 프랭클린의 머리가 복잡하게 돌아가기 시작했다.

프랭클린의 표정이 복잡해지는 것을 바라보던 민우가 곧장 한 마디를 덧붙였다.

"그리고 후회되지 않습니다."

상반된 두 개의 대답에 프랭클린이 이해가 되지 않는다는 듯, 오묘한 표정을 지었다.

"그게 무슨 뜻이지?"

"사실 저도 사람인데 유일무이한 기록으로 남을 수 있는 기회가 날아간 것에 허탈하지 않을 수 있겠습니까? 언제 또 이런 기회가 올지도 모르고 말입니다. 어쩌면 평생 이런 기회가 다시 오지 않을지도 모릅니다. 그래서 후회가 됩니다. 감독님이 교체를 권유하셨을 때, 눈 딱 감고 받아들였어도 되지 않았을까 하고 말입니다."

프랭클린은 그 점은 당연히 이해가 된다는 듯 고개를 끄덕였다.

"그럼 후회가 되지 않는다는 건 무슨 뜻이냐?"

그 물음에 민우는 경기 내내 이어지던 관중들의 화가 난 듯한 야유 소리를 배경으로 고뇌에 찬 표정으로 자신을 바라보던 수베로 감독의 얼굴을 떠올렸다.

"만약 제 기록이 오늘로 끝나지 않았다면 내일도 비슷한 모습을 보이지 않았을까 생각했습니다. 하지만 상대가 무슨 이유에서든 절 피한다고 해서, 저까지 똑같이 피하는 모습을 보였다면 멋진 경기를 기대하고 와준 팬들이 기뻐하지 않았을 거라고 생각합니다. 거기에 기록이 걸려 있을 때는 주변에 가해지는 압박감이나 부담감도 만만치가 않다는 것도 알았습니다. 그래서 기록만을 생각하는 것은 이기적이라고 생각했습니다."

민우의 말에 프랭클린은 경기 내내 고뇌하던 수베로 감독의 모습을 떠올리며 고개를 끄덕였다.

'자신의 입장만 생각하는 것이 아니라, 더 넓은 시야로 바라봤다. 이 말인가?'

"그것이 이유의 전부라는 건가?"

프랭클린의 물음에 민우가 가볍게 고개를 저었다.

"개인적으로도 이 상황을 피하고 싶지 않았습니다. 제가 박스버거에게 밀린다고 생각하지도 않았습니다. 어제 홈런을 때려내기도 했으니까 말입니다. 결과적으로 오늘은 상대의 볼 배합에 허를 찔렸고, 홈런을 때려내지 못했지만 말입니다. 하지만 이것도 결국 저의 운이고 실력이라고 생각합니다. 비록 결과는 원치 않게 나왔지만, 제가 할 수 있는 최선을 다해 승부에 임했기 때문에 오히려 홀가분한 기분이기도 하고요. 그래서 후회가 되지 않습니다."

민우의 이야기가 끝나자, 프랭클린이 가볍게 고개를 끄덕였다.

"그래. 그럼 됐다. 이거, 위로해 주러 왔더니, 오히려 위로받고 가는 기분이군."

그 모습에 민우가 가볍게 웃어 보였다.

"아닙니다. 사실, 코치님이 해주신 말씀이 이런 판단을 내리는데 영향을 주었습니다."

"음?"

민우의 이야기에 프랭클린의 얼굴에 의문이 차올랐다.

"피하지 말고 마주하라고 말씀하셨죠. 숙소에 돌아가서, 그 이야기를 머릿속에서 계속 되뇌었습니다. 그리고 고비를 마주 했다 하더라도 거기서 물러서는 것과 할 수 있다는 마음가짐 으로 그것을 깨뜨리는 것과는 많은 차이가 있다는 것을 깨달 았습니다. 그리고 오늘 마지막 타석이 오기 전, 다시 한 번 그 이야기를 떠올렸습니다."

민우의 입에서 끝없이 쏟아져 나오는 이야기에 프랭클린은 말없이 그 이야기를 조용히 듣고만 있었다.

"오늘 만약 여기서 기록이 깨질 것이 두려워 피했다면 당장 은 기록이 깨지지 않았다고 안심했겠지만, 자연스레 그것이 저 의 한계가 되었을지도 모릅니다. 하지만 반대로, 실패하더라도 할 수 있다는 생각으로 맞부딪친다면 이보다 더 어려운 상황에 서도 해낼 수 있다는 자신감을 얻을 수 있다고 생각했습니다."

민우의 이야기에 프랭클린이 오묘한 표정을 지어 보였다.

'비슷한 의미이기는 하지만, 그 이야기를 이런 식으로 받아들 일 줄이야. 이렇게 되도록 의도한 것은 아니지만, 이 녀석의 생 각에 많은 영향을 주었나 보군.'

속사포로 말을 쏟아낸 민우의 표정엔 후련함이 가득 느껴지 고 있었다.

"비록 오늘은 실패했지만 이 경험을 통해 비슷한 상황을 겪을 때 많은 도움이 되리라 생각하고 있습니다. 결론은, 이 모든 것이 코치님의 덕분이라는 말입니다. 다시 한 번 감사드립니다."

진지하게 이야기를 하던 민우가 돌연 능청스럽게 웃어 보이며 고개를 꾸벅 숙이고는 프랭클린에게 모든 공을 돌렸다.

그 모습에 프랭클린이 잠시 멍한 표정을 짓더니 곧 크게 웃으며 고개를 끄덕였다.

"하하하. 그런 말을 하는 것을 보니 정말 걱정하지 않아도 되겠구나. 그래, 그런 마음가짐이라면 무슨 일이 있더라도 해낼 수 있을 것이다. 오늘은 실패했지만 너라면 분명 새로운 기록을 만들어낼 수 있을 것이라 믿는다."

툭툭!

프랭클린은 민우의 어깨를 두드려 주고는 코치들이 모여 있는 곳으로 걸음을 옮겨갔다.

그리고 그제야 눈치를 보던 동료들도 한시름 덜었다는 듯, 다시금 웃음을 되찾는 모습을 보였다.

이후 9회 초, 젠슨이 머드캣츠의 중심 타선을 모두 삼진으로 돌려세우는 폭풍투를 보여주며 경기를 완벽하게 마무리 지었다.

민우의 성적은 4타석 1타수 1안타(3루타) 3볼넷 1타점 1득점을 기록하게 되었고, 시즌 타율은 0.580으로 소폭 상승했다.

*　　　　*　　　　*

경기가 끝난 뒤, 자신의 짐을 챙긴 채 천천히 라커룸으로 향하던 민우는 예상치 못한 상황에 잠시 당황한 표정을 짓고 있었다.

'어? 뭐 이렇게 기자들이 많지?'

라커룸의 입구 주변을 십여 명의 기자가 카메라와 수첩을 든 채 둘러싸고 있었다.

'기록도 끊겼는데, 누가 사고라도 친 건가?'

평소라면 지역지의 기자가 한두 명이 올까 말까 한 것이 일상이었기에 지금의 상황이 어리둥절하기만 했다.

그렇게 느끼는 것은 민우뿐만이 아닌 건지, 민우에 앞서 먼저 라커룸으로 향했던 몇몇 선수가 뻣뻣하게 굳은 채, 어색한 표정으로 기자들의 질문에 대답하는 것이 보였다.

그리고 그 뒤쪽에는 꽤 커다란 방송 카메라를 어깨에 올린 채 그 모습을 촬영하고 있는 이도 두 명이나 보이고 있었다.

'보통 일이 아닌가 본데?'

민우와 함께 라커룸으로 향하던 샌즈와 고든 역시 그 모습에 놀란 듯, 두 눈을 동그랗게 뜬 상태였다.

그러던 중, 시선을 돌리던 기자 한 명과 민우의 눈이 마주쳤다.

"강민우 선수!"

한 기자의 외침에 모든 기자의 시선과 카메라의 방향이 동시에 민우에게로 돌아섰다.

"에?"

그 모습에 민우가 당황한 표정으로 땀을 삐질 흘리기 시작했다.

'뭐지? 뭐지?'

민우가 당황하며 몸이 굳는 사이, 빠르게 다가온 기자들이 마치 짠 것처럼 동시에 녹음기를 들이밀었다.

그리고 마치 약속이라도 한 것 처럼 한 명씩 돌아가며 질문을 던지기 시작했다.

포문을 끊은 것은 스포츠 전문 방송인 ASPN이었다.

"강민우 선수, ASPN의 롤린스입니다. 오늘 홈런을 치지 못하면서 기록이 끊어졌는데 지금 기분이 어떻습니까?"

인터뷰의 시작을 알리는 짧은 질문과 함께 모두가 조용히 자신을 바라보는 모습에 민우가 어색하게 웃어 보였다.

'기록을 달성하지 못했는데도 이런 관심이라니……. 벌써 메이저리거가 된 기분인데?'

가끔 TV에서 메이저리거들이 기자들 앞에서 인터뷰를 하던 모습을 보았던 기억이 있었는데, 그런 라커룸 인터뷰를 자신이 하고 있다는 것이 새삼스럽고도 신기한 기분이었다.

하지만 언제까지 그런 기분을 느끼고 있을 수는 없었다.

자신을 바라보는 기자들의 모습에 민우가 잠시 머릿속을 정리하고는 진지하게 대답하기 시작했다.

"기록이 끊긴 것은 허탈합니다만, 제 나름대로 최선을 다했기에 한편으론 후련한 기분입니다."

그 대답에 기자가 고개를 끄덕이자, 바로 다음 질문이 들어왔다.

"울프 스포츠의 존슨입니다. 앞선 세 타석에서 볼넷으로 출루했기 때문에 이렇다 할 타격 기회가 없었는데요. 그에 대한 불만은 없었습니까?"

존슨의 질문은 조금 날이 서 있는 듯한 느낌이었다.

'기록이 만들어졌어야 뉴스가 팔리니까 그런 건가? 아니면 기록을 피해가는 듯한 모습에 화가 난건가?'

마치 민우 대신 상대 팀을 비난하는 듯한 존슨의 말투에 민우가 가볍게 웃으며 고개를 저었다.

"모든 것이 원하는 대로 흘러간다면 좋겠지만, 그러면 야구는 재미가 없겠죠. 볼넷도 결국은 경기의 일부일 뿐이라고 생각합니다. 상대 팀의 작전에 불만을 가지기 보다는 다음 타석에 대해 준비하는 것이 좋은 결과를 낼 가능성이 높아진다고 생각합니다."

이후에도 질문은 끝없이 이어지고 있었다.

"마지막 타석에 나서지 않고 교체로 빠졌다면 기록을 이어갈 기회가 있었음에도 굳이 타석에 나선 이유가 무엇입니까? 감독의 지시였습니까?"

"도전하는 모습이야말로 경기장을 찾아주신 팬 분들이 진정으로 원하는 장면이라고 생각했습니다. 개인적으로도 승부를 피하지 않고 정면으로 맞서서 만들어낸 것이야말로 진정한 기록이 아닐까라는 생각에 마지막 타석에 들어설 결정을 내렸습니다. 이는 순전히 저 스스로 내린 판단이었고, 제 결정을 감독님이 존중해 주셨다는 것을 말씀드리고 싶습니다."

"인사이드 더 파크 홈런인 줄 알았는데 뒤늦게 원 히트 원 에러로 바뀌면서 기록이 끊기고 말았는데요. 역사가 깊은 메이저리그에서도 단 3명의 타자만이 8경기 연속 홈런을 달성했습니다. 앞으로 이런 기회가 찾아오기 힘들 텐데, 기록을 놓친 것이 아쉽지는 않습니까?"

"아쉽지 않다면 거짓이겠죠. 하지만 제 야구 인생은 이제 시작됐습니다. 아쉬움보다는 앞으로 나아가는 모습을 보여드리고 싶습니다. 제가 더 노력한다면 언젠가는 새로운 기록을 만들 수 있을 것이라고 생각합니다."

길고 긴 인터뷰가 끝난 뒤, 민우는 마지막으로 자신을 향해 카메라를 들이대며 플래시를 터뜨리는 기자들에게 가볍게 미소를 지어준 뒤, 마지막 인사를 나누고 숙소로 몸을 옮겼다.

『메이저리거』 7권에 계속…

十字星 십자성

허담 新무협 판타지 소설
FANTASTIC ORIENTAL HEROES

전왕의 검

신력을 타고났으나 그것은 축복이 아닌 저주였다.

『십자성 - 전왕의 검』

남과 다르기에 계속된 도망자의 삶.
거듭된 도망의 끝은 북방 이민족의 땅이었다.
야만자의 땅에서 적풍은 마침내 검을 드는데……!

"다시는 숨어 살지 않겠다!"

쫓기지 않고 군림하리라!
절대마지 십자성을 거느린
적풍의 압도적인 무림행이 시작된다!

철백 新무협 판타지 소설
FANTASTIC ORIENTAL HEROES

大武
대무사

피와 비명으로 얼룩진 정마대전의 종결.
그리고…

"오늘부로 혈영대는 해산한다."

혈영대주 이신.
혈영사신(血影死神)이라고 불리는 그가
장장 십오 년 만에 귀향길에 올랐다.

더 이상 전쟁의 영웅도, 사신도 아니다!

무사 중의 무사, 대무사 이신.
전 무림이 그의 행보를 주목한다!

Book Publishing CHUNGEORAM

유행이 아닌 자유추구-
WWW.chungeoram.com